KB038161

DREAMBOOKS★

DREAMBOOKS

ORIGINAL FANTASY STORY & ADVENTURE

쥬논 판타지 장편소설

이탄 6 악마사원의 유적

초판 1쇄 인쇄 2021년 2월 25일
초판 1쇄 발행 2021년 3월 10일

지은이 쥬논
발행인 오영배
편집 편집부
일러스트 필연
표지 · 본문 디자인 오정인
제작 조하늬

펴낸 곳 (주)삼양출판사 · 드림북스
주소 서울시 강북구 도봉로 173
대표 전화 02-980-2112 팩스 02-983-0660
편집부 전화 02-987-9393 팩스 02-980-2115
블로그 blog.naver.com/dreambookss
출판등록 1999년 3월 11일 제9-00046호

ISBN 979-11-283-9996-1 (04810) / 979-11-283-9990-9 (세트)

+ 이 도서의 국립중앙도서관 출판시도서목록(CIP)은 서지정보유통지원시스템홈페이지(http://seoji.nl.go.kr)와 국가자료공동목록시스템(http://www.nl.go.kr/kolisnet)에서 이용하실 수 있습니다.

ETAN
이탄
ORIGINAL FANTASY STORY & ADVENTURE
쥬논 판타지 장편소설
6
악마사원의 유적
dream books
드림북스

목차

사대신수

『성혈의 바하문트』

—신수: 날개 달린 사자

—상징: 공포

—속성: 흙(土), 피(血)

『불과 어둠의 지배자 샤피로』

—신수: 광기의 매

—상징: 탐욕

—속성: 불(火), 어둠(暗), 나무(木)

『포식자 하라간』

—신수: 투명 마수

—상징: 타락, 나태

—속성: 얼음(氷), 균(菌), 물(水)

『둠 블러드 이탄』

—신수: 냉혹의 뱀

—상징: 파멸

—속성: 금속(金), 빛(光)

발췌문

세상은 카오스(Chaos: 혼돈)으로부터 시작되어 종래에는 다시 카오스로 회귀할지니, 그 카오스계의 동방과 서방과 남방과 북방을 모두 꿰어 아우르는 존재가 바로 검은 드래곤이다.

검은 드래곤이 이 땅에 씨를 뿌려 위대한 피를 이어 받은 자 아홉을 일으켜 세웠으니, 그 중 첫째는 와힛이고, 둘째는 이쓰낸, 셋째는 쌀라싸, 넷째는 아르비아, 다섯째는 캄사, 여섯째는 싯다, 일곱째는 사브아, 여덟째는 싸마니야, 마지막 아홉째는 티스아라 부른다.

아홉이 피의 뜻을 받들어 '원'을 청하니, 그 원이 곧 시프르다.

시프르는 스스로 검은 드래곤이며, 스스로 혼돈이고, 스스로 부정한 빛이니, 오로지 시프르만이 읽을 수 없는 문자를 읽어내는 주인이리라.

—피사노교의 바이블(Bible: 경전) 1장 1절에서 발췌

제1화

오중첩 (진)마력순환로

Chapter 1

시시퍼 마탑의 마법사들은 피사노교의 첩자 침투 소식에 발칵 뒤집혔다. 도제생들도 이 심각한 소식을 듣고는 큰 충격을 받았다.

반면 도제생 후보들에게까지는 세세한 내용들이 전달되지 않았다.

일단 이탄의 도전은 마탑 4층에서 종료되었다.

퀘스트가 끝났으니 굳이 마탑을 더 높이 올라갈 필요가 없었으리라. 이탄은 한시라도 빨리 마탑을 떠나기로 마음먹었다.

'흉터를 다시 감추려면 약품을 구해야 하는데, 마탑 내부

에서는 그걸 구하기 어렵지. 하루빨리 여기를 떴으면 좋겠다.'

이것이 이탄의 솔직한 심정이었다.

다행히 마탑의 최상위 마법사들도 이탄을 오래 붙잡을 생각은 없었다. 시시퍼 마탑의 분위기상, 모레툼 교단의 도움을 받는 것을 수치로 생각하는 마법사들이 많기 때문이었다. 부탑주인 라웅고는 이번 일의 전모가 밝혀져서 쎄숨이 비난받는 상황을 원치 않았다. 그래서 쎄숨을 불러서 차 한 잔을 대접하면서 은근하게 해결책을 제시했다.

"쎄숨 지파장님."

"네."

"대부분의 마법사들은 이탄이 모레툼 교단의 성기사라는 사실을 아직 알지 못합니다. 그저 그가 모레툼의 신관 출신이었는데 우연히 마법에 대한 재능을 발견하여 신관 노릇을 그만두고 우리 마탑에 지원한 것으로 알고 있지요."

"부탑주님, 제게 하시고 싶으신 말씀이 무엇입니까?"

쎄숨이 직설적으로 물었다.

라웅고가 뒤통수를 긁적였다.

"일전에 아시프 학장님께서 올리셨던 청원이 있지 않습니까."

"이탄이 금속의 축복을 받았으니 그를 도제생으로 특별 승급 시키자는 청원 말입니까?"

"네. 그 청원 말입니다. 들어주면 안 되겠습니까?"

"특별승급 후에는 도제생이 된 이탄을 제가 제자로 맞았노라고 발표하고요? 일단 그 아이가 저의 정식 제자가 되고 나면 아무도 이탄에 대해서 궁금해하지 않을 테니까요? 이탄의 동기들도 이탄의 행방을 굳이 찾지 않을 테고요?"

쎄숨은 한눈에 라웅고의 뜻을 파악했다.

라웅고가 무릎을 쳤다.

"허허허. 맞습니다. 우리 마탑 마법사들의 성향상 이탄이 일단 지파장님의 정식 제자가 되고 나면 더 이상 관여하지 않을 겝니다. 지파장님께서는 제 생각을 훤히 읽으시네요. 허허허허."

쎄숨이 라웅고를 물끄러미 바라보았다.

라웅고가 손으로 자신의 얼굴을 더듬었다.

"왜 그리 보십니까? 제 얼굴에 뭐라도 묻었습니까?"

쎄숨이 라웅고의 오른손을 꼬옥 잡았다.

"아닙니다. 우리 부탑주님께 고마워서 그럽니다. 이 늙은이가 마교를 워낙 미워하다 보니 욕심이 눈앞을 가렸지요. 그래서 우리 손으로 차분하게 첩자를 밝혀낼 생각을 하지 않고 모레툼 교단의 신성력을 빌려올 생각을 하였지요. 아마도 이 사실이 밝혀지면 마탑의 마법사들 가운데 상당수가 이 늙은이를 비난할 겝니다. 특히 자존심이 강한 마법사들이 화를 많이 내겠지요. 호호호. 우리 부탑주님께서는 이 늙은 노파가 다른 사람들에게 손가락질당하는 게 싫어서 이런 꾀를 내신 거지요?"

"허허허, 어허허허허."

라웅고는 반박 대신 헛웃음만 흘렸다.

쎄숨이 고분고분 라웅고의 뜻을 따랐다.

"알겠습니다. 이 늙은이의 고집 때문에 부탑주님의 마음을 불편하게 만들면 도리가 아니지요. 부탑주님의 말씀처럼 이탄을 저의 제자로 맞이하겠습니다. 일단 이 늙은이의 도제생이 되었다고 하면 아무도 이탄의 행방을 찾지 않을 겝니다. 사람들은 그저 이탄이 마탑 어딘가에 처박혀서 이 지독한 늙은이의 혹독한 수련을 받고 있을 거라고 여기겠죠. 그게 이번 사태를 무난하게 수습하는 방법일 겝니다."

"이해해 주셔서 고맙습니다, 지파장님. 허허허."

라웅고가 왼손으로 쎄숨의 주름 진 손등을 토닥였다.

"부탑주님."

그 손길이 따뜻하여 쎄숨의 눈가가 촉촉이 젖어들었다.

다음 날 아침.

이탄은 라웅고의 배려 속에 시시펴 마탑의 정식 도제생이 되었다. 그것도 그냥 도제생이 아니라 고체계 애니마 메이지 가운데 최강자로 손꼽히는 쎄숨 지파장의 정식 제자가 된 것이다.

이탄의 특별승급 자리에서 아시프 학장은 이탄 본인보다도 더 기뻐하였다.

한편 이탄의 동기들은 이 충격적인 소식에 넋을 잃었다.

"벌써? 이탄이 벌써 도제생이 되었다고?"

"아니, 이탄이 벌써 14층까지 올라갔단 말이야? 대체 뭐가 어떻게 된 거야?"

"포이엠은? 포이엠은 어디까지 올라갔는데?"

도제생 후보들은 대부분 황당하다는 반응을 보였다. 특히 이탄에게 강한 경쟁의식을 불태우던 로프트의 충격이 컸다. 로프트뿐 아니라 이탄과 함께 탑 세븐에 거론되던 후보들은 모두 다 충격을 받았다.

오직 헤스티아만이 진심으로 이탄의 성공을 축하해주었다.

'역시 이탄 신관님은 남다르시군요. 저도 포기하지 않고 열심히 할 테니 나중에 시시퍼 마탑의 정식 마법사가 되어서 다시 만나요.'

헤스티아는 두 손을 꼭 모으고 이렇게 기원했다.

그 무렵 이탄은 씨에나의 배웅을 받아 남몰래 시시퍼 마탑을 떠났다. 무려 1년을 끌었던 3개의 달 퀘스트가 드디어 완료되었다.

퀘스트를 마친 뒤 이탄은 다시 쿠퍼 가문으로 복귀했다.

전담 보조팀의 333호가 이탄에게 전해 들은 내용을 정리하여 은화 반 닢 기사단의 어르신들에게 올릴 보고서를 작성했다.

그 사이 이탄은 피사노교의 네트워크에 접속했다.

이탄을 의미하는 '쿠퍼'가 뜨자마자 싸마니아의 혈족들이 난리법석을 피웠다. 이탄이 뭐라고 대답하기도 전에 싸마니아도 등장했다.

♾ [피사노 싸마니야] 검은 드래곤의 아들아.

♾ [쿠퍼] 쿠퍼가 싸마니야 님을 뵙습니다.

이탄이 싸마니야에게 정중하게 인사를 올렸다.

싸마니야의 반응은 그리 좋지 않았다.

♾ [피사노 싸마니야] 지난 1년간 연락이 두절되어 심려가 컸도다. 너는 너의 역할이 무엇인지 잘 알 것인데 어찌하여 혈족과의 연결을 끊었더냐?

싸마니야의 말은 부드러웠지만 그 속에 담긴 추궁의 목소리는 매서웠다. 만약 이탄이 허튼 답변을 한다면 그 즉시 응징할 기세였다.

이탄은 솔직하게 전후 사정을 설명하기로 마음먹었다.

Chapter 2

이탄이 탁 털어놓은 데는 이유가 있었다. 시시퍼 마탑에서 이탄이 발견한 피사노교의 첩자는 총 3명이었다. 이탄은 그 가운데 둘의 정체를 밝혔고, 한 명은 그냥 놓아두었다. 그러니 최근 시시퍼 마탑에서 벌어진 일련의 사건들은 이미 싸마니야의 귀에 들어갔을 가능성이 다분했다.

'이런 상황에서 괜히 거짓말을 했다가는 일이 꼬일 수 있지.'

이것이 이탄의 판단이었다.

♾ [쿠퍼] 싸마니야 님, 죄송합니다. 저는 1년 전 모레툼 교단의 퀘스트를 받아 시시퍼 마탑에 강제로 투입되었습니다. 그곳에서 제 정체를 발각당하지 않기 위해서 저는 위대한 피를 봉인하고 숨죽여 1년을 보내야 했습니다.

이탄의 설명이 끝나기 무섭게 네트워크 여기저기서 난리가 났다.

♾ [소리샤] 헉? 시시퍼 마탑이라고?

♾ [싸쿤] 그랬구나. 막내가 그 빌어먹을 마탑에 처박혀 있었어.

♾ [밍니야] 그럼 그렇지.

싸마니야가 이런 잡소리들을 정리했다.

♾ [피사노 싸마니야] 검은 드래곤의 아들아.

♾ [쿠퍼] 말씀하소서. 제가 듣겠습니다.

♾ [피사노 싸마니야] 네가 고생이 많다. 너는 비록 검은 드래곤의 아들로 태어났으되 양의 틈새에서 자라났으니 시시퍼 마탑 속에서도 정체를 발각당하지 않고 잘 버텼으리라 믿는다.

♾ [쿠퍼] 다행히 저를 의심하는 자들은 없었습니다. 다만 그곳에서 최근에 큰 혼란이 벌어졌습니다.

♾ [피사노 싸마니야] 네가 말하는 변동이 혹시 검은 드래곤의 피와 관련된 것이더냐?

역시 싸마니야는 최근 시시퍼 마탑에서 벌어진 첩자 색출 사건을 알고 있는 듯했다. 이탄이 조심스레 상대를 떠보았다.

♾ [쿠퍼] 제가 마탑에서의 활동에 제약이 있었기에 정확하게 상황을 파악하지는 못했습니다. 다만 시시퍼 마탑의 무리들이 최근 2명의 소속 마법사를 크게 징벌했다는 소문만 들었을 뿐입니다.

♾ [피사노 싸마니야] 2명을 징벌했다? 그것이 확실하더냐?

의외로 싸마니야는 깊숙한 속사정은 모르는 모양이었다. 이탄은 한결 자신감을 가지고 답변했다.

♾ [쿠퍼] 좀 더 정확하게 말씀드리면, 저는 2명이 징벌을 받을 예정이라고 들었습니다. 하지만 그 가운데 탈출한 자가 있어 추적대가 편성되었습니다. 그 후 추적대가 탈출한 자를 잡았는지 놓쳤는지는 모르옵고, 정확하게 징벌이 내려졌는지도 알지 못하옵니다. 저의 정보가 부실하여 송구합니다.

♾ [피사노 싸마니야] 아니다. 네가 마탑의 마법사도 아니거늘 그 정도 정보만 얻은 것도 장한 일

이다. 멀리서 나는 너의 활약을 기뻐하노라.

♾ [쿠퍼] 아니옵니다. 이는 저의 활약이 아니라 싸마니야 님의 은혜 덕분이옵니다.

♾ [피사노 싸마니야] 한데 너는 시시퍼 마탑에 왜 간 것이더냐?

♾ [쿠퍼] 저도 이유를 잘 모르겠습니다.

♾ [피사노 싸마니야] 무어라?

이탄의 성의 없는 대답에 피사노 싸마니야가 발끈했다.

이탄은 얼굴 한 번 본 적 없는 싸마니야가 이마에 핏줄을 곤두세우는 장면을 상상했다. 그리곤 씨익 웃으며 말을 이었다.

♾ [쿠퍼] 좀 더 정확하게 말씀드리겠습니다. 저는 시시퍼 마탑에 투입된 것이 아닙니다. 오히려 황당하게도 시시퍼 마탑에서 저를 도제생 후보로 선발했습니다.

♾ [피사노 싸마니야] …….

순간적으로 싸마니야는 말을 잇지 못했다.

오히려 다른 혈족들이 비명을 지르듯 생각을 토해냈다.

그 생각들이 문자가 되어 네트워크에 마구 찍혔다.

♾ [소리샤] 이게 뭔 소리야?

♾ [싸쿤] 막내가 시시퍼 마탑의 도제생 후보로 선발되었다고?

♾ [밍니야] 헉. 그럼!

피사노교에서는 지독히 오랜 시간 동안 백 진영의 3대 탑에 첩자를 들여보내기 위해 심혈을 기울였다.

하지만 그게 생각보다 쉽지 않았다. 피사노교의 노력은 대부분 실패로 돌아갔고, 싸마니야의 다섯째 형인 피사노 캄사만이 일부 혈족들을 시시퍼 마탑과 마르쿠제 술탑에 들여보내는 데 성공하였다.

이게 가능했던 이유는, 캄사의 혈족들은 유난히 검은 드래곤의 흔적을 지우는 데 능숙했기 때문이다.

어쨌거나 첩자를 침투시킨 이후로 캄사는 백 진영의 고급정보를 한 손에 움켜쥐게 되었다. 그 후 캄사는 정보를 지렛대로 삼아 자신의 힘을 과시하였다.

다른 형제들은 캄사의 태도가 아니꼬웠으나 꾹 참을 수밖에 없었다.

그러다 최근 싸마니야도 혈족 한 명을 모레툼 교단에 집어넣는 데 성공했다. 이어서 그 혈족이 아울 검탑에도 성공적으로 접근했다. 뿐만 아니라 아울 검탑으로부터 중요한 법보를 빼내오는 일에도 활약했다.

바로 이탄이 그 대상이었다.

물론 이탄은 싸마니야의 핏줄이 아니었다. 오히려 싸마니야의 핏줄(전임 49호)을 죽이고 그 자리를 대신 차지한 이중첩자였다.

따라서 싸마니야 입장에서는 이탄이 원수나 마찬가지였으나, 불행히도 싸마니야는 이 사실을 꿈에도 몰랐다. 싸마니야는 이탄을 자랑으로 여기며 형제들 앞에서 목에 힘을 주고 다녔다.

그런데 그 이탄이 기특하게도 시시퍼 마탑에도 들어갔단다. 모레툼 교단과 아울 검탑의 정보만 빼내도 감지덕지인데, 스스로 알아서 시시퍼 마탑에까지 파고들다니! 싸마니야는 체면도 잊고 자리에서 벌떡 일어나 오른 주먹을 아래서 위로 부웅— 휘둘렀다.

하마터면 싸마니야의 대화명 옆에 "아싸!"라는 소리가 찍힐 뻔했다. 싸마니야는 황급히 흥분을 가라앉히고 목소리를 가다듬었다.

Chapter 3

♾ [피사노 싸마니야] 어험험험. 검은 드래곤의 아들아.

♾ [쿠퍼] 말씀하소서.

이탄이 공손히 싸마니야의 말을 받았다.
싸마니야가 이탄의 보고 내용을 다시 한 번 확인했다.

♾ [피사노 싸마니야] 너의 보고가 한 치의 거짓도 없는 사실이렷다?

♾ [쿠퍼] 제가 어찌 싸마니야 님 앞에서 거짓말을 아뢰오리까. 비록 제가 양의 탈을 쓰고 양의 우리에서 비참하게 자라났다고 하나, 제 혈관 속에는 싸마니야 님께서 축복하신 검은 드래곤의 피가 흐르고 있나이다.

이탄의 사탕발림이 싸마니야를 흡족하게 만들었다.

♾ [피사노 싸마니야] 네가 비록 천박한 양의 우리에서 자라났으나 삐뚤어지지 않고 성장하여 이

토록 기특한 마음을 품었으니 실로 아름답다. 내 멀리서 너의 기특함을 칭찬하노라.

♾ [쿠퍼] 모두가 싸마니야 님의 은혜입니다.

♾ [피사노 싸마니야] 하여 결과는 어찌되었느냐? 시시퍼 마탑과 인연만 만들어 놓고 쫓겨난 게냐? 설령 그렇다고 하여도 이는 너의 잘못은 아니다. 마법사의 특성을 타고 태어나지 않는 한 도제생으로 올라가기는 어렵다고 들었느니라. 너는 검은 드래곤의 피를 물려받았으되, 그 위대한 피를 봉인하였으니 너의 탁월함이 감춰진 것은 자명한 일. 네가 실패하였다고 해도 나는 만족한다. 장차 시시퍼 마탑의 마법사가 될 사람들과 인연을 만든 것만으로도 너는 너의 역할을 충분히 하였다.

사실 싸마니야는 큰 기대는 하지 않는 눈치였다.
이탄이 말을 툭 던졌다.

♾ [쿠퍼] 제가 위대한 피를 타고 태어났으니, 그 피가 비록 봉인되었다고 하여도 하찮은 동기들보다 못할 리는 없습니다. 동기들에게 뒤처지면 제 피를 욕보이는 것이라 생각하여 최선을 다하다 보

니 운이 좋게 관문을 통과하였습니다.

♾ [피사노 싸마니야] 뭣이라? 네가 지금 시시퍼 마탑의 관문을 통과했다고 말하였느냐?

♾ [쿠퍼] 그렇습니다. 싸마니야 님의 은총 덕분에 관문을 무사히 통과하여 지금은 시시퍼 마탑 금속계열의 정식 도제생이 되었습니다. 또한.

♾ [피사노 싸마니야] 또한?

어찌나 급했는지 체면을 중요시하는 싸마니야가 이탄의 말을 미리 끊고 들어왔다. 그만큼 뒷이야기가 궁금하다는 반증이었다.

이탄이 희미하게 웃었다.

♾ [쿠퍼] 또한 금속계열의 지파장이라는 쎄숨의 직전제자로 뽑혔나이다.

♾ [피사노 싸마니야] 쎄숨! 그녀는 시시퍼 마탑의 서열 6위의 마법사인데?

그 즉시 소리샤 등이 뒤집어졌다.

♾ [소리샤] 헉! 막내가 마탑 서열 6위의 제자가

되었다고?

♾ [싸쿤] 막내 대박!

♾ [밍니야] 와아아! 알박기도 이런 알박기가 없네? 우리 막내가 적진 가장 깊숙한 곳에 침투한 셈이잖아?

싸마니야도 믿기지 않는 듯 반복하여 확인했다.

♾ [피사노 싸마니야] 너의 말이 사실이더냐? 네가 쎄숨 할망구의 직전제자로 선발되었다는 말이 진정 사실이란 말이더냐?

♾ [쿠퍼] 제가 어찌 거짓을 고하오리까. 최근 2명의 소속 마법사에게 징벌이 결정되었다는 소식도 제가 쎄숨으로부터 직접 들은 이야기입니다.

♾ [피사노 싸마니야] 오호라. 그랬구나. 정말 장하고 또 장하도다. 네가 검은 드래곤의 피를 욕되지 않게 만들었도다. 이는 나의 혈족들만 알고 있을 일이 아니로구나. 저 오만한 내 형제들에게도 알려야 할 중요한 정보인즉. 검은 드래곤의 아들아, 차후에 다시 너에게 닿겠노라.

이 정도면 정말 최고의 칭찬이었다. 이 말을 끝으로 피사노 싸마니야는 서둘러 네트워크를 종료했다.

싸마니야의 빈자리를 혈족들이 대신 차지했다.

♾ [소리샤] 막내야, 자세히 좀 말해봐라. 대체 지난 1년간 무슨 일이 있었던 거냐?

♾ [싸쿤] 그래. 형들이 궁금해서 미치겠다. 우리 막내 말 좀 들어보자.

♾ [쿠퍼] 그게 어찌 된 일이냐 하면요, 작년 11월 하순에 제게 갑자기 연락이 왔지 뭡니까. 시시퍼 마탑이 20년 만에 문호를 개방하여 도제생 후보들을 선발하는데, 그 명단에 제 이름이 들어 있다는 연락 말입니다.

이탄이 능구렁이처럼 말문을 열었다.

♾ [싸쿤] 와아!

♾ [밍니야] 대박.

싸마니야의 혈족들은 중간 중간 감탄사를 넣으며 이탄의 이야기에 푹 빠져들었다. 비교적 순진한 싸쿤과, 이탄의 지배를 받는 밍니야가 특히 적극적으로 추임새를 넣었다.

'후후훗.'

이탄의 눈이 반달처럼 둥글게 휘었다.

Chapter 4

같은 시각.

모레툼의 교황청 내부.

스테인드글라스 창을 통과한 오후 햇볕이 형형색색의 빛깔을 뽐내며 신전 안에 떨어졌다. 비크 교황은 구불구불한 성좌에 비스듬히 기대어 두 눈을 감았다. 조금 전 비선조직으로부터 들은 보고가 비크의 머리를 어지럽혔다.

'신관 이탄. 한동안 잊고 지냈는데 그 녀석이 다시 눈에 밟히는구먼. 모레툼 님의 가호를 무려 4개나 하사받은 것도 신경이 쓰이는데, 이제는 마법적 재능까지 인정을 받아 쎄숨 할망구의 정식 제자가 되었다고?'

비크 교황의 눈에 비친 이탄은 '써먹기 좋은 도구' 그 이상도 이하도 아니었다. 4년 전 비크는 아나톨 주교의 죽음을 빌미로 삼아 이탄의 목에 목줄을 채우고 자신의 도구로 삼았다.

'그런데 그 도구의 날이 너무 예리해. 신경이 쓰일 정도로 날카롭다고. 쯔읍. 쯥.'

비크가 혀를 씰룩거려 어금니 사이에 낀 고기 부스러기를 빼내었다. 그 다음 썩은 내 나는 고기 부스러기를 혀로 휘감아 목구멍 속에 삼켰다.

"끄응차."

성좌 손잡이를 잡고 일어선 뒤, 비크가 가볍게 몇 발자국을 떼었다.

"20개의 퀘스트, 혹은 9년의 헌신. 내가 채워놓은 목줄이 조금 헐거워졌나? 이탄 녀석이 20개의 퀘스트 가운데 벌써 5개를 성공적으로 완료했고, 시간도 4년이 흘렀지? 그렇다면 조만간 두 번째 목줄을 채워줘야겠구먼."

비크의 섬뜩한 중얼거림이 교황청 대전 안에서 나직하게 메아리쳤다.

"물론 그 두 번째 목줄을 채우기 전에 녀석의 속내를 한 번 가늠해 보아야겠어. 이탄 녀석이 어떤 마음을 품고 있는지 한번 체크해 봐야지."

뒷짐을 지고 스테인드글라스 창 앞에 선 비크의 얼굴 위로 알록달록한 빛이 내리쬐었다.

1월 1일 새해가 밝았다.

언노운 월드를 기준으로 이탄도 어느새 스물세 살이 되었다.

새해를 맞아 이탄은 쿠퍼 가문의 가묘부터 들렀다. 조상들의 묘역을 하나하나를 살핀 다음, 이탄은 쿠퍼 가문을 지탱하는 주요 상단주들을 만났다.

상단주들은 신년 사업 계획서를 한 꾸러미씩 들고 이탄을 알현했다.

쿠퍼 가문은 대륙 최고의 재력을 자랑하는 곳이었다.

그런데 이 쿠퍼 가문이 모레툼 교단의 소유라는 사실은 극소수 인물들을 제외하면 아무도 알지 못하였다.

가문의 실제 주인이 따로 있으므로 쿠퍼의 가주인 이탄은 결국 허수아비에 지나지 않았다. 하여, 허수아비인 이탄이 새해 벽두부터 상단주들을 불러 모아 가문의 사업을 점검하는 행위는, 남들에게 보여주기 위한 형식적 절차에 불과했다.

여하튼 해가 바뀌고 신년을 맞았으니 형식적인 절차도 필요할 것이다. 가문의 상단주들은 이탄 앞에서 각 사업군의 신년 계획을 발표했다.

물론 이 계획들은 모레툼 총단의 추기경들로부터 미리 승인을 받은 사안들이었다.

"계획이 잘 세워진 것 같군요. 이대로 시행하세요."

상단주 한 명 한 명의 발표가 끝날 때마다 이탄은 이런 말만 되풀이했다. 그러면 상단주들도 정해진 멘트로 말을 받았다.

"가주님의 현명하신 판단에 경의를 표합니다."

모든 사업군의 신년 계획을 점검한 뒤, 이탄은 상단주들과 점심식사를 함께 했다.

쿠퍼 가문의 요리사들이 온갖 산해진미를 대령했다. 이탄은 몇 가지 음식을 입에 대는 척만 하고 모두 버렸다. 언데드인 이탄은 정상적인 식사가 불가능했다.

이탄이 조금만 먹으니 상단주들도 음식을 조금만 깨작거리다가 손에서 스푼과 포크를 내려놓았다.

그렇게 무난하게 오찬이 종료되었다.

상단주들은 모두 본래의 자리로 돌아갔다. 홀로 남은 이탄이 머리에 밀짚모자를 하나 쓰고 정원에 나와 식물들을 돌봤다.

조그맣게 텃밭을 가꾸는 것은 이탄의 주요 소일거리 가운데 하나였다. 정원 한구석에 마련한 텃밭에서는 브로콜리와 토마토 등이 띄엄띄엄 자랐다.

원래 이탄은 이 자리에 벚나무 묘목을 심었었다. 그런데 묘목이 대부분 말라서 죽자 농작물을 바꿨다. 이탄은 농사에 젬병이라 식물들이 자주 죽고 맥아리가 없었다. 솔직히 이탄도 진심으로 농사일을 즐기는 것은 아니었다.

그래도 오늘처럼 할 일이 없을 때 잡초를 뽑고 있노라면 머리가 맑아지고 시간도 잘 갔다. 이탄은 텃밭에 쪼그려 앉아 호미질을 하면서 곰곰이 생각에 잠겼다.

'어라? 한 달 반이 되도록 은화 반 닢 기사단이 조용하네? 쉴 틈도 주지 않고 정신없이 퀘스트를 내려보낼 때는 언제고, 요새는 왜 이렇게 잠잠하지? 20개의 퀘스트 가운데 벌써 5개나 완료해서 그러나?'

이탄에게 남은 퀘스트는 15개.

시간으로는 5년.

위의 두 가지 조건 가운데 하나만 충족하면 이탄은 자유였다.

'계약은 일단 이렇게 했는데, 조건을 채웠다고 해서 총단의 욕심꾸러기 영감탱이들이 과연 나를 놔주려고 할까?'

대답은 부정적이었다.

은화 반 닢 기사단의 입장에서 이탄은 정말 희귀한 인재였다. 정말 어렵사리 피사노교에 침투시킨 인재를 쉽게 놓아줄 리 없었다.

'칫. 내가 총단의 추기경이라고 해도 놔주지 않겠다. 나만 붙잡고 있으면 피사노교의 1급 정보를 캐낼 수 있는데 왜 풀어주겠어?'

그렇다면 총단에서 무슨 짓을 하려고 할 것인가?

이탄은 두 가지 가능성을 떠올렸다.

'가급적 어려운 퀘스트를 주면서 남은 5년간 최대한 뽕을 뽑아 먹으려고 들겠지. 혹은 나에게 또 다른 올가미를 씌워서 계약을 강제로 갱신하려 들든가.'

전자는 소극적인 방법이었다.

후자는 보다 적극적인 방법에 해당했다.

이탄은 전자보다는 후자 쪽에 무게를 두었다.

'아니면 두 가지 모두 병행할 수도 있겠구나. 남은 5년간 최대한 뽕을 뽑으면서, 동시에 또 다른 올가미를 씌우려고 할 수 있어. 만약 그따위 개수작을 시도하기만 해봐라. 아주 박살을 내줄 테다.'

이탄의 두 눈에서 흉험한 빛이 뿜어졌다.

콱, 콱, 콱, 콱, 콱.

호미질 속도가 덩달아 빨라지면서 땅이 움푹움푹 팼다. 그나마 조금 남은 토마토와 브로콜리 등이 호미날에 찢겨 산산이 부서졌다. 결국 오늘 이탄은 텃밭을 가꾸는 것이 아니라 파괴하는 지경이 되었다.

[끼요오오옵. 그래. 부숴라. 다 때려 부숴라. 얼마 전 부정차원에 진입할 때 이 아나테마 님의 봉인을 풀어주었어야지. 내가 그곳의 기운을 얼마나 그리워했는데 나를 잠재

우고 네놈 혼자만 쏙 들어갔다 나와? 끼요오오옵.]

아나테마의 악령이 괜한 울분을 토했다.

'닥쳐.'

[뭐?]

'영감은 그 입이나 다물라고. 썅!'

이탄이 버럭 성을 내었다. 이탄의 영혼 속에서 붉은 금속이 섬뜩한 호미의 모습을 갖추었다. 토마토와 브로콜리를 찍어 버린 호미 말이다.

[우흡!]

아나테마가 찔끔하여 입을 다물었다.

Chapter 5

오후가 지나 저녁 무렵이 되자 찬바람에 제법 쌀쌀하게 불었다. 이탄은 가문에서 마련한 선물을 들고 피요르드 후작을 방문했다.

피요르드 후작은 백 진영 3대 세력 가운데 하나인 아울 검탑의 99검이자 이탄의 장인이었다.

새해를 맞아 사위가 장인을 찾아뵙고 인사를 드리는 것은 이 땅의 법도이기에 이탄은 귀찮음을 무릅쓰고 피요르드 성을 찾았다.

더군다나 이탄은 작년에 퀘스트에 집중하느라 새해 인사를 생략한 전례가 있었다. 하여 이번에는 놓치지 않고 1월 1일을 챙겼다.

"어서 오게."

예상 외로 피요르드 후작은 이탄을 반갑게 맞았다. 그것도 내실에서 맞은 것이 아니라 내성 입구까지 손수 마중을 나왔다. 후작부인도 남편의 옆에 서서 우아한 미소로 이탄을 맞이했다.

'어라? 나와 후작은 데면데면한 사이였잖아? 그런데 오늘따라 왜 이렇게 살갑게 굴지? 부담스럽게 말이야.'

이탄은 의구심을 속으로 삭이며 꾸벅 인사했다.

"장인어른, 장모님, 그동안 잘 지내셨습니까? 연락도 자주 못 드리고 죄송합니다."

피요르드가 부채꼴 모양의 수염을 쓰다듬으며 활짝 웃었다.

"껄껄껄. 죄송은 무슨. 우리 사위가 젊은 나이에 대가문을 이끄느라 정신없이 바쁜 것을 다 아는데 뭘 그러나. 그렇지 않아도 내 자네를 만나면 고맙다는 말부터 전하고 싶었다네."

"네?"

의외의 말에 이탄이 눈을 동그랗게 떴다.

피요르드가 오른손을 쫙 펴서 입술 왼쪽에 대고는 속삭였다.

"허허허. 아울 검탑의 일 말일세."

"네에?"

이탄이 조그만 목소리로 되물었다.

피요르드가 좀 더 자세히 속삭였다.

"살라루 예산처장이 자네의 칭찬을 귀에 못이 박힐 정도로 하더구먼. 자네 덕분에 검탑의 살림살이가 쫙 폈다지?"

"아아. 검탑의 재정 운용 말씀이시군요. 그거야 제가 고마운 일이죠. 저희 쿠퍼 가문 입장에서는 고객이 늘어난 것 아닙니까?"

피요르드가 손사래를 쳤다.

"아닐세. 아니야. 검만 아는 검수들이 주먹구구식으로 재정을 운용했을 때는 결과가 정말 엉망이었다네. 그런데 우리들은 이게 엉망인지도 몰랐어. 쿠퍼 가문에서 재정을 관리해준 이후부터 비로소 깨달았지. 아! 그동안 우리가 해왔던 운용 방식이 정말 형편없었구나. 역시 재정 운용은 전문가의 손에 맡겨야 하는구나. 허허허. 이 점을 절실하게 깨달았다네. 이게 모두 자네의 공이야."

"장인어른도 참. 별 말씀을 다하십니다."

이탄은 겸연쩍게 관자놀이를 긁었다.

피요르드가 이탄의 소매를 잡아끌었다.

“어이쿠. 내가 이거 귀한 손님을 밖에 세워놓고 뭐하는 짓이야? 어서 안으로 들어가세. 아직 저녁은 먹지 않았지?”

“아, 네. 뭐.”

이탄이 어정쩡하게 말을 받았다. 언데드인 이탄은 다른 사람과 식사하는 자리가 정말 불편했다.

어쨌거나 오늘은 만찬을 피할 수 없었다. 후작부인이 준비한 다이닝이 시작되었다. 금으로 만든 촛대 위에서 촛불이 환하게 타올랐다. 깔끔한 복장의 메이드들이 정성껏 준비한 요리들을 줄지어 내왔다. 악사들은 부드러운 멜로디의 음악을 연주했다.

“자, 들게.”

피요르드가 이탄에게 음식을 권했다.

“네.”

이탄은 나이프와 포크를 들고는 깨작깨작 먹는 척만 했다.

그 모습을 본 후작부인이 속이 상한 듯 입술을 삐쭉거렸다.

‘먹는 게 저게 뭐야? 그렇게 음식이 맛이 없나?’

후작부인은 엄하게도 요리사들을 향해 눈을 흘겼다.

피요르드가 냉큼 화제를 돌렸다.

"험험험. 그나저나 우리 부부가 자네에게 정말 면목이 없으이. 프레야, 고것이 검에 미쳐서 남편을 내팽개치고 검탑에만 처박혀 있으니. 어이구."

후작부인은 찔끔하여 이탄의 눈치를 살폈다.

'아차! 이러다가 우리 딸이 소박을 맞는 것 아냐? 아니면 사위가 바람을 피우려나?'

이탄은 결혼 전이나 지금이나 달라진 점이 없었다. 나이를 거꾸로 먹는 듯한 미소년의 외모에, 키도 훤칠하고, 돈은 세상에서 1, 2위를 다툴 정도로 많고.

피부가 좀 창백하고 목소리가 꽉 잠긴 것이 단점이라면 단점이지만, 이탄이 지닌 장점에 비하면 이 정도 단점은 단점이라고 말할 수도 없었다.

'사위 정도의 조건이라면 세상의 불여우들이 눈에 불을 켜고 달려들 텐데, 프레야가 미쳤지. 이런 남편을 독수공방시키고 검탑에만 처박혀 있으니. 어이구, 속 터져.'

후작부인은 혹시라도 이탄이 다른 여자에게 한눈을 팔까 봐 걱정이었다.

후작 부부의 이목이 집중되자 이탄도 불편함을 느꼈다. 이탄이 재빨리 분위기를 전환했다.

"아 참. 새해 인사도 드릴 겸, 두 분께 선물을 준비했습니다."

이탄의 말이 떨어지기 무섭게 쿠퍼 가문의 시종이 2개의 상자를 대령했다. 이탄은 길쭉한 상자를 피요르드 후작에게 올렸다.

"어험험. 뭘 이런 것을 다 주고 그러나? 험험."

말은 이렇게 하였지만 피요르드는 내심 흡족한 듯했다. 피요르드가 상자 뚜껑을 열자 수수해 보이는 검 한 자루가 드러났다.

"응? 이건 검이 아닌가?"

피요르드가 이탄을 바라보았다.

이탄이 고개를 끄덕였다.

"제가 소유한 광산에서 철 한 덩어리를 캐냈는데, 품질이 정말 최상이더군요. 그래서 쿠퍼 가문의 특급 대장장이에게 맡겨서 검으로 제련을 해보았습니다. 저는 검에 대해서 잘 모릅니다만, 정성껏 만든 검이니 기쁘게 받아주십시오."

스릉—.

피요르드는 검집에서 검을 뽑아 요리조리 살폈다. 그러다 손가락으로 검날의 중간을 튕겨보기도 했다.

검에서 청명한 소리가 울렸다. 피요르드의 입꼬리가 쭉 올라갔다.

"오오오. 정말 훌륭한 검이군. 질이 좋을 뿐 아니라 담금질도 잘 되어 있고 균형도 딱 맞아. 내 마음에 쏙 드네. 껄껄껄."

"장인어른께서 기쁘게 받아주시니 고맙습니다. 그리고 이건 장모님께 드리는 선물입니다."

이탄이 후작부인에게 상자를 건넸다.

Chapter 6

"어쩜. 제 것도 있나 봐요?"

후작부인은 함박웃음으로 상자를 열었다.

조그만 상자 안에는 사과 한 알 크기의 자기병이 들어 있었다. 병 입구로부터 기분 좋은 향기가 올라왔다.

후작부인은 병을 들어 살짝 코끝에 대었다.

이탄이 선물에 대해서 설명했다.

"아침저녁으로 얼굴에 바르시면 노화를 방지하고 피부 탄력이 좋아진다고 합니다. 시시퍼 마탑의 여마법사들이 제조한 것인데, 시중에는 판매도 하지 않는다더군요."

후작부인이 뾰족한 음성을 토했다.

"어멋? 시시퍼 마탑에서 제조한 마법화장품이라고요?

이 귀한 걸 어떻게 얻었대요? 억만금을 주고도 살 수 없는 비법 처방이라고 들었는데요."

사실 대륙의 귀부인들 사이에서 시시퍼 마탑의 여마법사들이 제조한 마법화장품은 정말 손에 넣기를 원하는 특급 상품이었다.

이탄이 두루뭉술하게 답변했다.

"이번에 저희 가문에서 시시퍼 마탑과 긴밀한 협조 관계를 맺게 되었습니다."

"시시퍼 마탑과?"

피요르드가 흠칫했다.

피요르드가 관심을 보이는 것은 어쩌면 당연한 일이었다. 같은 백 진영이기는 하지만 사실 아울 검탑과 시시퍼 마탑, 그리고 마르쿠제 술탑은 은근히 경쟁을 벌이는 라이벌 구도였다. 그 라이벌 중 하나가 쿠퍼 가문과 협력한다는 말을 듣자 피요르드의 가슴이 철렁 내려앉았다.

피요르드가 이탄에게 넌지시 물었다.

"사위. 지금 시시퍼 마탑과 쿠퍼 가문이 긴밀한 협조 관계를 맺었다고 했나?"

"그렇습니다. 사실 제가 바빴던 이유는 지난 1년간 시시퍼 마탑에 공을 들이느라 정신이 없었기 때문이거든요. 다행히 일이 잘 마무리되어 이제는 괜찮아졌습니다."

이탄은 그동안의 경과를 아주 간략하게 설명했다.

"으음. 그렇군. 일이 잘 마무리되었다니 다행이네."

피요르드가 떨떠름하게 대답했다.

그때 후작부인이 둘의 대화에 끼어들었다.

"그럼 앞으로 이 마법화장품을 쿠퍼 가문에서 대행 판매하는 건가요?"

후작부인의 주 관심사는 마법화장품이었다.

이탄이 고개를 가로저었다.

"아닙니다, 장모님."

"아니라고요?"

"시시퍼 마탑의 마법사들은 마법물품으로 돈을 버는 일에는 별로 관심이 없더라고요. 제가 마탑과 맺은 우호조약안에는 마법물품의 판매대행은 들어 있지 않습니다. 하지만 시시퍼 마탑의 여러 마법사들, 특히 여마법사님들과 우호적인 관계를 구축해 놓았으니 앞으로 장모님께 드릴 화장품은 꾸준히 얻어낼 수 있습니다. 하하하. 그러니 아끼지 마시고 듬뿍듬뿍 바르십시오."

이탄은 후작부인이 기뻐할 거라 예상하고 이런 멘트를 날렸다.

그 예상이 틀렸다. 후작부인의 안색이 눈에 띄게 굳었다.

이탄이 영문을 몰라서 물었다.

"장모님, 왜 그러십니까? 어디 불편하십니까?"

"아니. 아무것도 아니에요."

후작부인이 아무렇지도 않은 척 답했다. 겉으로는 이렇게 둘러대었으나 사실 후작부인의 속은 타들어갔다.

'뭐야? 사위가 마탑의 여마법사들과 친해졌다고? 그렇다면 마법화장품을 선물 받은 것을 마냥 기뻐할 때가 아니잖아? 이러다가 우리 딸 프레야가 진짜로 소박을 맞게 생겼다고. 이걸 어쩌지? 안 되겠다. 오늘 당장 프레야에게 연락해야겠다. 당장 검탑에서 나와서 남편 좀 챙기라고 다그쳐야겠어.'

후작부인이 미련한(?) 딸의 미래를 걱정할 동안 피요르드 후작은 다른 고민에 휩싸였다.

'쿠퍼 가문의 도움을 받은 이후부터 검탑의 살림살이가 확실히 나아졌던데. 검에만 미친 검수들이 좋아진 것을 느낄 정도로 검탑의 재정이 탄탄해졌더라고. 예산처장 살라루가 쿠퍼 가문을 입에 침이 마르도록 칭찬하는 데에는 그럴 만한 이유가 있어.'

그런데 그 쿠퍼 가문이 시시퍼 마탑과도 긴밀한 우호조약을 맺었단다. 피요르드는 괜히 초조해졌다.

'솔직히 말해서 검탑이 볼 게 뭐 있어? 쿠퍼 가문의 입장에서는 검탑보다는 시시퍼 마탑이 더 매력적일 게야. 마탑에는 돈이 될 만한 것들이 넘치지만 우리 검탑에는 검수들 말고는 아무것도 없잖아. 안 되겠다. 이러다가 우리 아울 검탑이 쿠퍼 가문이라는 좋은 파트너를 마탑 녀석들에게 빼앗기게 생겼어. 당장 살라루에게 연락을 취해봐야지. 검탑 차원에서 뭔가 대책을 세워야 해.'

피요르드와 후작부인, 2명 모두 마음이 조급해졌다. 덕분에 만찬 자리는 생각보다 일찍 끝났다.

'식사 자리가 곤혹스러웠는데 일찍 끝나서 다행이네.'

이탄은 기분 좋게 쿠퍼 가문으로 돌아갔다.

내성 문 밖까지 사위를 배웅한 뒤, 후작부인은 후다닥 마법 통신구로 달려가 딸에게 연락을 취했다.

같은 시간, 피요르드도 마법 통신구를 작동했다. 피요르드는 살라루와 머리를 맞대고 열심히 의견을 주고받았다.

Chapter 7

다음 날 아침.

이탄은 이른 새벽부터 가주 전용 연무장에 틀어박혔다. 이곳에서 이탄은 몇 가지 사항들을 집중적으로 점검했다.

'우선 애니마부터.'

이탄이 애니마(Anima: 심혼)를 떠올렸다.

연상과 동시에 이탄의 애니마가 주변의 쇠구슬에 영향을 미쳤다. 미리 준비해 놓은 6개의 쇠구슬이 둥실 떠올라 이탄의 주변을 빙글빙글 공전했다.

이탄이 시시퍼 마탑에서 배운 이 마법은 간철호의 원소마법과는 결을 달리했다. 간철호가 마법으로 흙 원소를 움직일 때면, 매번 컨트롤을 할 때마다 마나가 지속적으로 소모되었다. 마법 구현을 위해 정신도 집중해주어야 했다.

애니마 마법은 이와 달랐다.

우선 애니마는 원소마법에 비해서 마나 소모량이 거의 없다시피 했다. 이탄이 대상물에 애니마를 투영하여 연결만 시켜 놓으면, 거의 마나 소모 없이 대상물을 자유롭게 다룰 수 있다는 뜻이었다.

'이야아, 이건 정말 획기적인 방법이다. 대마법사 어스는 정말 대단해. 어떻게 이런 위대한 마법을 창안했을까?'

이탄은 감탄을 금치 못했다.

시시퍼 마탑의 역사상 최고의 마법사라 불리는 어스는 진짜로 대단한 천재였다. 아니, 단순히 천재라는 단어로는 표현할 수 없는 거목 중의 거목이었다.

'어디 이 상태에서 한번 광정을 소환해볼까?'

쇠구슬 6개를 몸 주변에 빙글빙글 공전시킨 상태에서 이탄은 (진)마력순환로 속의 음차원 마나를 끌어올려 새로운 마법을 구현했다.

광정(光精)은 간철호가 가진 무력 가운데 최고의 스킬이었다. 이탄은 그 가공할 스킬을 언노운 월드에서 처음으로 구현해 보았다.

파츠츠츠ㅡ.

아탄의 손바닥 사이에서 강렬한 빛의 알갱이가 발현했다.

이 알갱이는 간철호가 구현한 광정보다 훨씬 더 강력하고, 훨씬 더 음습하며, 훨씬 더 파괴적이었다.

왜냐하면 간철호의 마나 총량보다 이탄의 음차원 마나 보유량이 월등하게 높기 때문이었다. 이탄의 뱃속에서 술술 풀려나온 음차원의 마나는 아주 작은 빛의 씨앗 속으로 밀려들어 가 응축되고 또 응축되었다. 강렬한 빛 알갱이는 포화상태를 한 참 넘어서 빛의 정화로 탈바꿈했다.

이탄이 입맛을 다셨다.

'쩌업. 이럴 때는 간씨 세가의 가상현실 연무 공간이 그립군. 만약에 이곳에도 그런 가상의 세계가 구현된다면 내가 지금 만든 광정의 파괴력이 얼마나 되는지 객관적으로 파악할 수 있을 텐데.'

아쉽게도 언노운 월드에는 간씨 세가와 같은 가상의 연무 공간이 없었다. 이탄의 손바닥 사이에 구현된 빛 알갱이가 얼마나 강력한지 객관적으로 판단할 방법이 없다는 소리였다.

이탄은 광정으로 자신의 가슴을 때렸다.

그 즉시 붉은 금속, 즉 적양갑주가 일어나 광정을 반사시켰다.

파삭!

두 배의 위력으로 날아간 광정이 쿠퍼 가문 연무장의 천장을 뚫고 눈 깜짝할 사이에 대기권 밖까지 솟구쳤다. 그 다음 불과 몇 초 만에 달의 표면을 뚫고 들어가 내핵을 강타했다.

세상 사람들 가운데 그 누구도 인지하지 못했지만, 조금 전 하늘에 뜬 3개의 달 가운데 두 번째 달의 표면에 깨알만 한 구멍이 뚫렸다. 날아간 광정은 좁고 깊은 구멍을 만들며 달의 내핵까지 일직선으로 관통한 다음, 달의 뒤편을 뚫고 나왔다.

쿠르르르.

내핵에 충격이 가해지자 달에 강력한 지진이 발생했다. 달의 산맥이 허물어지고 지표면에 크레바스가 쩍쩍 갔다.

아쉽게도 이탄의 감각은 달까지 미치지 못했다. 달은커녕 대기권 안 구름 높이도 도달할 수 없었다.

그 탓에 이탄은 자신이 날린 광정이 어디까지 날아갔는지 알지 못했다. 두 번째 달이 한바탕 홍역을 앓았다는 사실도 인지할 수 없었다.

놀라운 점 하나는, 이탄이 광정을 소환하고 그 광정으로 연무장 천장과 달을 뚫어버릴 동안에도 6개의 쇠구슬은 이탄의 몸 주변을 계속해서 공전한다는 사실이었다.

이것이 바로 애니마의 특징이었다. 이탄의 심혼에 의해서 지배되는 6개의 쇠구슬들은 이탄이 다른 마법, 즉 광정에 온 정신을 쏟아도 알아서 제 할 일을 계속했다.

“어디 보자. 이번엔 또 뭘 테스트해 볼까?”

이탄이 머릿속으로 가상의 적을 연상했다.

촤라락!

그 즉시 쇠구슬이 변형을 시작했다. 6개의 쇠구슬들은 눈 깜짝할 사이에 이탄의 몸 둘레에 우산 모양의 금속 쉴드 6개를 구축했다.

이 쉴드들은 이탄이 마법 캐스팅을 통해 구현한 것이 아니었다. 쇠구슬에 투영된 애니마가 이탄을 보호하기 위해서 스스로 형태 변형을 한 결과였다.

이탄이 머릿속에서 가상의 적을 지웠다. 기다렸다는 듯이 금속 쉴드들이 다시 쇠구슬로 돌아와 이탄의 주변을 뱅글뱅글 맴돌았다.

Chapter 8

이탄이 의지를 일으키자 쇠구슬들이 좀 더 먼 곳까지 날아가서 크게 공전했다.

~~홍홍홍홍홍~~—.

공전 속도도 빨라졌다 느려졌다 자유자재였다.

때로는 6개의 쇠구슬이 12개로 분화해서 공전을 계속했다. 혹은 쇠구슬들끼리 다시 합쳐져서 3개의 덩어리를 만들기도 했다.

"야, 이거 참 편리하네. 지난 1년간 시시퍼 마탑에서 고생한 보람이 있어. 하하하하."

이탄이 기분 좋게 웃었다. 이탄은 고체계열의 애니마 메이지가 된 것이 큰 행운이라고 생각했다.

이탄이 간과한 점이 하나 있었다.

고체계 메이지라고 해서 모두 다 이탄처럼 자유롭게 고체를 다룰 수 있는 것은 아니었다. 마나 소모는 거의 없이, 오로지 의지만으로 금속을 자유롭게 지배할 수 있는 것은 고체계열의 지파장인 쎄숨도 구현 불가능한 경지였다. 심지어 라웅고 부탑주도 이 정도 지배력은 지니지 못했다.

이는 애니마 덕분이 아니었다. 이탄이 지닌 신비한 권능, 즉 '만금제어'가 애니마와 합쳐졌기 때문에 발생한 현상이었다.

한편 이탄은 다른 것도 테스트해 보았다.

지금 이탄의 사중첩 (진)마력순환로 속에는 음차원의 마나가 광활하게 흐르는 중이었다. 이탄은 시험 삼아 4개의 순환로 가운데 하나를 강제로 비웠다. 그 다음 3개의 순환로에는 음차원의 마나를 유지한 채 나머지 빈 순환로에는 정상적인 마나를 불어넣었다.

(진)마력순환로를 꽉 채우면서 콸콸콸 흐르는 음차원의 마나와 달리, 정상적인 마나는 드넓은 순환로 속 밑바닥에서만 쫄쫄쫄 흐를 뿐이었다.

이탄이 실망했다.

'확실히 약해. 음차원의 마나에 비해서 정상적인 마나는 양이 너무 부족하다고.'

그래도 이탄은 당분간 3대 1의 비율로 마나를 순환시키기로 마음먹었다. 퀘스트를 수행하다 보면 불가피하게 음차원의 마나를 숨기고 정상적인 마나만 사용해야 할 경우가 있기 때문이었다.

'정상적인 마나도 좀 키워줘야지.'

이것이 이탄의 의도였다.

그러다 중간에 마음이 바뀌었다.

'아니야. 그래도 이건 아니지. 기본 물량이 받쳐줘야 복리증식의 효과도 보는 것인데, 정상적인 마나는 양이 너무나 미약해서 복리의 효과를 제대로 볼 수 없어. 이 미흡한 마나를 위해서 (진)마력순환로의 슬롯 하나를 통째로 비워두는 것은 손해라고.'

모든 모레툼 신관들이 그러하듯이, 이탄은 손해 보기를 극도로 싫어했다. 결국 이탄은 정상적인 마나를 다시 거둬들이고는 원래대로 음차원의 마나로 바꿔놓았다. 음험하고 흉포한 음차원의 마나가 (진)마력순환로 속을 꽉 채우며 흘렀다. 이탄이 그 충족감에 바르르 눈꺼풀을 떨었다.

'그래. 역시 이 맛이야. 이렇게 속을 꽉 채워서 순환해야 손해를 보지 않고 마나도 복리로 쑥쑥 늘어나지.'

사중첩의 (진)마력순환로 안에 음차원의 마나를 꽉 채워서 돌리는 것은 좋다. 하면 정상적인 마나는 어떻게 키울 것인가?

이제 이것이 고민이었다.

다행히 이탄의 신체에는 빈자리가 남아 있었다.

'나 원 참. 그동안 이곳을 왜 방치했는지 몰라? 나도 참 멍청했지 뭐야.'

이탄이 자책하듯 손바닥으로 자신의 이마를 때렸다. 이탄의 시선이 자연스럽게 자신의 배로 향했다.

임산부의 그것처럼 볼록하게 튀어나온 이탄의 배는, 피

부가 잔뜩 늘어난 상태였다. 이탄은 바로 이 늘어난 피부에 주목했다.

'마력순환로를 사중첩으로 그리면서 더 이상 내 몸에는 순환로를 새길 자리가 없을 줄 알았지 뭐야. 빈 땅이 하나도 없이 빽빽하게 다 들어찬 줄로만 알았다고. 후훗. 그런데 이제 보니 아랫배에 노다지 영토가 남아 있었잖아? 후후훗.'

이탄이 볼록한 배를 손으로 쓰다듬었다.

그동안 이탄은 이놈의 배 때문에 은근히 스트레스를 받았었다. 그런데 이제 보니 배가 나와서 좋은 점도 있었다. 이탄은 새로 발견한 노다지 피부 위에 다섯 번째 마력순환로를 그렸다.

드디어 사중첩을 넘어서 오중첩으로!

다섯 번째 (진)마력순환로는 이탄의 배꼽을 중심으로 뱅글뱅글 나선을 그리면서 새겨지더니, 이윽고 이탄의 피부 속으로 파고들어 단단히 자리를 잡았다.

'자, 가라.'

이탄은 새로 개통한 다섯 번째 순환로 속으로 정상적인 마나를 들여보냈다. 새 통로에 쫄쫄쫄 마나가 흐르기 시작했다.

음차원의 마나를 위한 순환로 슬롯이 4개.

밝고 정명한 마나를 위한 순환로 슬롯이 1개.

첫 번째 슬롯은 콰르르르르.

두 번째 슬롯도 콰르르르르.

세 번째 슬롯도 콰르르르르.

네 번째 슬롯도 콰르르르르.

마지막 다섯 번째 슬롯만 쫄쫄쫄쫄쫄.

복리증식의 권능은 5개의 순환로에 모두 영향을 미쳐서 이탄의 마나를 복리로 불려주었다. 56개의 망령들이 채굴해온 싸이킥 에너지가 여기에 더해지면서 이탄의 마나량을 급증시켰다.

그 증폭효과가 이탄의 기분을 하이(High) 상태로 올려주었다.

'어이구 좋다. 순환로가 하나 더 늘어나니까 화끈하네.'

이탄이 하얗게 이빨을 드러내었다.

제2화

퀘스트6: 다람쥐 배송 작전

Chapter 1

“퀘스트라고? 그럴 리가.”

이탄은 ‘영문 모를 일이네?’ 라고 속으로 중얼거렸다. 은화 반 닢 기사단에서 이탄에게 새로운 퀘스트를 하달했다는 것 자체가 거짓말 같았다.

하지만 이탄의 손에 쥐어진 축축한 종이는 분명 거짓이 아니었다. 종이에는 ‘수의 사원에 가서 여자 한 명을 데려오라.’ 는 내용이 암호로 표시되어 있었다. 이탄은 이 상황이 믿어지지 않았다.

“거 참 이상하네? 앞으로 15개의 퀘스트만 끝내면 나는 은화 반 닢 기사단을 떠나서 다시 신관으로 돌아갈 길이 열

리거든? 그런데 이런 사정을 알면서도 벌써 여섯 번째 퀘스트를 내린다고? 그 음흉한 영감탱이들이 나를 이렇게 쉽게 놓아줄 리 없는데?"

이탄은 은화 반 닢 기사단의 어르신들과 총단의 추기경들을 떠올리면서 머리를 가로저었다.

그러다 퍼뜩 어떤 생각이 들었다.

"설마……?"

자리에서 벌떡 일어난 이탄이 벽난로 앞을 서성였다.

"설마 이번 퀘스트가 함정인 거 아냐? 나에게 더 단단한 굴레를 씌우기 위한 수작질 아니냐고?"

가능성은 충분했다. 이탄은 은화 반 닢 기사단의 원로기사들은 물론이고 모레툼 총단의 추기경들도 믿지 않았다. 비크 교황에 대해서는 더더욱 신뢰가 없었다.

4년 전 비크가 아나톨 주교의 죽음을 이용하여 이탄을 옭아매었을 때 이탄이 묵묵히 순응한 이유는 딱 세 가지였다.

첫 번째 이유.

당시 이탄은 자신이 듀라한이라는 점이 들키면 절대 안 된다는 생각이 강했다. 물론 이 생각은 지금도 계속 가지고 있었다.

두 번째 이유.

당시 이탄은 '혹시라도 권력자인 비크와 대적했다가 트루게이스 지부가 악영향을 받을 수 있어.' 라는 생각으로 일단 참아주었다.

마지막 세 번째 이유.

이탄은 아나톨 주교와 슈로크 추기경의 죽음이 서로 연관성이 있을 것이라고 판단했다. 그리곤 '슈로크를 죽인 자가 누구일까?' 를 곰곰이 고민했다.

가장 쉬운 답은 흑 진영이었다. 실제로도 모레튬 총단에서는 "슈로크 추기경의 죽음 배후에는 흑 진영의 음모가 도사리고 있었다."라고 발표했다.

이탄은 그 말을 믿지 않았다. 솔직히 이탄은 흑 진영보다는 은화 반 닢 기사단을 수상히 여겼다.

'왜냐하면 슈로크 추기경의 갑작스러운 죽음으로 인해 가장 큰 이득을 본 사람이 바로 비크 교황이거든. 그리고 비크의 가장 날카로운 검이 바로 은화 반 닢 기사단이지.'

당시 이탄이 비크의 협박에 굴복하여 은화 반 닢 기사단의 성기사가 된 세 번째 이유는, 구린내가 진동하는 추기경의 죽음을 파헤치려는 의도가 있었기 때문이었다.

물론 아직까지 이탄에게는 적당한 기회가 오지 않았다. 하지만 만약 조금의 틈만 주어진다면 이탄은 단숨에 이 과거사를 물어뜯어 끝까지 파 볼 생각이었다.

"나는 호구가 아니야. 만약 4년 전 그 사건이 은화 반 닢 기사단에서 작업한 것이다? 그 증거만 내 손에 들어오면 그에 상응하는 대가를 은화 반 닢 기사단과 비크 교황이 떠안게 될 것이야."

파앙!

이탄의 손끝에서 튕겨 나간 젖은 종이가 벽난로 속으로 날아가 벽돌 속에 콱 틀어박혔다.

세상에서 가장 계산에 밝은 사람이 누굴까?

만약에 이런 질문을 받는다면 세상 사람들 대부분은 '수의 사원' 에 소속된 몽크(Monk: 수도승)들을 지목할 것이다.

수의 사원은 이름 그대로 '세계를 숫자와 수식으로 분석하려는 사람들의 집단' 이었다. 그런데 숫자에 흑과 백이 없으므로 수의 사원은 흑도 백도 아닌 중립 진영에 속했다. 그것도 어중이떠중이 집단이 아니라 중립 진영의 여러 세력들 가운데 몇 손가락 안에 꼽힐 만큼 강성한 곳이었다.

보통 중립 진영의 세력들은 흑과 백 양쪽 모두와 벽을 쌓고 지내는 경우가 많았다. 예를 들어서 라폴 도서관이 그러했다. 라폴은 흑 진영도 멀리하고, 백 진영과도 거리를 두었다.

수의 사원은 조금 달랐다. 이곳의 몽크들은 독특하게도 흑과 백 양쪽 진영과 골고루 우호적인 관계를 맺었다. 특히 백 진영에서는 모레툼 교단과, 그리고 흑 진영에서는 '고요의 사원'과 교류가 활발했다.

모레툼 교단이 수의 사원과 가까이 지내는 이유는 단순했다. 모레툼 교단처럼 고리대금업(?)에 종사하려면 다양한 종류의 계산, 특히 회계, 금융수학, 확률, 통계 등의 지식이 반드시 필요했다.

물론 모레툼의 신관들은 자신들이 고리대금업을 한다는 사실을 절대적으로 부정하지만 말이다.

"여하튼, 그놈의 친분 관계 때문에 수의 사원에서 폭력을 사용하면 절대 안 된단 말이지? 만약 불미스러운 일이 터지기라도 한다면 모레툼 교단과 수의 사원 사이에 외교적인 문제가 발생하니까 말이야."

이탄이 심드렁하게 비꼬았다.

333호가 열심히 고개를 주억거렸다.

"49호 님의 말씀이 맞습니다."

"그런데 다람쥐는 수의 사원에서 나올 생각이 없고?"

"그렇게 들었습니다."

333호는 잘도 대답했다. 333호의 단발머리가 햇볕을 받아 금빛으로 찰랑거렸다.

이탄이 허탈하게 반문했다.

"하! 그럼 나더러 어떻게 다람쥐를 빼내오라는 거야? 폭력은 꿈도 꾸지 마라. 수의 사원은 교단과 우호적인 곳이니 절대로 분쟁을 일으켜서는 안 된다. 그런데 다람쥐는 사원에서 나올 생각이 없다. 이 모순을 어떻게 해결하느냐고?"

"49호 님께서는 외교적 문제까지 고민하실 필요가 없습니다. 다람쥐를 사원 밖으로 유인하는 일은 총단의 몫입니다."

의외의 대답에 이탄이 흠칫했다.

"응? 총단에서 다람쥐를 사원 밖으로 끌어내어 준다고? 그럼 나는 그 다람쥐를 은화 반 닢 기사단까지만 호위하면 임무 끝이야?"

"네."

333호는 당연하다는 듯이 대꾸했다.

Chapter 2

이탄이 다시 물었다.

"당연히 점퍼도 붙여주겠지?"

"물론입니다. 수의 사원이 위치한 곳은 대륙 남부가 아닙니까? 점퍼도 없이 그 먼 지역을 어떻게 다녀오겠습니까? 도시와 도시 사이의 평야지대에는 온갖 몬스터들이 득실거리고 위험이 깔려 있는걸요."

333호는 '뭐 그리 당연한 걸 묻느냐?'는 표정으로 이탄을 바라보았다. 333호의 말을 듣자 이탄의 머릿속에 과거의 어느 한 시점이 연상되었다. 헤스티아 영애를 호위하다가 언데드 무리의 습격을 받아 개고생을 했던 사건 말이었다.

'쳇.'

과거를 떠올리자 이탄의 이맛살이 절로 찌푸려졌다.

'에이. 아니겠지. 설마 그런 일이 또 벌어지겠어? 모레툼 교단이 점퍼들을 충분히 투입해 줄 거야.'

이탄은 잡생각을 털어버리고 추가 질문을 했다.

"그럼 퀘스트가 너무 쉽잖아? 실제 업무는 점퍼들이 다 하는 것이고, 나는 그냥 호위만 서면 끝이네?"

음흉한 추기경들이 이탄에게 이렇게 쉬운 퀘스트를 줄 리 없었다. 이탄은 퀘스트가 너무 간단하여 오히려 의심스러웠다.

순간적으로 333호의 얼굴에 그늘이 드리웠다.

"그게…… 그렇게 간단하지만은 않습니다."

"왜?"

이탄이 '그럼 그렇지.'라는 표정으로 되물었다.

333호가 이유를 밝혔다.

"요새 대륙 남부의 정세가 심각한 모양입니다. 피사노교가 남부 지방에서부터 본격적인 활동을 시작했다는 소리도 들리고, 고요의 사원이 뉴부로도 시 주변을 넓게 틀어막았다는 소문도 있습니다. 어쨌거나 그쪽 지역이 위험해진 것은 사실입니다."

여기서 말을 끊은 뒤, 333호가 이탄의 눈치를 살폈다.

이탄이 손가락을 까딱였다.

"괜찮으니까 눈치 보지 말고 말해. 그래서 뭐가 어떻게 되었는데?"

333호가 겨우 입술을 떼었다.

"총단에서 뉴부로도 시 인근을 적색지대로 지정하고 점퍼의 투입을 막았습니다."

"하!"

이탄이 그럴 줄 알았다는 듯이 코웃음을 쳤다.

333호가 빠르게 변명을 했다.

"49호 님께서도 아시다시피 점퍼들은 우선적으로 보호가 필요한 전략 자원입니다. 그 귀중한 점퍼 요원들을 적색지대에 투입하는 것은 절대 금기라 어쩔 수 없습니다. 그래서 은화 반 닢 기사단의 어르신들께서는 새로운 방법을 구상하셨습니다."

"어떤 방법인데? 들어나 보자."

이탄이 팔짱을 끼고 시니컬한 표정을 지었다.

333호가 냉큼 대답했다.

"뉴부로도 시 북쪽에 부로도 시가 있습니다. 원래는 이 부로도 시가 남부지역의 거점 도시였는데 뉴부로도가 개발되면서 인구를 빼앗겼지요."

이탄이 다시금 손가락을 까딱거렸다.

"잡설은 빼고 핵심만 말해."

"넵. 어르신들께서는 머리를 맞대고 고민한 끝에 다음과 같은 결정을 내리셨습니다. 일단 위험을 무릅쓰고라도 부로도 시까지는 점퍼 요원들을 투입하자. 그 다음 부로도로부터 뉴부로도 시까지 왕복은 49호 님께 일임한다. 이후 49호 님께서 다람쥐를 부로도 시까지 무사히 데려오면, 그 다음은 다시 점퍼 요원들이 바통을 넘겨받는다. 이상이 어르신들의 계획입니다."

333호의 말을 듣자 이탄의 머릿속에 다음과 같은 정리표가 그려졌다.

1. 쿠퍼 가문 =〉 부로도 : 점퍼 활용
2. 부로도 =〉 뉴부로도 : 이탄이 직접 이동
3. 뉴부로도 =〉 부로도 : 역시 이탄이 직접 이

동. 다람쥐도 데려와야 함

4. 부로도 시 =〉 은화 반 닢 기사단 : 점퍼 활용

이제 상황은 파악이 되었다. 이탄은 333호에게 가장 중요한 점을 확인했다.

"거리가 얼마나 되지?"

"어떤 거리를 말씀하십니까?"

"어떤 거리겠어? 당연히 부로도 시와 뉴부로도 시 사이의 거리지."

"……입니다."

333호가 기어들어 가는 목소리로 대답했다.

이탄이 오른손을 자신의 귓바퀴에 대었다.

"잘 안 들려. 얼마라고?"

"……입니다."

"크게 말해, 임마."

이탄이 인상을 팍 썼다.

333호가 두 눈을 질끈 감고 대답했다.

"약 200킬로미터입니다."

"커헉! 200킬로미터라고?"

이탄이 뒷목을 잡았다.

당연한 반응이었다. 도시와 도시 사이의 거리가 200킬로

미터라면 이건 도저히 인근 도시라고 부를 수 없었다.

“흥. 다시 말해서 이번 퀘스트의 핵심은, 몬스터와 언데드가 득실거리는 평야지대를 400킬로미터나 왕복하는 거네? 그나마 돌아올 때는 홀몸도 아니고 다람쥐라는 명칭의 여자까지 보호하면서?”

이탄이 비꼬는 눈빛으로 333호를 바라보았다.

“죄송합니다.”

333호가 고개를 푹 숙였다.

의외로 이탄은 크게 화를 내지 않았다.

‘그럼 그렇지. 그 음흉한 늙탱이들이 나에게 거저먹기 퀘스트를 줄 리 없지. 이 정도 난이도는 익히 예상했어.’

이탄은 “위험지역을 400킬로미터나 왕복하라.”는 명령이 오히려 마음 편했다. 만약에 퀘스트가 쉬웠다면 오히려 더 찜찜했을 것 같았다.

Chapter 3

퀘스트 준비를 위해서 이탄에게 만 하루의 시간이 주어졌다.

이탄은 왼손 검지와 약지에 착용한 사파이어 반지를 뺐

다. 오른손 중지의 반지도 손가락에서 빼냈다.

이 사파이어 반지들은 쿠퍼 가문 가주의 상징이었다. 그러니까 반지를 빼는 행위는, 이탄이 쿠퍼 가문의 가주가 아니라 은화 반 닢 기사단의 성기사로 복무한다는 점을 의미했다.

이어서 이탄은 배낭에 성기사 전용 물품들을 챙겼다.

은화 반쪽.

어깨 부위에 49라는 숫자가 수놓아져 있는 새하얀 무복 한 벌.

팔뚝에 착용하는 흰 토시 한 쌍.

정강이를 보호하는 흰색 각반 한 쌍.

언제나 그렇듯이 이탄의 짐은 단출했다. 이탄은 여기에 속옷 몇 벌과 목도리 여유분을 더 챙겨 넣었다.

"남쪽은 더운 지역이니까 여우털 목도리를 가져갈 수는 없겠지. 천 목도리를 챙겨야지."

이탄은 목도리와 더불어서 목의 상처를 감추기 위한 약품도 빼놓지 않았다.

짐을 대충 꾸린 뒤, 이탄이 고개를 좌우로 뚝뚝 꺾었다.

"내일 새벽이면 출정이군."

새로운 퀘스트를 받았다고 해서 특별히 긴장이 된다든가 하지는 않았다. 이탄은 평소처럼 (진)마력순환로를 온몸에 돌리고 저주마법과 신성의 가호를 복습하면서 고요한 시간을 보냈다.

물론 겉보기로만 고요해 보일 뿐 실제로는 귀가 따가워서 미칠 지경이었다.

[끼요옵? 어디라고? 어디? 지도상에서 그 위치라면 이 아나테마 님이 훤히 꿰뚫고 있지. 물론 뉴부로도 따위의 허접한 도시명은 들어본 적도 없다만, 그 일대는 이 아나테마 님이 훤하다고. 별빛처럼 반짝이던 고대문명 시대, 우리 악마사원의 본산이 바로 그 근처에 있었느니라. 끼끼끼요요올. 이게 도대체 얼마만의 고향 방문이냐?]

아나테마의 악령이 쉬지 않고 혀를 놀렸다.

이번에는 이탄도 아나테마의 입을 틀어막지 않았다. 문명이 하나 바뀔 만큼 오랜 시간 만에 고향을 방문하는 늙은 리치의 심정이 이해가 되어서였다.

다른 한편으로는 이탄도 은근히 기대하는 바가 생겼다.

'악마사원이 그 근처에 있었다고? 후후훗. 그렇다면 퀘스트를 수행하는 김에 고대문명의 유적지라도 발굴할 수 있으려나? 뭔가 하나라도 건질 게 있으면 좋겠는데. 그럼 꿩 먹고 알 먹고잖아?'

이탄은 은근한 욕심을 부렸다.

밤이 깊을 무렵이었다. 탁자에 설치된 마법 통신구에 불빛이 들어왔다.

"응? 이 시간에 내게 연락할 사람이 없는데?"

이탄이 무슨 일인가 싶어 통신구로 다가갔다.

둥그런 수정구슬 저편에 프레야의 모습이 보였다.

"어쩐 일이요? 아울 검탑에 무슨 일이라도 생겼소?"

이탄의 물음에 프레야가 볼을 살짝 붉혔다.

"아니, 꼭 무슨 일이 생겨야 연락을 하나요? 부부 사이에 그냥 할 수도 있죠."

"으응? 부부 사이?"

생각지도 못한 대답에 이탄이 어리둥절할 때였다.

"새해도 되었고 해서 그냥 한번 연락해봤어요. 마법 통신구도 오래 사용하지 않으면 녹슨다더라고요. 그래서 통신구에 기름칠을 할 겸해서 해본 거예요. 쓸데없는 오해는 말아요."

프레야가 후다닥 말을 내뱉고는 통신을 뚝 끊었다.

"허어어?"

이탄은 어이가 좀 없었다.

"마법 통신구가 녹이 슨다고? 기름칠을 할 겸 연락을 했다고? 이게 무슨 강아지 씻나락 까먹는 소리야? 혹시 아울 검탑에 진짜로 무슨 일이 생긴 걸까?"

이탄은 프레야에게 다시 연락을 할까 말까 고민하다가 그만두었다. 어차피 아울 검탑에서 일이 터졌다고 해도 이탄이 한달음에 달려갈 처지는 아니었다. 이 밤이 지나면 이탄은 대륙 남쪽의 부로도 시로 떠나야 했다.

"에이. 천하의 아울 검탑인데, 문제가 생기진 않았겠지. 설령 생겼다고 하더라도 아울 검탑에서 알아서 처리하겠지"

이탄은 이런 말로 프레야를 머릿속에서 밀어내었다.

같은 시각, 머나먼 아울 검탑에선 프레야가 얼굴까지 침대보를 뒤집어쓰고 빈 허공에 마구 발길질을 해댔다.

"어구구구, 내가 미쳤지. 뜬금없이 왜 그 남자에게 연락을 했을까? 이게 모두 다 엄마 때문이야. 엄마가 이상한 얘기를 하니까 나답지 않게 미친 짓을 했잖아. 아우웅. 손발이 오그라들어서 못 살겠다."

프레야의 두 뺨은 감기몸살이라도 걸린 것처럼 새빨갛게 물들었다.

다음날 새벽.

이탄은 다람쥐 배송 퀘스트에 돌입했다.

은화 반 닢 기사단 소속 점퍼 요원들의 실력은 과연 믿을 만했다. 요원들이 설치한 마법진을 이용하자 대륙 동북부에서 출발하여 대륙 남부까지 날아오는 데 불과 두 시간도 걸리지 않았다.

그나마 두 시간이 걸린 것도, 점프로 인한 현기증을 방지하기 위해서 중간에 여러 번 휴식을 취한 탓이었다. 순수하게 공간이동을 한 시간은 단 몇 분에 불과했다.

부로도 시의 외곽 지역.

14명의 점퍼 요원들이 기진맥진하여 바닥에 주저앉았다. 대륙을 남북으로 가로지르는 것은 은화 반 닢 기사단의 점퍼 요원들 입장에서도 보통 일이 아니었다. 다들 마나가 고갈되어 헐떡거렸다.

“헉헉헉. 저희 임무는 여기까지입니다. 저희들은 이곳 부로도 시에서 대기하고 있을 것이니 이후는 전투 요원들이 맡아주십시오.”

선임 점퍼 요원이 333호에게 이렇게 당부했다.

333호가 자신감에 가득 찬 태도로 바통을 넘겨받았다.

“알겠습니다. 여기서부터는 저희가 맡을 테니 여러분들은 시내로 들어가 교단 지부에서 쉬고 계십시오.”

점퍼 요원들을 떠나보낸 뒤, 333호가 이탄을 돌아보았다.

이탄이 목에 두른 목도리를 코 위까지 끌어올렸다.

“이제 우리 차롄가?”

“넵.”

이탄이 앞장섰다.

333호를 비롯한 전담 보조요원들은 이탄의 뒤를 따랐다.

이탄 일행은 우선 부로도 시 남문 근처에 형성된 마시장부터 찾았다. 이탄이 333호의 의견을 물었다.

"200킬로미터를 쉬지 않고 달리려면 말이 몇 마리나 필요하지?"

"15킬로미터만 달려도 말의 힘이 빠집니다. 따라서 이론적으로는 한 사람 당 열세 마리의 말을 갈아타야 최단시간 주파가 가능합니다."

333호의 대답에 이탄이 눈을 찌푸렸다.

"그건 중간에 역참이 15킬로미터 간격으로 준비되어 있을 때의 이야기고, 부로도 시부터 뉴부로도 시까지 사이에는 역참이 없을 것 아냐?"

이탄의 말이 옳았다. 언노운 월드에서 도시는 비교적 안전지대지만 도시 밖으로 나가면 몬스터들이 득실거려 위험했다. 당연히 도시와 도시 사이에 역참 운용은 불가능했다.

Chapter 4

333호가 계산을 다시 했다.

"죄송합니다. 이럴 경우에는 한 사람 당 말을 두 마리씩 만 산 다음, 중간에 적당히 갈아타면서 달리는 것이 최선일 것 같습니다."

"좋아. 나까지 포함해서 총 5명이지? 일단 말을 열 마리 만 사자."

"다람쥐까지 태울 생각을 하면 열두 마리가 필요하지 않겠습니까?"

333호가 말 두 마리를 추가해야 하는 것 아니냐고 물었다.

이탄이 머리를 가로저었다.

"아니지. 다람쥐를 위한 말은 뉴부로도에서 출발할 때 구매해도 늦지 않아."

"아, 그렇군요."

333호가 이탄의 말뜻을 납득했다.

이탄과 333호가 의견을 교환하는 사이, 전담 보조 요원들이 빠릿빠릿하게 일 처리를 했다. 요원들 가운데 2명이 먼저 마시장으로 달려가 상인들과 흥정을 시작한 것이다.

요원들은 능숙하게 말의 혓바닥과 귓속, 눈곱 낀 상태, 항문의 조임 등을 검사하여 튼튼한 말 열 필을 구매했다. 또 다른 요원들은 식량과 물, 그리고 말먹이를 챙겼다. 다들 손발이 척척 맞았다.

부하들이 바쁘게 움직이는 동안 333호도 놀고 있지 않았다. 그녀는 마법지도를 펼쳐놓고 이탄과 함께 이동 경로를 살폈다.

"여기 이 길을 따라서 말을 달리면 될 것 같습니다. 길이 반듯하니 중간에 쉬면서 달린다고 해도 네다섯 시간이면 충분할 겁니다."

333호가 지도상의 도로 하나를 손가락으로 찍었다.

이탄이 시니컬하게 말을 받았다.

"그건 아무런 방해 없이 달렸을 때 이야기고, 당연히 몬스터들이 나타나 방해를 하겠지."

"흐음. 아무래도 그렇겠지요?"

333호가 볼에 바람을 머금어 복어처럼 빵빵하게 부풀렸다. 앙다물린 333호의 입술이 잘 익은 앵두를 연상시켰다.

나름 필살의 애교를 부렸건만 이탄은 무반응이었다.

'피잇.'

333호가 이탄 몰래 입술을 삐쭉거렸다.

그러는 사이 모든 준비가 끝났다.

오전 9시 30분, 이탄 일행이 부로도 시를 출발했다.

인구 400만 명의 부로도 시는 황무지 한복판에 세워진 도시였다. 그 사실을 증명이라도 하듯이 성문을 나서자마자 야생의 황무지가 이탄 일행의 눈앞에 펼쳐졌다.

가뭄에 갈라진 흙바닥 사이로 질긴 생명력의 잡초들이 듬성듬성 자라나 있었다. 척박한 땅인 탓에 잡초들은 흙바닥에 납죽 붙었다. 속을 파헤쳐보면 잡초의 뿌리가 일반 흙보다 몇 배는 더 깊을 것이다.

마침 이 시기는 건기에 해당하는지라 땅이 무척 건조하였다.

휘이이이잉—.

황무지에 바람이 한 번 훑고 지나가자 누런 흙먼지가 들고 일어나 온 세상을 뒤덮었다. 흙먼지 속에서 지평선과 구름의 경계는 불분명하였다.

"장난 아닌데?"

"으윽. 지독하군."

후텁지근하고 희뿌연 대기를 노려보면서 요원들이 한탄을 내뱉었다.

이탄은 묵묵히 목도리를 끌어올린 뒤, 말의 배를 박찼다.

"이랴."

히이이이힝.

이탄의 말이 두 다리를 번쩍 들고 울음을 토하더니 흙먼지 속으로 냅다 뛰어들었다.

"다들 49호 님을 쫓으라."

333호의 명이 떨어졌다.

"넵."

이탄의 전담 보조요원들이 불평불만을 멈췄다. 그리곤 말의 등에 낮게 엎드려 선두를 바짝 쫓았다.

다그닥 다그닥, 다그닥.

말발굽이 대지를 박찰 때마다 누런 먼지가 구름처럼 일어났다. 열 필의 말이 만들어낸 흙먼지 구름은 남쪽을 향해 빠르게 뻗어 나갔다.

이탄 일행이 길을 떠나고 잠시 후, 부로도 시 남문 성탑 위에는 40여 명의 사람들이 모습을 드러냈다. 그들은 모두 짙은 남색 무복을 입고 남색 마스크로 얼굴의 절반을 가린 복장이었다. 등에는 길고 짧은 검 두 자루를 나란히 비끄러매었다. 허벅지에는 단검들이 꽂힌 가죽을 둘렀다.

그중 한 사내가 이탄을 턱 끝으로 가리켰다.

사내의 이름은 하비에르. 왼쪽 눈에 남색 안대를 찬 애꾸눈이었다.

"저기 저자인가?"

"맞습니다. 저자가 바로 아나톨 주교의 살해범으로 지목을 받았던 이탄 신관입니다. 제가 얼굴을 직접 확인했습니다."

애꾸눈 하비에르의 오른쪽에 서 있던 사내가 말을 받았다.

답을 한 사내는 왼쪽 눈과 뺨에 긴 흉터가 나 있고, 머리 양쪽에 꽁지머리를 짧게 묶은 모습이었다. 이름은 에더라고 했다.

애꾸눈 하비에르가 고개를 갸우뚱했다.

"이탄 신관은 4년 전 아나톨 주교의 죽음 이후 감쪽같이 자취를 감추었잖아? 그런 녀석이 갑자기 다시 모습을 드러내다니, 그거 이상하군."

"저도 수상하다는 생각입니다. 하지만 그래도 이탄을 그냥 두고만 볼 수는 없지 않겠습니까?"

"당연하지. 녀석에게 확인할 것이 있어."

단호하게 말을 한 뒤, 애꾸눈 하비에르가 왼쪽으로 시선을 돌렸다.

"그나저나 아가씨에게는 연락을 취했나?"

"네. 취했습니다."

질문을 받은 사내가 냉큼 대답했다. 그는 에더와 똑같이 생겼으나, 얼굴에 흉터가 없고 꽁지머리를 정수리에만 하나 묶은 점이 차이가 났다. 이 사내가 바로 에더의 쌍둥이 동생인 베르거였다.

"조금 전 뉴부로도의 형제들에게 연락을 보냈습니다. 그러니까 조만간 아가씨의 귀에도 소식이 들어갈 겁니다."

베르거가 보고를 덧붙였다.

하비에르는 황무지 방향으로 시선을 돌렸다.

"좋아. 그렇다면 우리도 늦지 않게 출발하자."

"옙."

40여 명의 사내들이 한목소리로 대답했다.

하비에르는 부하들에게 한 번 더 신신당부했다.

"이건 다시없을 기회다. 이번에 확실하게 단서를 잡아야 하니까 절대 방심하지 마라."

"명심하겠습니다."

하비에르의 부하들이 아랫배에 힘을 꽉 주고 우렁차게 답했다.

잠시 후 하비에르와 그의 부하들은 부로도 시의 남문을 나섰다. 이탄 일행이 출발한 지 20분쯤 뒤의 일이었다.

우두두두두—.

하비에르 일행을 태운 군마가 메마른 황무지를 힘차게 달렸다. 말발굽에서 일어난 뿌연 먼지가 말의 꽁무니를 쫓아 뭉게구름처럼 일어났다.

하비에르가 선두에서 말을 몰았다. 이글거리는 하비에르의 외눈이 흙먼지 너머 뉴부로도 방향을 무섭게 노려보았다.

'아가씨. 드디어 실마리를 잡았습니다. 조금만 기다려주십시오.'

하비에르의 표정이 자못 비장했다.

Chapter 5

부로도 시가 인구 사백만 명의 구도시라면, 뉴부로도 시는 인구 천오백만 명을 자랑하는 신도시였다.

말이 천오백만 명이지, 이 정도면 도시가 아니라 하나의 왕국이나 다름없었다. 실제로 뉴부로도는 단순한 도시를 뛰어넘어 대륙 남부 일대의 문화 및 경제를 선도하는 중심지 역할을 맡았다.

지형적으로 뉴부로도는 남부 해안선을 끼고 형성된 해안 도시였다. 대륙 남부에서 가장 큰 항구가 뉴부로도 시에 있었고, 두 번째로 큰 항구도 뉴부로도 시에 포함되었다.

인구 구성을 보면, 뉴부로도는 필드족과 비치족이 절반씩 혼재되었다. 인구의 50퍼센트는 필드족, 40퍼센트는 비치족, 나머지 10퍼센트는 아인종이라고 보면 적당했다.

항구를 끼고 발달한 도시답게 뉴부로도는 상업과 수공업, 농업, 어업 등이 골고루 발달하였으며, 문화의 중심지답게 음악과 미술이 번창하고 악단 등의 볼거리도 풍부했다.

이렇듯 장점이 풍부한 대도시가 바로 뉴부로도였다.

하지만 햇살이 강하면 그림자도 짙은 법이었다. 뉴부로도 시에는 남부의 다른 도시들보다 훨씬 더 심각한 대규모 빈민가가 존재했다. 이 빈민가를 중심으로 독버섯과 같은 암흑조직들을 뿌리를 내렸다.

남부 최대의 마약 길드.

남부 최대의 환락가 길드.

남부 최대의 도박 길드.

남부 최대의 청부암살 길드.

이런 길드들만 따져도 몇백 개가 훌쩍 넘었다. 덕분에 뉴부로도 시는 흑 진영과 백 진영이 첨예하게 맞서는 접경지역으로 분류되었다.

"흑과 백 사이에 전쟁이 터진다면 그 첫 번째 격전지는 분명히 뉴부로도 시가 될 것이다."

많은 사람들이 이렇게 추측했다.

그 위험한 도시에 이탄 일행이 발을 내디뎠다. 1월 10일 늦은 오후의 일이었다.

"쳇. 여기까지 오는 데 무려 일곱 시간이 넘게 걸렸군."

이탄은 옷 위에 쌓인 뽀얀 흙먼지를 툭툭 털었다.

이탄 일행이 부로도 시의 남문을 나선 시간이 오전 9시 30분이었다. 그리고 뉴부로도 시에 입성한 시간은 오후 5시 20분이 조금 넘었다.

이탄 일행은 말을 달려 3시간이면 주파할 거리를, 그 두 배가 넘는 시간을 소요하고서야 겨우 도착한 셈이었다.

흙먼지를 털어내자 이탄의 겉옷에 묻은 핏자국들이 얼룩덜룩하게 두드러졌다. 전담 보조팀 요원들도 다들 지친 표정이었다.

이동 중간에 몬스터들과 싸우면서 길을 헤쳐 온 탓이었다. 치열한 돌파의 와중에 말들도 꽤 잃었다. 원래 이탄 일행은 총 열 필의 말을 사서 출발했다. 그런데 지금 남아 있는 말은 여섯 필에 불과했다. 도중에 네 마리가 희생된 것이다.

333호가 손가락을 들어 도심을 가리켰다.

"저쪽 도심으로 들어가시지요. 우선 여관부터 잡겠습니다."

이탄이 333호의 말에 반색했다.

"그래. 짐부터 풀고 좀 씻어야겠어."

이탄은 몬스터들의 피와 살점을 뒤집어쓴 것이 영 찝찝했다.

333호가 냉큼 말을 받았다.

"배도 채워야죠."

이탄을 제외한 나머지 요원들의 배에서 꼬르륵 소리가 나는 중이었다.

333호는 뉴부로도 시의 북쪽 시가지에서 여관을 하나 골라잡았다. '아바니502' 이라는 독특한 이름의 여관이었다.

"말이 여관이지, 이건 어지간한 대저택보다도 더 화려하군."

여관 복도를 걸으면서 이탄이 중얼거렸다. 이탄의 눈에 비친 아바니502은 트루게이스 귀족들의 대저택보다도 더 규모가 크고 화려했다.

333호가 '이게 뭔 소리냐?' 는 듯이 눈을 껌뻑거렸다.

"당연하잖아요. 아바니인걸요."

"응?"

이탄이 333호의 말뜻을 알아듣지 못했다.

333호가 황당하다는 눈빛으로 이탄을 보았다.

"49호 님, 정말로 모르십니까? 혹시 아바니라는 이름을 처음 들어보신 것은 아니시겠죠?"

"아바니? 어디서 많은 들어본 이름인데?"

이탄이 고개를 갸웃했다.

333호의 눈이 동그래졌다.

"와아. 정말 모르셨나 보네요. 아바니는 쿠퍼 가문과 더불어 대륙 최고의 부호로 알려진 가문이 아닙니까. 북부의 쿠퍼, 남부의 아바니. 이런 표현이 있을 정도로 어마어마한 대부호가 바로 아바니 가문입니다."

"아! 맞다. 상단주들이 올린 보고서에서 이 이름을 봤구나. 해상교역과 숙박업 등에서 큰돈을 긁어모으는 가문이라지?"

이탄이 손뼉을 쳤다.

333호가 절레절레 머리를 흔들었다.

이탄이 333호에게 물었다.

"그럼 이 여관도 아바니 가문이 소유한 곳인가?"

"맞습니다. 여기는 아바니 가문의 여러 사업체 가운데 하나입니다. 아바니502라는 명칭은 이 여관이 아바니에서 세운 502번째 여관이라는 뜻이고요."

"와앗? 이런 최고급 여관이 502개가 넘는단 말이야?"

이탄은 순간적으로 '아바니 가문을 트루게이스 지부의 신도로 만들면 좋겠는데 무슨 방법이 없을까?' 라는 망상을 품었다.

Chapter 6

333호는 잠시 어이없어하다가 자신의 방으로 쏙 들어가 버렸다.

이탄도 방에 들어가 몸부터 씻었다.

쏴아아아—.

이탄의 살갗에 덕지덕지 달라붙어 있던 몬스터들의 피가 따뜻한 온수에 쫙 씻겨 내려갔다. 이탄은 핏물에 절은 머리카락도 박박 감았다. 그 다음 머리통을 몸통에서 분리하여 틈새 구석구석까지 깨끗하게 씻었다.

한 시간 뒤.

이탄을 제외한 전 요원들이 여관 1층 레스토랑에 모였다. 그들은 남부지역의 특산요리들을 하나씩 시켜서 맛있게 나눠 먹었다.

이탄은 1층으로 내려가는 대신 방에서 룸서비스를 시켰다. 물론 이것은 사람들의 주목을 받기 싫어서 주문만 했을 뿐이었다. 실제로 이탄은 배달된 음식을 먹지 않고 그냥 버렸다.

그렇게 뉴부로도 시에서의 첫날밤이 깊었다.

다음 날 여명이 터올 무렵,

똑똑똑똑.

이른 새벽부터 이탄의 방문 앞에서 노크 소리가 울렸다.

"들어와."

이탄의 말이 떨어지기 무섭게 333호가 안으로 들어왔다.

"49호 님."

"무슨 일이지?"

이탄의 질문에 333호가 상황보고를 올렸다.

"총단에서 연락이 왔습니다. 다람쥐와 교신에 성공했다고 합니다. 다람쥐가 내일 오전 사원 입구에서 우리와 만나기로 했답니다."

"내일 오전? 그럼 그 시간에 다람쥐와 함께 곧바로 출발할 수 있으려나?"

333호가 고개를 가로저었다.

"그건 아닌 것 같습니다."

"아니라고?"

333호의 부정적인 대답에 이탄이 눈매를 가늘게 좁혔다.

"다람쥐는 아직 사원을 떠날 생각이 없는 것 같습니다. 일단 내일 오전에 우리를 만나본 다음, 최종 결정을 내리겠답니다."

333호가 잔뜩 긴장하여 대답했다.

"하!"

이탄이 완강하게 팔짱을 끼었다. 지금 이 상황이 마뜩지 않다는 몸짓이었다.

333호가 울상을 지었다.

"죄송합니다. 제가 총단에 다시 연락해서 하루빨리 다람쥐를 설득하라고 전하겠습니다."

"네가 죄송할 게 뭐 있어? 사람 하나 제대로 설득하지 못하는 총단 녀석들이 문제지."

이탄이 333호의 편을 들어주었다.

그래도 333호는 마음이 편치 않았다.

이탄이 기지개를 쭈욱 켰다.

"아구구구. 그나저나 온몸이 찌뿌둥하네. 어쨌거나 내일 다람쥐를 만나기로 했으니 오늘은 할 일이 딱히 없네? 그렇다면 자유시간이지?"

"맞습니다. 오늘은 일이 없습니다."

"그럼 요원들끼리 각자 알아서 쉬어."

이탄이 선심이라도 쓰듯이 말했다.

333호가 이탄의 일정을 궁금해했다.

"저희가 쉴 동안 49호 님은 어찌하실 계획이십니까?"

"나?"

이탄이 손가락으로 자신의 얼굴을 가리켰다.

"글쎄? 몸도 찌뿌둥한데 산책이나 나갔다 올까? 모처럼 유명한 관광도시에 왔는데 그래도 시내 구경은 한번 해야지. 나는 내가 알아서 할 테니까 신경 쓰지 말고 다른 요원들이나 챙기라고."

몸이 찌뿌둥하다는 것은 순 거짓말이었다. 언데드는 몸이 결리거나 쑤시는 증상이 나타날 수 없었다.

그런데도 이탄이 이렇게 둘러댄 것은 다른 이유 때문이었다.

'자유시간이 주어진다고? 마침 잘 되었다. 이참에 고대 문명의 유적지, 즉 악마사원의 옛 터나 가봐야겠구나.'

이탄은 퀭(다람쥐 배송 퀘스트)을 기다리는 동안에 알(악마사원 유적지)부터 먼저 주울 요량이었다.

[끼요오오올, 드디어 가는구나!]

이탄의 영혼 속에서 아나테마의 악령이 기쁜 마음을 덩실덩실 춤으로 표현했다. 그것도 평범한 춤이 아니라 하반신만 꿀렁거리는 저질 춤이었다.

'이놈의 영감탱이가 미쳤나?'

이탄은 어이가 없었다.

잠시 후, 이탄이 아바니 여관을 나섰다.

늘 그렇듯이 오늘도 뉴부로도 시가지에는 흙먼지가 가득했다. 하늘은 온통 잿빛이었다. 가시거리는 채 30미터가 되지 않았다. 아직 이른 시각이건만 거리에는 제법 인파가 많았다.

'과연 크긴 큰 도시구나.'

이탄은 이곳이 인구 천오백만 명의 대도시라는 점이 비로소 실감 났다.

평범한 차림으로 어슬렁어슬렁 도시를 걷던 중, 이탄이 갑자기 방향을 꺾어 골목 안으로 들어섰다. 그 다음 은신의 가호로 온몸을 투명하게 만들었다.

스르륵.

이탄의 모습이 공기 중에 녹아들 듯 사라졌다. 투명화 상태에서 이탄은 건물 지붕으로 풀쩍 올라섰다. 도약 한 번에 이탄의 몸이 14미터 위로 뛰어올랐다.

"뭐야?"

"은신의 가호다."

남색 무복을 입은 자들이 사방에서 후다닥 몰려들었다. 그들은 조금 전 이탄이 뛰어든 골목길 앞을 두리번거렸다.

"젠장. 형제들에게 빨리 연락해. 놈을 놓치면 안 돼."

"알았어."

"조장님과 아가씨에게도 곧바로 보고해야 해. 혼날 때 혼나더라도 보고를 미루면 안 돼."

"알았다니까. 아우, 이제 우린 다 죽었다."

남색 무복을 입은 자들이 울상을 지었다. 그리곤 곧 사방으로 흩어졌다.

이탄은 건물 지붕에 우뚝 서서 그 모습을 내려다보았다.

'저것들은 또 뭐야? 누가 내 뒤를 밟는 거지? 피사노교? 비크 교황? 은화 반 닢 기사단의 영감탱이들? 조장과 아가씨는 또 뭐야?'

생각 같아서는 저 추적자들을 뒤쫓아서 뒤를 캐낸 다음,

모조리 목을 따버리고 싶었다. 하지만 이탄에게는 시간이 그리 많지 않았다.

Chapter 7

[저딴 잔챙이들에게는 신경 꺼라. 끼요옵. 한눈에 봐도 피라미들 아니냐? 그보다는 어서 서둘러야 해. 악마의 사원이 세워져 있던 유적지로 어서 가보자니까. 끼요오오오옵.]

아나테마의 악령이 이탄의 등을 마구 떠밀었다.

이탄도 아나테마의 의견에 동의했다.

'맞아. 잔챙이 처리보다는 고대문명의 유적지를 발굴하는 일이 더 중요하지. 저 잔챙이들은 나중에라도 손봐줄 기회가 있을 거야.'

[옳도다. 저런 녀석들은 나중에 처리하고, 지금은 어서 가자니까.]

이탄은 아나테마의 악령이 알려준 방향으로 휘익 몸을 날렸다.

두 시간쯤 뒤.

이탄이 도착한 곳은 뉴부로도 시 도심 한복판의 어둑한

골목이었다. 이탄이 주변을 휙 둘러보았다. 낡고 허물어져 가는 건물들이 지붕과 지붕을 맞대고 따닥따닥 붙어 있는 이 지역은 한눈에 보기에도 빈민가의 중심부였다.

'진짜로 여기가 맞소? 나는 고대문명의 유적지가 도시 밖 황무지 지하에 파묻혀 있을 거라고 생각했는데? 혹시 영감의 판단이 흐려진 것 아니오?'

이탄이 의심을 품었다.

아나테마의 악령이 펄쩍 뛰었다.

[끼요요옵. 여기가 맞는다니까. 내가 유적지의 기운을 느낄 수 있다는데 왜 이렇게 사람의 말을 믿지 못해? 끼요옵.]

'쳇. 사람은 무슨. 영감은 리치가 아니오?'

[그러는 넌. 너는 사람이냐? 네놈도 듀라한이 아니더냐.]

아나테마가 바락바락 대들었다.

이탄이 손을 휘휘 저었다.

'지금 그걸 따질 때요? 듀라한이건 리치건 사람이건 뭔 상관이겠소. 이렇게 말싸움으로 시간 낭비하지 말고 어서 유적지나 찾아봅시다.'

[끼요옵. 요런 못된 놈. 사악한 놈. 지가 먼저 이 늙은이를 놀려놓고서 능구렁이처럼 말을 돌리다니. 끼요오올, 억울해. 억울해.]

아나테마는 사탕을 빼앗긴 어린아이처럼 한참을 투덜거렸다. 그러다 결국 이탄에게 방향을 알려주었다.

[지하가 정답이다. 이 일대의 지하 깊숙한 곳에서 악마사원의 향기가 풍긴다. 흑마법사들도 발견할 수 없고, 그 어떤 신관도 알아차리지 못하겠지만, 이 아나테마 님은 충분히 옛 고향의 향기를 맡을 수 있지. 끼요오올. 끼욜. 끼욜.]

신바람이 난 아나테마가 또다시 허리 아래를 꿀렁거리며 저질 춤을 추었다.

'지하라? 지하로 어떻게 내려가지?'

이탄은 빈민가의 좁은 골목을 두리번거렸다. 그러다 구정물이 흐르는 하수구 입구를 하나 발견했다.

이탄이 손으로 코를 막았다.

'우욱. 썩은 내.'

[야, 이놈아. 지금 냄새가 대수냐? 어서 들어가. 어서 저 속으로 잠수하라고.]

아나테마가 거침없이 하수구를 가리켰다.

'아 씨.'

이탄은 얼굴을 잔뜩 구기면서도 아나테마의 말을 따랐다. 투명한 상태에서 하수구로 뛰어든 것이다.

풍덩!

구정물이 사방으로 튀었다. 역한 냄새가 확 밀려들었다.

조금 더 깊숙이 잠수하자 구정물 속에서 둥둥 떠다니던 온갖 이물질들이 이탄의 몸에 덕지덕지 달라붙었다. 그 가운데는 사람의 시체도 있었다. 빈민가에서 쥐도 새도 모르게 살해를 당하고 하수구 속에 버려진 인물인 것 같았다.

'우우욱, 더러워.'

이탄은 질색을 하면서도 하수구 속 깊은 곳으로 자맥질했다.

이윽고 이탄의 손이 하수구 바닥에 닿았다. 이끼와 부유물들이 잔뜩 끼어 있어 하수구 바닥은 미끈거렸다.

[더 밑이다. 더 아래 깊숙한 곳이란 말이다.]

아나테마는 하수구 밑바닥보다 더 깊은 지하를 가리켰다.

이탄이 거듭 확인했다.

'여기보다 더 밑이라고? 악마사원이 멸망한 이후, 그 위에 흙이 덮이고 다시 그 위에 뉴부로도 시가 세워졌단 말이오?'

[그야 나도 모르지. 하지만 내 코가 증명하고 있느니라. 저 아래 사원의 유적이 있어. 냄새가 나.]

'만약에 없으면? 그때는 영감이 책임질 거요?'

[없을 리가 없다. 분명히 저 아래에 있어. 가까이 다가갈수록 악마사원의 냄새가 점점 더 강해지고 있다니까.]

아나테마의 악령이 장담했다.

결국 이탄은 아나테마의 말을 따랐다.

'좋소. 영감의 말만 믿고 내려가 보리다.'

이탄이 애니마를 투영해 주변의 금속을 컨트롤했다.

콰드득!

하수구 배관에서 뽑힌 철근 다발이 빙글빙글 꼬이면서 커다란 원뿔 모양을 만들었다. 그 다음 그 원뿔이 드릴처럼 빠르게 회전하면서 하수구 밑바닥을 파내려 가기 시작했다.

드르르륵—, 드르르르륵—.

눈 깜짝할 사이에 하수구 밑바닥에 구멍이 뚫렸다. 이탄은 철근으로 구멍을 뚫는 것에 덧붙여서 간철호의 툼(Tomb: 무덤) 마법도 함께 사용했다.

땅이 쩍 갈라지면서 원뿔은 점점 더 깊숙한 곳으로 파내려 갔다. 이탄은 원뿔 위를 밟고서 눈 깜짝할 사이에 지하세계로 진입했다.

[더 깊이. 조금만 더.]

아나테마가 초조하게 두 손을 모았다.

이탄은 아나테마가 지시하는 대로 계속해서 땅을 팠다. 100미터, 혹은 200미터? 대체 얼마만큼이나 깊숙이 파내려 왔는지 감도 잡히지 않았다. 중간에 수맥을 건드리는 바람에 이탄의 온몸은 물에 빠진 생쥐 꼴이 되었다.

그래도 아직 유적지는 코빼기도 보이지 않았다.

Chapter 8

땅이 슬슬 뜨거워진다 싶을 즈음, 이탄이 한 번 더 확인했다.

'영감, 이 방향이 맞는 거요? 확실하냔 말이오.'

[맞아. 나를 믿어야 해. 조금만 더 파봐라. 곧 나온다.]

'칫. 틀리기만 해봐라.'

이탄은 툴툴거리면서도 지하로 더 파고들었다. 그렇게 한참을 가다가 아나테마가 갑자기 소리를 질렀다.

[앗! 잠깐. 잠깐만.]

'왜 그러쇼?'

[잠깐만. 말 시키지 말고 잠깐만 기다려봐.]

이탄이 입을 꾹 다물었다.

거의 5분 동안 정신을 집중한 뒤, 아나테마가 전면을 가리켰다.

[앞이다. 여기서 앞쪽으로 간다.]

'여기 이 방향 말이오?'

드르르륵—.

원뿔 모양의 철근이 방향을 수직으로 틀어 땅을 파기 시작했다. 그 즉시 아나테마가 펄쩍 뛰었다.

[스톱! 스톱! 이 무식한 듀라한 새끼. 수만 년, 아니 그보다 훨씬 더 오래된 유적지가 얼마나 깨지기 쉬운데 거기다가 대고 철근뭉치를 돌리고 지랄이야? 그러다 악마사원 유적지가 붕괴하면 네가 책임질 테냐? 아차!]

아나테마는 홧김에 말을 싸질러 놓고서는 가슴이 철렁했다.

아니나 다를까, 이탄의 눈이 홱 돌아갔다.

'뭐라? 이놈의 영감탱이가 쳐 돌았나?'

그 즉시 이탄의 영혼 속에서 붉은 금속이 좌라락 일어나 아나테마의 사지를 꽉 결박했다.

아나테마가 두 눈을 질끈 감았다. 곧이어 시뻘건 창이 목을 겨냥하고 날아올 거라고 생각한 것이다.

아니었다. 이탄은 아나테마의 악령을 꽉 포박한 상태에서 더 황당한 짓을 저지르기 시작했다.

드르르르르륵, 드르륵, 드르륵—.

철근으로 만들어진 커다란 원뿔이 미친 듯이 회전하여 땅속을 헤집었다. 튬 마법이 작렬하면서 흙이 쩍쩍 갈라졌다.

그게 끝이 아니었다. 이탄은 음차원의 마나를 끄집어내

어 마나 배열에 밀어 넣었다. 간철호의 마법 가운데 하나인 어쓰퀘이크(Earthquake: 지진)가 발동할 준비를 마쳤다.

[미, 미, 미쳤냐? 너, 너, 지금 뭘 하려는 게야?]

아나테마의 악령이 기함을 하다못해 말까지 더듬었다.

이탄이 하얗게 이빨을 드러내었다.

'뭐 하긴? 구역질 나는 하수구까지 뛰어들면서 여기까지 왔건만, 그 대가가 욕을 처먹는 것이라면 나도 생각이 있지. 이놈의 빌어먹을 유적지, 다 때려 부술 거요. 지진을 때려 박아 아주 다 짓뭉개 버리겠어.'

[끼요오오옵! 안 된다. 이놈아. 차라리 나를 때려죽여라. 나를 죽이고 악마사원은 건드리지 마라. 끼요오오옵.]

아나테마의 악령이 발버둥 쳤다. 붉은 금속에 꽉 붙잡혀 몸부림을 쳐도 소용없었지만, 그래도 뭐라도 하지 않으면 미칠 것만 같았다.

[으허허헝. 안 된다. 절대 안 된다. 악마사원이 어떤 곳인데? 온 세상과 맞서 싸우면서 우리들 666명이 피와 살로 지켜온 곳인데 그 귀중한 고향에 지진을 때려 박는다니, 어떻게 그런 참담한 말을 할 수가 있단 말이더냐? 으허허허헝. 안 된다. 끼요오오옵. 제발 그만둬라. 제바아아알!]

'시끄러. 이게 다 영감 때문이오. 영감이 개소리를 하니까 나도 참을 수가 없단 말이오.'

이탄은 듀라한이라고 놀리는 소리가 정말 듣기 싫었다. 또한 이탄은 악마사원의 유적지에서 뭔가 하나 건지면 좋겠다는 생각은 있지만, 그것이 그렇게 절실하지도 않았다. 그래서 홧김에 마나를 배열했고, 그 힘으로 어쓰퀘이크를 구현하였다.

쿠르르르르릉!

뉴부로도 지하 깊은 곳에서 지진이 터졌다.

물론 제대로 된 어쓰퀘이크는 아니었다. 이탄도 처음에는 화가 잔뜩 나서 어쓰퀘이크를 때렸지만, 곧 정신을 차리고 마나의 대부분을 다시 거뒀다.

덕분에 이탄의 어쓰퀘이크는 블라디보스톡에서 간철호가 펼쳤던 것보다 100분의 1도 되지 않는 강도로 지하를 흔들었다.

그것만으로도 땅속에서 우렛소리가 울렸다. 지각이 쩍쩍 갈라졌다. 균열이 지상까지 빠르게 전파하여 도로에 금을 쫙쫙 만들었다.

[끼야아아악! 안 돼애애애—!]

아나테마가 입을 쩍 벌렸다.

이탄도 아차 싶었다.

'이런. 화를 조금만 참으면 되는 거였는데. 괜한 자존심 때문에 일을 망쳤구나.'

이탄이 이런 후회를 할 때였다.

쩌저저적!

무너지는 흙더미 속에서 돌로 쌓은 벽 같은 것이 드러났다. 오랜 풍화작용 때문에 벽의 흔적만 겨우 남아 있는 이것은 다름 아닌 악마사원의 유적지였다. 현재의 문명이 생기기 이전, 온 세상을 상대로 거침없이 전쟁을 벌였던 고대 악마들의 사원이 무려 수만 년, 수십만 년의 시간을 뛰어넘어 이탄 앞에 그 모습을 드러내었다.

'어랍쇼?'

이탄이 눈을 동그랗게 떴다.

[끼요오오옵. 안 돼. 이 미친놈아. 차라리 날 죽여라. 날 죽이라고오오옷? 오옷? 오오옷? 이게 뭔 일이래?]

고래고래 악을 쓰던 아나테마도 찬란하게 드러난 고대문명의 흔적 앞에서 입을 쩍 벌렸다.

놀랍게도 이탄이 발동한 어쓰퀘이크는 딱 적당한 힘으로 땅을 흔들어주었다. 덕분에 악마사원 위를 뒤덮고 있던 흙이 싹 날아갔다.

멀뚱멀뚱 그 모습을 지켜보던 이탄이 재빨리 사태를 수습했다.

'커험. 봤소? 영감. 이게 바로 내 실력이라오. 이른바 유적발굴에 최적화된 마법이라고나 할까? 하하핫.'

[뭐뭣? 너 지금 나더러 그 말을 믿으라는 게냐?]

아나테마의 악령이 어이없다는 듯이 이탄을 노려보았다.

이탄이 손을 쫙 펼쳐 유적지를 가리켰다.

'믿지 않으면? 영감의 눈앞에 펼쳐진 저 유적은 뭐란 말이오? 내가 발굴한 거잖소. 하하하하하.'

이탄의 뻔뻔함에 아나테마는 기가 막혔다.

하지만 딱히 부정할 수도 없었다. 원래 유적발굴은 노가다 중의 노가다였다. 오랜 시간과 공을 들여서 조심조심 흙을 털어내고 오로지 유적만 남겨야 했다.

그런데 이탄은 그 힘든 과정을 마법 한 방으로 해결했다. 아나테마는 이게 운빨인지, 아니면 이탄이 진짜로 유적발굴 마법을 익힌 것인지 헷갈렸다.

이탄이 서둘러 화제를 돌렸다.

'그나저나 영감도 거짓말쟁이는 아니었군. 뉴부로도 시지하에 진짜로 고대문명의 유적이 남아 있었어.'

[그, 그렇지. 내가 왜 거짓말을 하겠느냐? 아아아, 그나저나 감회가 새롭구나. 크흑! 내가 살아생전에 악마사원을 다시 보게 될 줄이야. 끼요오옵.]

아나테마가 울먹거렸다.

이탄이 흠칫했다.

'영감……. 혹시 우는 거요?'

[울긴 누가 울어? 나 아나테마야. 불멸의 악마종이자 최악의 리치라 불리던 아나테마라고. 나는 평생 다른 사람들의 눈에서 눈물을 뽑아내기만 했지 내가 직접 눈물을 흘린 적은 없느니라. 끼요오오올.]

아나테마가 강하게 부정했다.

이탄이 눈을 찌푸렸다.

'아니면 말지, 뭘 그렇게 소리를 지르고 그러쇼? 귀청 떨어지겠네.'

이탄은 이렇게 투덜거리면서 고대 악마사원의 유적지 내부로 들어갔다.

제3화

나라카의 눈, 아몬의 토템

Chapter 1

악마사원은 규모가 꽤 컸다. 어림잡아 가늠해도 시시퍼 마탑보다 서너 배는 더 큰 듯했다.

잔뜩 삭은 벽 사이에는 허물어지고 넘어진 조각상들이 마구 나뒹굴었다. 아나테마의 말에 따르면, 이 조각상 하나 하나가 666명 사도들을 의미한다고 했다.

아나테마는 조각상들을 세심히 살피며 이 조각상은 어떤 능력을 지닌 사도이고, 저 조각상은 또 누구라고 설명해주었다.

이탄은 귀 기울여 듣지 않았다. 고대 문명의 사람들을 일일이 기억하는 것은 피곤한 일이었다. 이탄은 그럴 마음이 눈곱만큼도 없었다.

'그래서, 사원의 종주라는 샤흐크의 조각상은 어디 있소?'

이탄이 샤흐크의 조각상을 찾았다.

악마사원의 마지막 종주 샤흐크.

아나테마의 연인이자 온 세상을 상대로 싸웠던 최후의 마종.

이탄의 질문에 아나테마가 말없이 한 방향을 가리켰다. 이탄은 아나테마가 일러준 방향으로 발걸음을 옮겼다.

거대한 사원의 중심부, 반쯤 허물어진 단상 위에 거의 3분의 1만 남은 조각상이 보였다. 하반신은 어디로 갔는지 없어졌고, 상반신만 남은 조각상이었다. 그나마 그 상반신도 일부가 붕괴하여 얼굴의 절반이 날아갔다.

조각상 속 인물은 의외로 용모가 얌전했다. 이탄이 머릿속으로 상상했던 샤흐크는 수염을 길게 기르고, 머리는 산발을 하였으며, 온몸에서 뇌전을 뿜어낼 것 같은 이미지였다.

그 예상이 틀렸다. 실제 샤흐크의 외모는 단아하고 수려하였다.

[샤흐크.]

아나테마가 옛 연인의 이름을 가만히 불렀다.

이탄은 아나테마의 사색을 방해하지 않고 그만의 시간을 내주었다.

아나테마는 땅바닥에 쓰러진 샤흐크의 조각상을 한참 동안 내려다보았다. 그러다 다시 이탄에게 말을 걸었다.

[부탁이 있다.]

부탁이라는 말에 이탄이 움찔했다. 그가 아는 아나테마는 결코 부탁이라는 단어를 사용할 리치가 아니었다. 이탄이 한결 조심스럽게 물었다.

'무슨 부탁이오?'

[네가 흙을 잘 다루지 않느냐? 내가 설명한 바대로 이 조각상을 복원해 줄 수 있겠느냐?]

아나테마의 음성이 살짝 떨렸다.

이탄이 손가락으로 볼을 긁었다.

'그 정도야 뭐 얼마든지 가능하지. 좋소. 해드리리다. 어떻게 복원하면 되오?'

이탄이 흔쾌히 승낙했다.

그럼에도 불구하고 아나테마는 선뜻 주문을 하지 못했다.

결국 이탄이 한 번 더 아나테마를 재촉했다.

'어떻게 복원하면 되는지 말만 하라니까.'

아나테마가 어렵사리 입을 열었다.

[고맙구나.]

'쳇. 노망이 나셨소? 뭐 이딴 걸 가지고 고맙다고. 쳇. 쳇. 쳇.'

이탄은 괜히 투덜거리는 척하면서 마법을 부려 주변의 재료들을 끌어모았다. 흙과 철이 주르륵 날아와 이탄 앞에서 가루로 부서졌다. 이탄은 그 가루들을 따로 반죽하여 조각상을 복원할 준비를 마쳤다.

아나테마가 샤흐크의 살아생전 모습을 떠올리며 이탄에게 이것저것 설명해 주었다. 이탄은 아나테마의 설명에 맞춰서 조각상을 다시 복원했다. 덤으로 바위까지 반듯하게 잘랐다. 이건 조각상을 떠받칠 단상이었다.

이윽고 샤흐크의 조각상이 악마사원 유적지의 중심부에 다시 세워졌다. 그렇게 고대에 중단되었던 시간이 한 번 굽이쳐서 현대에 살짝 겹쳤다. 이탄과 아나테마, 그리고 최후의 마종주 샤흐크는 겹쳐진 시간을 잠시 공유했다.

[끼요올.]

아나테마의 악령이 감격한 듯 외마디 비명을 질렀다. 아나테마의 어깨가 살짝 떨렸다.

이탄은 아무 소리도 하지 않았다.

꽤 오래 시간이 지났다. 이탄은 아나테마를 재촉하지 않았다. 아나테마 스스로 입을 열 때까지 묵묵히 기다렸다.

한참 만에 아나테마가 이탄을 찾았다.

[저기 저쪽으로 가보자꾸나.]

'어디 말이오?'

[저기 비스듬하게 쓰러진 건물 말이다.]

아나테마가 가리킨 건물은, 악마사원 유적지에서 가장 심하게 훼손된 곳이었다.

'여긴 정말 많이 무너졌군. 살짝만 손을 대도 그냥 부서지게 생겼소.'

[그걸 알면서도 지진을 때려 박은 녀석도 있다만.]

아나테마가 빈정거렸다.

이탄이 능구렁이처럼 안면에 철판을 깔았다.

'아니, 세상에 그런 무식한 자가 있단 말이오?'

[뭐어?]

'이 귀한 유적지에다 대고 지진을 때려 박다니, 세상에 그런 놈이 존재하리라고는 믿어지지가 않는데?'

[커허헉.]

아나테마는 진짜로 어이가 없었다.

이탄이 서둘러 화제를 돌렸다.

'그건 그렇고. 여긴 왜 오자고 했소?'

아나테마는 이탄의 능청스러움에 혀를 내두르다가 건물 잔해 가운데 일부를 가리켰다.

[저기 저쪽에서 법보의 기운이 느껴지는구나.]

'법보라고 했소? 호오오! 아직 쓸 만한 게 남아 있나 보구려?'

이탄이 탐욕으로 눈을 반짝 빛냈다.

'오늘 더러운 하수구에 뛰어들면서 개고생한 보람이 있구나. 그렇지. 이런 걸 얻으려고 내가 오늘 그 고생을 한 거지.'

이런 생각을 하자 이탄은 하루의 피로가 싹 사라지는 듯했다.

Chapter 2

아나테마는 한 번 더 어이가 없다는 표정을 지은 다음, 이탄에게 몇 가지 마법 주문을 알려주었다.

이탄은 아나테마가 시키는 대로 행동했다. 우선 그는 건물 잔해부터 조심스럽게 치웠다. 이어서 돌바닥 위에 새겨진 둥그런 원 안에 오른손 손바닥을 밀착했다. 입으로는 아나테마의 저주마법을 읊조렸다. 음차원의 마나도 스윽 끌어올렸다.

콰르르르—.

(진)마력순환로 속을 흐르던 음험하고 흉포한 마나가 이

탄의 손바닥을 통해 쏟아져 나오더니 둥그런 원 안으로 주입되었다. 이탄이 읊은 마법 주문이 고대 악마사원의 저주 마법을 완벽하게 구현했다.

이윽고 둥그런 원으로부터 불길한 빛이 솟구쳤다.

후오오오옹!

유적지 전체가 우드드드드 진동했다.

투확!

눈 깜짝할 사이에 이탄의 오른쪽 팔뚝을 타고 솟구친 빛은 이탄의 목을 타넘어 두개골로 몰려들었다. 그리곤 이탄의 눈과 코, 귀와 입속으로 파고들었다.

그 모습이 마치 빛으로 뭉쳐진 조그만 실뱀 여러 마리가 이탄의 신체를 타고 올라와 입과 콧속으로 들어가는 것 같았다.

얼핏 보기에 빛의 실뱀들은 노란색에 가까웠으며 몸통 중앙쯤에는 빨간 줄이 가로로 그어져 있는 듯했다.

'뭐, 뭐얏?'

이탄이 흠칫했다.

그 즉시 이탄의 몸에 새겨진 (진)마력순환로가 반응했다.

아니, 엄밀하게 말해서 (진)마력순환로가 반응한 것이 아니었다. 순환로의 슬롯 속을 도도하게 흐르던 만자비문이 튀어나와 실뱀 모양의 빛을 덮쳤다.

캬악! 캬악! 캬아악!

빛의 실뱀들이 대가리를 꼿꼿이 세우고 만자비문에 대항했다.

꾸어어억!

만자비문이 더 크게 아가리를 벌려 빛의 실뱀들을 모조리 집어삼켰다.

화륵, 화륵, 화륵, 화르륵!

이탄의 입과 코, 눈과 귀로 파고든 빛의 실뱀들이 만자비문 속에서 단숨에 타올랐다. 타오르긴 타올랐는데, 희한하게도 뜨겁다기보다는 미칠 듯이 차가웠다.

"큿!"

이탄이 이빨을 꽉 물었다.

빛의 실뱀들은 만자비문 안에서 몇 차례 꿈틀거리다가 결국 진압을 당했다. 그리곤 산산이 가루로 부서져서 이탄의 (진)마력순환로 속으로 빨려들어 왔다.

한 바퀴, 두 바퀴, 세 바퀴, 네 바퀴, 다섯 바퀴…….

순환로 속을 몇 차례 회전한 뒤, 빛의 가루들은 이탄의 뱃속에 단단하게 뭉쳐 있는 음차원을 톡톡 건드렸다.

음차원이 벼락처럼 흉포한 기운을 내뿜었다. 빛의 가루들이 움찔 놀라 다시 이탄의 (진)마력순환로 속으로 숨었다.

이탄에게는 음차원 있고, 만자비문이 있고, 또 적양갑주도 존재했다. 따라서 실뱀들이 몸속으로 파고든다고 하여도 굳이 위험할 일은 없었다.

그럼에도 불구하고 이탄은 아찔함을 느꼈다.

'만약 내게 적양갑주가 없었다면? 음차원이 없었다면? 만자비문이 없었다면?'

그럼 어찌 되었을지 몰랐다. 빛의 실뱀에게 뇌가 장악당해 이탄의 영혼이 쫓겨났을지도 몰랐다.

조금 전 이탄의 머리로 파고든 빛의 실뱀들은 그만큼 위험했다.

이탄이 이빨을 뿌드득 갈았다.

'영감. 이게 뭐요? 지금 이 수상한 실뱀 같은 것들을 내 몸에 들여보내 나를 도모해 보려고 한 거요?'

아나테마가 황급히 도리질을 했다.

[끼요옵. 이게 뭔 오해더냐? 실뱀? 그게 뭔데?]

'정말 몰라서 묻는 거요? 내 마력순환로 속으로 파고든 그 섬뜩한 빛! 그 섬뜩하고 샛노란 빛의 정체가 대체 뭐요?'

이탄은 독이 바짝 올랐다.

아나테마가 거듭 손사래를 쳤다.

[아니, 대체 무슨 소리를 하냐니까? 샛노란 빛? 그게 뭔데?]

'조금 전 내 머리로 파고든 빛 말이오. 실뱀 모양의 빛. 샛노랗고, 중간에 빨간 줄이 가 있는 뱀!'

이탄이 손가락으로 자신의 머리를 톡톡 쳤다.

아나테마는 진짜로 답답했다.

[대체 무슨 빛이 파고들었다고 그래? 빛? 실뱀? 나는 진짜로 모른다니까. 억울해. 끼요오오옵, 억울해.]

아나테마가 주먹으로 가슴을 탕탕 두드렸다.

이탄이 보기에 아나테마가 거짓말을 하는 것 같지는 않았다. 이탄이 질문의 내용을 바꿨다.

'그 법보라는 게 뭐요? 여기 이 원에 손바닥을 대고 저주마법을 구현하면 대체 어떤 법보가 튀어나오는 거요?'

[그야 당연히 우리 악마사원의 삼대법보 가운데 하나가 튀어나오지. 지금 네 손에 들려 있지 않느냐.]

'내 손? 어랍쇼? 이게 언제부터 내 손에 들려 있었지?'

이탄이 두 눈을 꿈뻑꿈뻑 떴다 감았다.

이탄의 오른손에는 어느 사이엔가 둥그런 구슬 2개가 들려 있었다. 노란 바탕에 붉은 선이 세로로 갸름하게 새겨진 구슬들이었다.

'엇? 색깔이 그 실뱀들과 비슷한데?'

이탄이 이런 의심을 품을 때였다. 아나테마가 구슬에 대한 설명을 시작했다.

[끼요옵. 지금부터 내가 하는 말을 잘 들어라. 그 한 쌍의 구슬은 악마사원이 자랑하는 삼대법보 가운데 최강의 공격력을 자랑하는 아이템이니라. 그것의 진짜 이름은 나라카의 눈. 악마사원의 초창기 무렵, 그릇된 차원의 지배자이자 짐승들의 왕인 나라카가 현 세상을 멸망의 구렁텅이로 끌어들이기 위하여 자신의 두 눈을 뽑아서 던져주었다는 신화가 있었다. 그 신화가 가리키는 대상이 바로 그 나라카의 눈이로다.]

'나라카의 눈!'

이탄은 섬뜩하게 번들거리는 2개의 눈알을 내려다보았다.

아나테마의 말이 계속 이어졌다.

[네가 이미 소유한 아조브는 악마사원의 삼대법보 가운데 가장 신비로운 보물이지. 그리고 나라카의 눈은 삼대법보 가운데 공격력이 최강이며, 마지막 아몬의 토템(Totem)은 가장 잔혹한 법보라고 할 수 있느니라.]

'이게 공격력 최강이라고? 이걸 대체 어떻게 사용하는 거요?'

이탄은 구구절절한 설명보다 법보의 사용법부터 알고 싶었다.

Chapter 3

아나테마가 갑자기 키득거렸다.

[키키키킥. 사용법을 물었느냐? 아주 간단하느니라. 지금 당장 너의 두 눈을 뽑아버려라. 그리곤 네 눈알이 박혀 있던 자리에 나라카의 눈을 꽂아 넣으면 그 즉시 사용 가능하다. 끼요옵, 키키키킥.]

이탄이 버럭했다.

'뭐요? 이런 미친 영감탱이 같으니. 멀쩡한 내 눈을 왜 뽑아?'

[키키킥. 뽑지 않을 이유는 또 무어냐? 나라카의 눈은 무려 신의 일부분이니라. 그릇된 차원의 지배자이자 짐승들의 왕인 나라카가 자신의 눈을 뽑아서 준 고귀한 선물이란 말이다. 너의 그 썩은 눈깔 따위와는 비교도 할 수 없는 법. 보이니 당장 네 눈과 교체하여라. 끼요오오옵.]

'미쳤소? 이 망할 영감탱이가 감히 누구에게 눈을 뽑아라 마라 명령질이야? 엉?'

이탄이 아나테마에게 성질을 부렸다. 그러느라 나라카의 눈을 쥐고 있던 이탄의 손아귀에 힘이 살짝 들어갔다.

푸스스스.

그 즉시 나라카의 눈이 가루로 변하여 대기 중에 뿔뿔이 흩어졌다. 아나테마가 소스라치게 놀랐다.

[끄요오오옥? 아니, 이런 망할! 나라카의 눈이 얼마나 귀중한 법보인데 그걸 가루로 만들어? 이런 미친놈. 이런 망할 놈. 네놈이 감히 악마사원의 삼대법보 가운데 하나이자 그릇된 신의 존체를 부쉈느니라. 이 막대한 피해를 대체 어떻게 갚을 셈이냐? 끄요오오옥!]

'아니, 이게 왜 이렇게 쉽게 부서지지?'

이탄도 당황했다.

[끄요오옥, 끄요옥, 끄요옥. 내가 미쳤지. 내가 미쳤어. 손만 대면 뭐든지 부숴버리는 저 파괴왕 녀석을 이 귀한 유적지에 데리고 온 내가 노망난 리치지. 으허허허헝. 그릇된 신의 존체를 부순 죄를 어떻게 감당한단 말이더냐? 악마사원의 삼대법보를 망가뜨린 잘못을 어떻게 되돌린단 말이더냐? 끄요오오옥.]

아나테마가 구슬프게 악을 썼다.

'어우. 미안하게 되었소. 내가 뭐 이럴 줄 알았나? 하도 오래된 물건이라 공기 중에 놔두었어도 그냥 부서졌을 거요. 그러니 그만 시끄럽게 구쇼.'

[끄요오오옥, 방귀 뀐 놈이 성을 낸다더니, 네놈이 딱 그 짝이구나. 우리 악마사원의 귀중한 법보를 망가뜨려 놓고도 오히려 나에게 큰소리를 치다니. 끄요오옥.]

'아 씨. 미안하다니까. 내가 미안하다고 사과까지 했잖소. 그러니 그만 좀 빽빽거리쇼. 머리가 어지럽고 정신 사나우니까 그만 뚝!'

이탄이 버럭 소리쳤다.

비록 나라카의 눈이 부서진 것은 미안하지만, 사실 이탄이 일부러 그런 것은 아니었다. 그런데 아나테마가 계속 시끄럽게 괴성을 지르자 이탄도 슬슬 짜증이 났다.

[끄요오옥, 끄요옥.]

아나테마는 시끄러운 곡소리를 멈추지 않았다.

'이놈의 영감탱이가 진짜!'

이탄이 진심으로 화를 내려던 순간이었다.

치이이익!

흥분한 이탄의 두 눈이 갑자기 샛노랗게 달아올랐다. 이탄의 흰자위는 노랗게 물들었다. 눈동자는 붉고 갸름하게 길어졌다. 이탄의 두 눈이 마치 파충류의 그것처럼 탈바꿈한 것이다.

이게 끝이 아니었다.

버언—찍!

이탄의 두 눈에서 일직선으로 쏘아져 나간 노란 광선이 유적지 건물 상단부를 좌에서 우로 단숨에 잘랐다. 그러고도 에너지가 남아서 지반을 뚫고 수십 킬로미터 위의 땅거

죽까지 길게 베었다.

이건 마치 눈빛이 아니라 검에 어린 오러 같았다. 무려 수십 킬로미터 길이의 오러가 이탄의 눈에서 뿜어져 궤적 안의 모든 사물들을 단숨에 잘라버리는 듯했다.

아나테마의 악령이 화들짝 놀랐다.

[끼요옹? 그거 나라카의 눈인데?]

'뭐요?'

[너, 조금 전에 뭘 어떻게 한 게냐? 나도 모르는 사이에 네 눈알을 뽑고 나라카의 눈으로 바꿔치기를 했느냐? 조금 전의 그 샛노란 광선 말이다. 그건 분명 나라카의 눈에서 방출되는 최강의 공격 수법인데?]

뜬금없는 아나테마의 말에 이탄이 어리둥절해했다.

'뭐요? 리치 영감, 지금 뭐라고 했소?'

[에잉. 요런 엉큼한 놈. 어느새 제 눈깔을 빼버리고 그릇된 신의 눈으로 바꿔치기를 했대? 끼요오오옵. 역시 너는 음흉하고도 무서운 놈이로구나. 강해질 수만 있다면 자신의 신체도 거침없이 훼손하다니, 일찍이 고대의 악마사원에도 너와 같은 악종은 없었느니라. 키키요오오올올.]

아나테마가 이탄을 향해 엄지를 치켜 올렸다.

이탄은 여전히 영문을 몰랐다.

'어우, 그게 뭔 소리냐니까? 내가 언제 내 눈알을 뽑았

다고 그래? 내가 언제 그릇된 신의 눈으로 바꿔치기를 했느냐고? 혹시 영감탱이가 망령이 난 거요?'

이탄의 반응이 영 이상했다. 아나테마가 고개를 갸웃했다.

[잉? 아니라고? 그럼 조금 전에 네 눈깔에서 튀어나간 그 무시무시한 광선은 뭔데? 단숨에 건물 상단부를 자르고 저 단단한 지반까지 갈라버린 파괴력은 또 뭔데?]

'으잉?'

이탄이 반듯하게 잘린 건물 상단부를 멀뚱멀뚱 쳐다보았다.

마치 신화 속의 거인이 거대한 검으로 자르기라도 한 것처럼 건물 상단부가 사선으로 매끈하게 잘려 있었다. 그러다 결국 쿠르릉 소리를 내면서 건물이 허물어졌다. 돌 파편이 사방으로 튀었다.

이탄은 너무나 놀라서 손가락으로 자신의 눈알을 더듬었다.

'헉? 내 눈이 바뀌었다고? 정말로 내 눈이 짐승들의 왕 나라카의 눈으로 대체되었다고?'

이건 정말 영문 모를 일이었다. 이탄과 아나테마는 한동안 아무 소리도 하지 않았다.

한참 만에 아나테마가 침묵을 깼다.

[상황을 다시 정리해 보자. 네 녀석이 둥그런 원에 손바닥을 밀착한 다음 내가 일러준 대로 저주마법을 구현했으렷다?]

'맞소. 영감이 시키는 대로 했소.'

이탄이 아나테마의 말에 동의했다.

아나테마가 다시 물었다.

[그때 둥근 원으로부터 빛의 실뱀들이 갑자기 튀어나와 네 머리로 파고들었다고 했지?]

'맞소. 놈들이 내 오른팔을 타고 빠르게 기어 올라와서는 눈구멍과 콧구멍, 귓구멍, 그리고 입속으로 들어갔소.'

이탄이 거듭 동의했다.

Chapter 4

[설마…….]

아나테마가 갑자기 말꼬리를 흐렸다.

'설마, 뭐요?'

이탄이 답을 재촉했다.

아나테마가 고개를 갸웃거리면서 입을 열었다.

[설마 나라카의 눈이 수명이 다 되었나? 아조브의 경우

아공간에 존재하는 기물이니까 풍화작용을 겪지 않겠지. 하지만 나라카의 눈은 이곳 유적지에서 수만 년, 혹은 수십만 년 이상 머물면서 풍화작용을 겪었을 것 아냐? 그래서 저절로 부서질 때가 되었고, 때마침 네가 나타나니까 네 눈 속으로 옮겨온 겐가? 끼요옵?]

그 말에 이탄의 표정이 갑자기 싸늘해졌다.

'뭐야? 그러니까 영감탱이가 나를 재촉한 게 그것 때문이었어? 나라카의 눈이 수명이 간당간당해지니까 나를 제물로 바쳐서 법보의 수명을 늘리려고 한 거야? 엉? 그런 거야?'

이탄이 오해를 했다.

아나테마가 황급히 손사래를 쳤다.

[끼요옵. 오해다. 오해. 나는 나라카의 눈이 수명이 다 되어 간다는 사실을 전혀 몰랐어. 정말이다. 나를 믿어줘야 해. 끼요오옵.]

'내가 영감을 어떻게 믿지? 음흉한 리치의 말을 어떻게 믿느냐고?'

[믿어. 믿어야 한다니까. 나는 결백해. 나는 진짜로 몰랐다고. 끼요오옵.]

그렇게 이탄과 아나테마가 툭탁거리는 동안 시간이 하염없이 흘렀다. 결국 이탄은 아나테마와의 말다툼을 중지했다.

'알겠소. 내가 이번엔 그냥 넘어가리다. 하지만 영감도 똑똑히 명심하쇼. 내가 영감의 말을 완전히 믿는 건 아냐. 불필요한 말싸움으로 시간 낭비하기 싫어서 덮어두는 거지.'

[끼요옥, 억울해. 나는 억울하다고.]

아나테마가 끝까지 항변하였으나, 이탄은 한 가닥의 의심은 남겨두었다.

이제 이탄이 화제를 다시 원점으로 돌렸다.

'억울하다는 소리를 그만하고, 그 이야기부터 마저 해보쇼.'

[무슨 이야기 말이냐?]

'그릇된 신 나라카. 그릇된 차원의 지배자이자 짐승들의 왕. 그가 대체 누구요? 나는 처음 듣는 이름인데?'

[으잉? 그릇된 신 나라카를 몰라? 그 이름을 처음 듣는다고? 끼요올? 이게 말이 돼?]

아나테마가 오히려 어리둥절하여 반문했다.

이탄이 눈을 찌푸렸다.

'모르니까 묻는 것 아뇨. 대체 그게 어떤 신이오?'

[아니, 그렇다면 너는 음차원과 부정 차원, 그리고 그릇된 차원에 대해서는 알고 있느냐?]

'대충은 알고 있소. 음차원은 이미 내가 먹어치운 곳이고, 부정 차원은 피사노교의 사도와 싸우다가 살짝 한 번 들어가 본 적이 있소. 그런데 그릇된 차원에 대해서는 솔직

히 잘 모르오.'

이탄이 솔직하게 밝혔다.

아나테마가 거들먹거리는 투로 설명에 돌입했다.

[케헤헴, 이 무식한 녀석아. 이제부터 쉽게 설명해줄 터이니 이 아나테마 님의 말씀을 귀를 씻고 잘 들어라.]

음차원.

부정 차원.

그릇된 차원.

이상 세 가지 차원은 악의 세계를 구축하는 삼대요소라 서로 비슷해 보인다. 하지만 막상 그 속을 들여다보면 조금씩 차이가 난다고 했다.

간단하게 말해서 음차원은 정상 차원의 반대. 즉 마이너스 세상이라고 표현하면 적합했다. 정상 차원에서는 생명체가 죽으면 시체가 되지만, 음차원에서는 거꾸로 시체가 살아나고 생명체는 존재의 근거를 잃는 세상이었다.

하여 세상의 모든 언드데들의 근원, 네크로맨서들의 이상향이 바로 음차원이라는 것이 아나테마의 설명이었다.

[나도 원래 음차원에 속한 존재는 아니었느니라. 악마사원의 사도였을 당시 나는 음차원보다는 부정 차원이나 그릇된 차원에 더 가까웠지. 그러다 리치가 되면서부터 음차원으로 소속이 바뀌었느니라.]

이탄이 다시 물었다.

'하면 부정 차원은 또 뭐요?'

[부정 차원에 대해서 설명하기 전에 질문부터 하나 하자.]

'물어보쇼.'

아나테마가 이탄의 영혼을 향해 손가락 3개를 폈다.

[마물종을 분류하면 크게 셋으로 나뉜다. 언데드, 몬스터, 그리고 악마족 말이다. 설마 이건 알겠지?]

'물론이오. 그건 책에서 보았소.'

이탄이 곧바로 대답했다.

[그럼 설명이 쉽겠군. 알기 쉽게 설명해서, 음차원은 언데드의 뿌리라고 할 수 있지. 그와 마찬가지로 부정 차원은 모든 악마족들의 고향이다. 그리고 그릇된 차원은 몬스터들의 근원, 즉 힘의 원천이라고 할 수 있느니라.]

이렇게 설명하니 이해하기 쉬웠다. 이탄의 머릿속에 간단한 도표가 하나 그려졌다.

음차원 =〉 언데드

부정 차원 =〉 악마족

그릇된 차원 =〉 몬스터

아나테마가 설명을 조금 더 보탰다.

[물론 깊숙하게 파고들면 내 설명이 딱 맞는 건 아니다. 몬스터들 가운데는 그릇된 차원뿐 아니라 부정 차원의 기운까지 받아들여 악마족에 가깝게 진화된 것들도 존재하거든.]

'호오? 그렇소?'

[또한 악마족 가운데에도 그릇된 차원의 힘을 빌려다 쓰는 놈들이 있지. 당장 나만 해도 그렇다. 나는 언데드 리치가 된 이후로 음차원에 기대어 살았지. 하지만 내가 구현하는 저주마법들은 대부분 부정 차원에서 비롯된 것들이니라.]

'흐으음. 그렇군.'

이탄은 적당히 추임새를 넣으며 들었다. 그러면서 이탄은 손가락으로 자신의 턱을 조몰락거렸다.

아나테마의 설명만으로 3개 차원의 상관관계가 완벽하게 이해된 것은 아니었다. 하지만 대충 머릿속에 그림은 그려졌다.

그렇다면 만자비문은 무엇인가?

읽을 수 없는 문자 만자비문은 '부정 차원의 인과율을 정의하는 틀'이라고 이탄은 알고 있었다.

바로 그 만자비문이 음차원과 궁합이 딱 맞아 음차원 전체를 이탄의 뱃속으로 옮겨오게 만들었다. 그릇된 차원의 지배자인 나라카의 눈도 만자비문이 먹어치웠다.

'만자비문이 부정 차원뿐 아니라 나머지 두 차원에서도 통용된다는 뜻인가? 거 참, 모를 일이군.'

이탄이 속으로 이렇게 중얼거렸다.

Chapter 5

아나테마가 즉각 반응했다.

[응? 그건 또 무슨 소리냐? 만자비문? 그게 뭔데?]

이탄이 손을 휘휘 저었다.

'영감은 몰라도 되오.'

[캬하, 뭣이라? 나는 너에게 모든 것을 줬는데 너는 나에게 비밀이 있다는 게냐? 끼요오오옵? 네놈은 도의도 모르느냐? 이런 의리 없는 놈.]

아나테마가 펄쩍 뛰었다.

이탄이 인상을 썼다.

'쓰읍. 영감. 영감의 악령이 내 영혼 안에 둥지를 틀었으니 나는 당연히 영감에 대해서 모든 것을 다 알아야지. 하지만 영감이 내 모든 걸 다 알 수는 없잖소? 이건 마치 물이 물고기에 대해서 전부 파악하고 있으나 물고기는 물에 대해서 모든 것을 다 알 수는 없는 것과 마찬가지란 말이오. 이게 바로 세상의 이치요.'

[끼요옵. 세상에 무슨 그딴 되먹지 못한 이치가 있단 말이냣? 난 인정할 수 없다. 억울해. 억울하다고.]

'억울하면 영감이 당장 내 영혼에서 나가쇼. 물론 일수도장은 다 찍은 다음에.'

이탄은 냉정했다.

아나테마의 악령이 뒷목을 잡았다.

[커헉! 이런 못된 놈. 어떻게 네놈이 나를 이렇게 헌신짝 취급하느냐? 그래도 따지고 보면 내가 네 스승이 아니더냐? 끼요오오옵.]

이탄이 검지를 좌우로 까딱거렸다.

'흥. 스승은 무슨. 영감과 나의 관계는 스승과 제자 사이가 아니오. 하루하루 계약에 의거하여 일수도장을 찍는 비즈니스 관계일 뿐이지.'

이탄은 아예 간씨 세가의 용어를 동원해서 아나테마를 깎아내렸다.

당연히 아나테마는 비즈니스라는 단어를 알아듣지 못했다.

[비즈니스? 그건 또 뭐냐?]

'그런 게 있소. 자꾸 꼬치꼬치 캐묻지 말고 그냥 좀 넘어가쇼. 그나저나 내가 영감에게 물을 게 있는데.'

[모른다.]

아나테마가 복수라도 하듯이 딱 잘라 말했다.

'응? 내가 아직 무언가를 묻지도 않았는데 뭘 모른다는 거요?'

[뭐든지 모른다. 몰라. 몰라. 나는 몰라.]

아나테마가 삐친 어린아이처럼 굴었다.

이탄은 상대가 삐치거나 말거나 신경 쓰지 않았다. 그저 제 할 말만 했다.

'아조브도 손에 넣었고, 나라카의 눈도 어쨌거나 내게 흡수되지 않았겠소? 그래서 말인데, 악마사원의 삼대신기 혹은 삼대법보 가운데 마지막 하나는 어디에 있소? 아몬의 토템이라고 했던가? 가장 잔혹하다는 법보 말이오.'

이탄은 내친김에 악마사원의 삼대법보를 모두 다 손에 넣고 싶었다.

[나는 모른다니까. 절대 몰라.]

아나테마가 몽니를 부렸다.

'그러지 말고 어서 말해보쇼. 아몬의 토템도 이곳 유적지에 있는 거 아뇨?'

이탄이 은근한 말투로 아나테마를 떠보았다.

아나테마가 콧방귀를 뀌었다.

[끼요옥, 킁. 킁. 킁. 몰라. 난 모른다. 미천하게 일수도장이나 찍는 내가 뭘 알겠느냐? 귀찮게 굴지 말고 네가 알아서 찾거라.]

아무래도 아나테마는 단단히 삐친 듯했다. 이탄이 반달 모양으로 눈을 휘었다.

'에이. 뭘 그런 걸 가지고 부루퉁하쇼? 불멸의 악마종 아나테마답지 않게.'

[나다운 게 어떤 건데? 응? 어떤 게 나다운 건데?]

아나테마가 바락바락 악을 쓰며 이탄에게 턱을 들이밀었다.

이탄이 상대를 슬슬 구슬렸다.

'영감다운 거? 그야 당연히 시원하게 척척 알려주는 게 영감다운 거지. 리치가 듀라한을 돕지 않으면 세상에 누가 돕겠소? 우리 외로운 언데드끼리 서로 돕고 살아야지. 아니 그렇소?'

[커헉! 이럴 때만 우리지. 이럴 때만 우리야. 왜 이럴 때만 친한 척하는 건데?]

말은 이렇게 하면서도 아나테마는 입이 근질근질했다.

솔직히 말해서 아나테마는 육체도 없이 혼백만 남은 처지였다. 그가 직접 아몬의 토템을 사용할 길은 없다는 뜻이었다. 이대로 아나테마가 입을 꾹 다물어 버리면, 자존심 센 이탄은 아몬의 토템을 그냥 포기해버릴지도 몰랐다. 그러면 악마사원의 귀중한 법보 하나가 허무하게 버려지는 셈이었다. 아나테마의 입장에서는 삼대법보 가운데 하나를 이대로 내버려 둘 수는 없었다.

결국 아나테마가 이탄에게 졌다. 아나테마는 '미운 놈에게 케익 한 조각 더 주자.' 라는 심정으로 입을 열었다.

[좋다. 마지막 세 번째 법보에 대해서 네놈에게 알려주마. 끄으응.]

'히히히. 잘 생각했소.'

이탄이 해맑게 웃었다.

아나테마는 그런 이탄이 얄미워서 한 방 먹여주고 싶었으나, 부글거리는 심정을 꾹 참고 손가락을 들었다.

[저기 동쪽 방향에 ㅅ자 모양으로 꺾어진 탑이 보이지? 그쪽으로 가거라.]

'저 멀리 허리가 반으로 꺾인 탑 말이오?'

이탄이 악마사원 동쪽의 탑을 가리켰다.

아나테마가 고개를 주억거렸다.

[그래. 거기. 그곳에 삼대법보 중 가장 잔혹하다는 아몬의 토템이 있느니라.]

'그렇소? 하하하. 이거 또 어떤 법보일지 기대가 되는

데?'

이탄이 손바닥을 슥슥 비비며 발걸음을 옮겼다.

허리가 반으로 접힌 탑에 도착한 뒤, 이탄은 아나테마가 알려준 방법대로 저주마법을 캐스팅하였다.

'이렇게 하면 아몬의 토템이 나타날 거란 말이오?'

[그렇다니까. 이곳에서 토템이 내뿜는 기운이 강하게 느껴진다.]

아나테마가 장담했다.

그의 말 대로였다. 이탄이 저주마법을 구현하자 탑의 곳곳에서 거무튀튀한 조각들이 튀어나왔다. 그 조각들이 이탄이 보는 앞에서 척척 쌓여서 토템의 형태를 갖추었다.

길이는 2미터.

폭은 40센티미터.

토템의 모양은 길이 방향으로 길쭉하고 옆으로는 납작한 직육면체에 가까웠다.

하지만 완전한 직육면체는 아니고, 위와 아래에 비해서 배 부분이 살짝 불룩했다. 모서리는 적당히 둥글둥글했다. 토템의 표면에는 기괴한 마귀 조각이 원시적인 형태로 큼직큼직하게 새겨져 있었다.

Chapter 6

이탄의 눈앞에 등장한 법보는 한눈에 보기에도 샤머니즘적인 느낌이 물씬 풍기는 기물이었다.

'이것이 아몬의 토템이오?'

이탄은 아몬의 토템을 보면서 왠지 모르게 거문고를 떠올렸다.

저쪽 세상에서 간철호는 가끔씩 악사를 불러서 투박한 음색의 거문고 연주를 듣곤 하였다. 간철호가 딱히 거문고의 음률을 즐기는 것은 아니었다. 단지 그는 거문고가 쥬신대제국의 제례악에 쓰였다는 이유 때문에 거문고를 다루는 악사들을 곁에 두었을 뿐이었다.

간철호의 기억이 이탄에게도 전달되었기에 이탄은 거문고의 생김새에 대해서도 잘 알았다. 심지어 쉬운 곡 한두 개 정도는 직접 연주도 가능했다.

'허어 참. 보면 볼수록 토템의 생김새가 거문고를 닮았네? 물론 아몬의 토템이 거문고보다 훨씬 더 크고 무겁지만, 생김새는 상당히 비슷해. 토템 뒤쪽 기러기발처럼 생긴 곳에 명주실로 현을 걸면 더더욱 똑같겠어. 다만 거문고는 현이 6개인데 비해 이 토템의 기러기발은 7개라는 차이가 있구나.'

이탄은 조금 전 조각들이 스스로 조립되어 토템의 형태를 갖출 때 토템의 뒤쪽에 기러기발처럼 생긴 돌출부가 만들어지는 장면을 놓치지 않았다.

[거문고라고? 그건 또 뭐냐?]

아나테마가 거문고에 대해 흥미를 보였다.

이탄은 자세한 설명을 생략하고는 재빨리 말을 돌렸다.

'뭐 그런 게 있소. 그건 그렇고, 나라카의 눈은 오랜 시간 동안 풍화작용을 겪으면서 거의 허물어져 가지 않았소? 그런데 아몬의 토템은 똑같이 유적지에 파묻혀 있었지만 아직 멀쩡해 보이는데? 원래 이게 나라카의 눈보다 더 튼튼한 거요?'

[그건 나도 모른다. 내가 살던 고대 문명의 시대에서는 이렇게 오랜 시간 동안 삼대법보가 땅속에 파묻혔던 적이 없었느니라. 그러니 난들 어찌 알겠느냐?]

'으응. 그럴 듯한 변명이오.'

[변명이라니? 끼요옵. 내가 뭐 하러 변명을 해? 진짜라니까.]

아나테마가 발끈했다. 그러느라 거문고에 대해서는 싹 잊어버렸다.

이탄이 다시 한 번 화제를 돌렸다.

'그나저나 이것의 사용법은 뭐요?'

[아몬의 토템은 사실 악기다. 킥킥킥. 놀랐지? 이게 어떻게 악기냐고 묻고 싶겠지? 킥킥킥킥. 네 녀석은 이게 악기일 줄은 꿈에도 몰랐을 게다.]

아나테마가 복수라도 하듯 이탄을 놀렸다.

이탄은 아나테마의 놀림이 귀에 들어오지도 않았다. 아몬의 토템이 악기라는 말을 듣는 순간, 이탄의 뇌리에 느낌표가 떴다.

아나테마가 주저리주저리 부연설명을 늘어놓았다.

[토템의 뒤를 돌려 보면 툭 튀어나온 부분이 보일 게다. 그곳에 7개의 줄이 나란히 얹혀 있지?]

'줄? 무슨 줄? 없는데?'

이탄이 어깨를 으쓱했다.

[뭣? 줄이 없다고? 그럴 리가 있나? 아몬의 토템이 악마사원의 삼대법보라 불리는 이유가 바로 그 줄 때문인데. 그 줄이 없으면 이 토템은 가치가 없어. 끄요오오옥.]

아나테마가 펄쩍 뛰었다.

이탄이 무거운 토템을 180도 돌려서 아나테마에게 보여주었다.

'자. 영감의 눈으로 직접 확인해 보쇼. 여기 어디에 줄이 있단 말이오?'

[끼요옵! 안 돼. 절대 안 돼.]

아나테마가 두 손으로 자신의 머리통을 감쌌다.

[여기에 걸려 있던 7개의 줄이 어디로 간 게야? 그게 왜 사라졌느냐고? 그 줄은 부정 차원의 최상위 악마종이자 그곳 차원의 칠대군주 가운데 하나인 아몬의 심혈관을 꼬아서 만든 것이란 말이다. 대체 그게 어디로 사라졌느냐고오오오—.]

'아몬의 혈관을 꼬아서 줄을 만들었다고 했소? 그 아몬은 부정 차원의 최상위 악마종이자 칠대군주 가운데 한 명이고? 그런데 그 귀한 게 도대체 왜 없어진 거요?'

[그걸 내가 어떻게 알아? 설마 오랜 시간 동안 풍화작용을 겪으면서 줄이 삭았나? 아니야. 그 줄이 그렇게 쉽게 삭을 리 없어. 끼요오옵. 이건 분명 누군가가 개입한 게야. 어떤 개잡종 놈이 아몬의 토템에서 줄을 빼간 게 분명하다고. 누구야? 대체 누구냐고? 이 아몬의 토템은 샤흐크 종주가 직접 사용하던 애병이란 말이다. 끼요오오옵. 누가 감히 종주의 애병을 망쳐놨어? 어떤 개호로 새끼가 감힛! 끼요오오옵.]

아나테마가 미친 듯이 괴성을 질렀다. 그러다 갑자기 눈을 동그랗게 떴다.

[아뿔싸!]

'왜 그러쇼?'

이탄이 이유를 물었다.

아나테마가 무릎을 쳤다.

[배신자가 있었구나.]

'배신자라고?'

[그렇다. 당시에 배신자가 있었던 것이 틀림없느니라. 악마사원이 멸망할 즈음 나는 최종병기로 선택되어 모처에서 리치로 거듭나기 위한 제련 중이었도다. 그 결과 불멸의 악마종으로 거듭났지.]

이탄이 심드렁하게 말을 받았다.

'그 이야기야 전에도 말해주지 않았소. 영감이 리치가 되는 동안, 샤흐크 종주는 17명의 사도들과 함께 오염의 악마종으로 변신하기 위해서 대법을 펼쳤다고 했잖소.]

[한데 그 대법이 실패했지. 절대 실패할 수 없는 대법이 실패하고야 말았어. 왜 그랬을까? 이건 분명히 내부에 배신자가 있었던 게야. 그리고 그 배신자 놈이 샤흐크 종주의 애병으로부터 아몬의 혈관을 빼갔을 거라고. 끼요오오옵.]

아나테마의 두 눈이 시뻘겋게 달아올랐다.

이탄은 아나테마가 분노하거나 말거나 신경 쓰지 않았다. 하지만 토템이 망가진 것은 안타까웠다.

'제기랄. 그렇다면 이제 이 토템은 쓸모가 없는 거요? 그래서 아무렇게나 버려진 거요?'

아나테마가 얼굴을 구겼다.

[쓸모가 없긴 왜 없어? 끼요옵. 아몬의 혈관은 무지막지하게 파괴적이고 잔혹한 진동을 해댄다. 세상에서 오직 이 토템만이 그 진동을 견뎌낼 수 있어. 그러니 토템이 없으면 아몬의 혈관도 제대로 사용할 수 없느니라.]

'그럼 왜 그 배신자는 토템을 가져가지 않은 거요? 이 통이 그렇게 중요한데 왜 줄, 아니 아몬의 혈관만 쏙 빼갔느냔 말이오?'

이탄이 핵심을 찔렀다.

Chapter 7

아나테마가 필사적으로 머리를 굴렸다.

[글쎄다? 그 찢어죽일 배신자 놈에게도 피치 못할 사정이 있었겠지. 토템이 너무 크고 무거워서 통째로 가져가기 힘들었나? 아니면 아몬의 토템을 훔쳐 가려다가 샤흐크 종주에게 발각되어서 줄만 빼갔을까? 끼요오오옵. 하여간 가만두지 않을 테다. 배신자 놈을 끝까지 찾아내서 갈아 마셔버릴 테다. 끼요오오옵.]

이탄이 핀잔을 주었다.

'쳇. 그 배신자가 여태 살아있겠소? 고대문명이 멸망한 뒤 얼마나 오랜 세월이 흘렀는데 여태 살아 있겠느냔 말이오. 진즉에 죽었겠지.'

아나테마는 한층 더 얼굴을 구겼다.

[끼요옵. 그렇다면 그 배신자 놈의 후손이라도 찾아서 복수할 테다. 후손이 없으면 주변 사람들에게라도 분풀이를 하고야 말 테다. 끼요오오옵.]

아나테마가 길길이 날뛰는 동안, 이탄은 피사노교의 마법 가운데 하나인 고스트 핸드(Ghost Hand: 유령의 손)를 구현했다. 허공에 유령의 손이 불쑥 나타나 아몬의 토템을 아공간으로 옮겨놓았다.

나라카의 눈과 달리 아몬의 토템은 반쪽짜리에 불과했다.

'하지만 나중에 쓸모가 있을지도 모르잖아?'

이탄은 이런 생각으로 토템을 챙겨두었다.

그때까지도 아나테마는 복수에만 골몰했다.

이탄이 손을 휘휘 저었다.

'영감, 복수는 나중에 생각하쇼. 우리가 시간이 별로 없잖소? 그러니까 유적지에서 또 건질 만한 것이 있는지부터 말해보쇼.'

[끼요옵. 요런 배은망덕한 놈. 네놈은 복수고 뭐고 다 남의 일처럼 느껴지지? 그저 네놈이 더 챙길 것이 있는지 여

부만 중요하지? 요런 뱀처럼 냉정하고 차가운 놈.]

아나테마가 느닷없이 이탄을 향해 눈을 부라렸다.

이탄이 혀를 찼다.

'어우. 그거 아쇼? 요새 영감이 너무 예민해졌다는 거? 쯧쯧쯧. 늙어서 노망이 난 것도 아니고. 쯧쯧쯧.'

[커헉? 뭐라고?]

아나테마가 뒷목을 잡았다.

'아, 됐고. 더 이상 챙길 것이 없으면 이제 그만 갑시다. 유적의 위치도 알았으니 나중에 필요하면 또 오지 뭐.'

[끼요옵. 이런 오라질 놈.]

이탄은 상대가 날뛰거나 말거나 신경 쓰지 않았다. 그저 힘차게 바닥을 박찬 뒤, 뻥 뚫린 지하 동굴 속으로 몸을 날렸다.

오늘 오전, 이탄이 악마사원의 유적지를 찾아 땅을 뚫고 내려올 때는 시간이 제법 걸렸다. 반면 지금은 뚫어놓은 통로를 따라 거슬러 올라오기만 하면 되므로 시간이 꽤 단축되었다. 다만 지상으로 올라오기 위해서는 더러운 하수구를 다시 통과하는 점이 힘들었을 뿐이다.

"에이, 찝찝해."

이탄은 투덜거리면서 의복에 묻은 더러운 건더기들을 털어내었다. 구정물에 푹 젖은 이탄의 의복에서는 구린내가 풀풀 풍겼다.

그때였다. 먼발치에서 부스럭부스럭 인기척이 들렸다.

'누구지?'

이탄은 감각을 멀리까지 늘어뜨렸다.

길게 늘어진 이탄의 감각에 무언가가 포착되었다. 저 멀리 골목의 모퉁이에서 빈민가의 아이들이 머리통을 반쯤 내놓고 있었다. 그 아이들은 온 신경을 집중하여 이탄을 살펴보는 중이었다. 아이들의 입에서 쑥덕거리는 소리가 흘러나왔다.

"형, 칠까?"

"그래. 치자. 저치 혼자인 것 같은데? 우리가 치면 이길 것 같은데?"

"형 생각은 어때?"

아이들이 골목대장의 의견을 물었다. 꽤 먼 거리임에도 불구하고 이탄은 아이들의 대화를 모두 들었다.

골목대장이 고개를 가로저었다.

"야, 야. 그냥 놔둬라. 저 자식 배가 고파서 하수구까지 뒤지는 모양인데, 쳐봤자 뭐 건질 게 있겠냐?"

"형, 그래도 장기라도 뽑아서 팔면 좋잖아."

"맞아. 우리가 저치를 끌고 가면 푸줏간 아저씨가 돈 주고 살지도 몰라."

빈민가 아이들의 대화는 도저히 어린 입에서 튀어나온 말이라고는 믿기지 않을 만큼 살벌했다.

물론 이탄은 이 정도 말에 눈 하나 깜짝하지 않았다. 옷을 탁탁 턴 다음, 이탄이 빈민가 밖으로 성큼성큼 발걸음을 옮겼다.

"형, 어떻게 해?"

"이대로 먹이를 놓칠 거야?"

아이들이 발을 동동 굴렀다.

마침내 골목대장의 입에서 공격 신호가 떨어졌다.

"가 봐."

골목대장이 눈짓을 보냈다.

몸이 날랜 녀석들 몇 명이 이탄의 뒤를 바로 따라잡았다.

이탄은 어린애라고 해서 봐주는 성격은 아니었다. 그렇다고 여기서 이런 애송이들을 상대로 피를 볼 생각은 없었다. 골목을 한 번 꺾은 뒤, 이탄은 별안간 은신의 가호를 펼쳤다.

"이런 젠장."

"눈치챘구나. 제기랄."

빈민가 아이들이 우르르 달려왔다. 그들은 낭패한 표정으로 얼굴을 구겼다.

'훗.'

이탄은 지붕 위에서 그 모습을 내려다보면서 히죽 미소를 흘렸다.

그런 이탄의 몸 주변을 한 줄기 소슬바람이 스쳐 지나갔다. 어느새 이탄의 모습은 빈민가 골목에서 발자취를 지웠다.

"흥흥흥~."

여관으로 돌아오는 이탄의 발걸음은 가벼웠다. 이탄은 가볍게 콧노래까지 흥얼거렸다. 악마사원의 유적지에서 제법 얻은 것이 많았던 터라 이탄은 기분이 좋았다.

"어, 춥다."

이탄은 습관적으로 목도리를 끌어올렸다.

물론 춥다는 말은 맞지 않았다. 이곳 뉴부로도 시는 무더위와 싸우는 곳이지 혹한의 도시는 아니었다.

하지만 의외로 사람들은 목도리를 많이 착용했다. 자욱한 흙먼지로부터 호흡기를 보호하기 위함이었다.

덕분에 이탄의 복장도 그리 어색하지 않았다.

Chapter 8

이탄이 아바니502 여관에 거의 도달할 즈음이었다. 툭

탁툭탁 장난을 치면서 거리를 달려오던 꼬맹이들이 이탄과 툭 부딪쳤다.

이탄의 실력이라면 꼬맹이들을 피하는 것은 일도 아니었다. 하지만 이상한 느낌에 그냥 아이들이 부딪치게 놔두었다.

"앗."

"죄송합니다."

두 꼬맹이는 이탄에게 꾸뻑 머리를 숙이고는 저 멀리 달려가 버렸다.

아이들이 사라진 뒤, 이탄은 바닥에 떨어진 손수건 하나를 발견했다. 조금 전 그와 부딪친 꼬맹이들이 떨어뜨리고 간 분실물이었다.

이탄이 가만히 손수건을 집어 들었다. 그 속에 적힌 글귀가 눈에 띄었다.

남쪽대로 끝 세 번째 골목

손수건 속에 적힌 짧은 글귀는 이탄이 지켜보는 가운데 스르륵 사라져버렸다. 시간이 지나면 저절로 글씨가 사라지도록 특수한 잉크를 사용한 모양이었다.

이탄은 잠시 망설였다.

'누가 보낸 거지? 가봐? 말아?'

고민은 길지 않았다. 이탄은 목도리를 코까지 바짝 추켜 올리고는 남쪽대로로 발걸음을 옮겼다.

이탄이 길의 끝까지 가서 세 번째 골목을 찾을 때였다. 골목 입구에 삐뚤삐뚤하게 적힌 낙서가 보였다.

길의 끝 다섯 번째 골목

'또야?'

이탄이 어깨를 으쓱했다.

하지만 이왕 여기까지 왔는데 피할 이유는 없었다. 이탄은 골목길 끝까지 걸어가서 다섯 번째 골목을 찾았다.

그곳 담벼락에선 어린아이이 한 명이 길바닥을 향해 돌멩이를 툭툭 던지는 중이었다. 그 돌멩이 가운데 하나가 이탄의 발밑에 똑 떨어졌다.

이탄이 시선을 들어 아이를 바라보았다. 아이는 깜짝 놀라 집 안으로 쏙 들어가 버렸다.

"내 이럴 줄 알았지."

이탄은 돌멩이에 적힌 글귀를 발견하고는 피식 웃음을 터뜨렸다.

이후로도 비슷한 방식이 몇 차례나 반복되었다. 이탄은 속는 셈치고 끝까지 따랐다. 그 결과 이탄이 도착한 곳은,

조금 전 이탄이 떠나온 빈민가 한복판이었다.

"뭐야? 빙글빙글 돌아서 다시 여기로 온 거야? 하하."

이탄은 어이가 없다 못해 헛웃음이 나왔다.

마침 빈민가 한쪽 편에서는 우당탕탕 건물 부서지는 소리가 나는 중이었다. 허물어진 벽 안에서 새파랗게 질린 노인이 엉금엉금 기어나왔다.

"사, 살려……."

노인이 이탄을 발견하고는 도움을 요청했다.

그보다 한발 앞서 건물 안쪽에서 손이 쑥 뻗었다. 그 손은 노인의 발목을 덥석 붙잡아 안으로 쭈욱 잡아끌었다.

"크허억. 살려 주세요."

노인이 목이 터져라 비명을 질렀다.

하지만 비명은 그리 오래 가지 못했다. 허물어진 건물 안에서 퍽퍽 소리가 몇 차례 들리는가 싶더니, 이내 싸늘한 정적이 뒤따랐다.

잠시 후, 허물어진 벽 안에서 사내 한 명이 스윽 걸어나왔다. 남색 무복을 입고 머리 양쪽에 꽁지머리를 묶은 사내였다.

툭툭툭.

사내가 피에 젖은 손으로 어깨에 묻은 먼지를 털었다. 그다음 땅바닥에 침을 퉤 뱉었다.

"노친네가 말이야, 빚을 졌으면 제때 갚아야지. 퉤에."

사내가 인상을 쓸 때마다 왼쪽 뺨과 눈가엔 새겨진 기다란 흉터가 뱀처럼 징그럽게 꿈틀거렸다.

이 흉악해 보이는 사내의 이름은 에더.

부로도 시로부터 이탄을 추적해온, 바로 그 일행 중 한 명이었다. 에더는 이탄을 겁주려는 생각인 듯, 얼굴에 튄 피를 닦지도 않았다.

이탄이 상대를 지그시 살폈다.

그러는 사이 빈민가 골목 곳곳에서 에더의 동료들이 하나 둘 모습을 드러냈다. 그들은 하나같이 남색 무복을 입었고, 인상이 더러웠다. 게다가 손에는 무기를 하나씩 들고 있었다.

험악한 인상의 사내 수십 명에게 둘러싸이고도 이탄은 눈 하나 깜짝하지 않았다. 에더가 비스듬히 고개를 기울여 이탄을 쳐다보았다.

이탄은 에더를 마주 보지 않았다. 대신 이탄의 눈길은 에더의 어깨를 넘어 그 뒤쪽으로 향하는가 싶더니, 정수리에 꽁지머리를 매단 사내에게서 멈췄다.

'둘이 닮았네.'

꽁지머리 사내는 에더와 꼭 닮았다. 다만 꽁지의 개수만 다를 뿐이었다. 에더와 닮은 이 사내의 정체는 다름 아닌 에더의 쌍둥이 동생 베르거였다.

이번엔 이탄의 시선이 옆으로 돌아갔다.

골목 어귀, 애꾸눈 사내가 이탄의 눈에 띄었다. 그는 입에 풀잎 하나를 물고, 팔짱을 낀 채 벽에 등을 기대고 있었다.

'어라?'

이탄의 동공이 살짝 커졌다.

'저기 저 애꾸눈이 꽁지머리 쌍둥이들보다 한 수 위로구나.'

정면에서 이탄을 압박하는 역할은 꽁지머리 쌍둥이들이 맡았지만, 진짜배기는 저 뒤의 애꾸눈이라는 사실을 이탄은 한눈에 파악했다. 당장 이탄의 왼쪽 망막에 맺힌 정보가 그 사실을 증명했다.

— 종족: 필드 일족

— 주무기: 창

— 특성 스킬: 분신의 가호, 성창의 가호

— 성향: 백

— 레벨: A—

— 주 출몰지역: 언노운 월드 평야

— 출몰빈도: 희박

'A—레벨에 분신의 가호와 성창의 가호를 받았어? 그렇다면 이자들도 모레툼 교단 소속이로구나.'

이탄은 상대의 정체를 한 눈에 알아차렸다.

Chapter 9

'더군다나 이자의 가호들도 익숙하잖아.'

이탄이 흥미롭다는 듯이 애꾸눈 사내를 살폈다.

대초원에서 케레이트족의 후계자를 구출할 당시 이탄이 함께 했던 56호가 바로 이 분신의 가호를 지녔었다. 또한 과이올라 시의 퀘스트 당시 동행했던 마우테 주교는 성창의 가호를 보유했었다.

'그런데 저 애꾸눈은 이 흔치 않은 가호 2개를 동시에 가졌단 말이지?'

이 정도면 나름 놀랄만한 일이었다.

하지만 이탄을 진짜로 놀라게 한 사람은 애꾸눈이 아니라 다른 여자였다. 애꾸눈의 뒤쪽, 골목 그늘에 몸을 반쯤 숨긴 여자가 이탄의 망막에 맺혔다. 이탄은 스쳐 지나가는 듯한 눈길로 여자의 정보를 읽어내었다. 그리곤 진심으로 흠칫했다.

— 종족: 필드 일족

— 주무기: 유척

— 특성 스킬: 간파의 가호, 복원의 가호, 지배의 가호

— 성향: 백

— 레벨: A+

— 주 출몰지역: 언노운 월드 평야

— 출몰빈도: 희박

놀랍게도 여자의 레벨은 A+이었다.

이탄이 언노운 월드에서 만난 사람들 가운데 '추정 불가' 다음으로 높은 레벨이 바로 A+이었다. 이탄을 성기사로 만든 장본인, 즉 비크 교황의 레벨이 바로 A+이었던 것이다.

'게다가 저 여자가 지닌 가호들도 가공스럽네.'

이탄이 속으로 이렇게 중얼거렸다.

간파의 가호는 상대방의 말이 거짓인지 진실인지 파악하는 가호였다. 이 가호를 가진 사람은 정말 상대하기 까다로웠다.

복원의 가호는 치유의 가호보다 더 무시무시한 회복 능력을 자랑하는 추기경급 가호로, 그 번호가 3,988번이나

되었다.

또한 지배의 가호도 3,989번으로 추기경급 가호 가운데 최상위권에 속했다.

'미쳤구나. 미쳤어. 이건 마치 수움 신관과 비크 교황을 합쳐놓은 듯한 여자잖아? 대체 저 여자의 정체가 뭐지?'

이탄은 이런 의문과 함께 주변을 둘러보았다.

어느새 빈민가 빈 공터는 남색 무복을 입은 자들로 빙 둘러싸였다. 어림잡아 이 자리에 80명은 집결한 듯했다.

이탄이 연신 주변만 두리번거리자 꽁지머리 사내 에더가 비스듬하게 기울인 얼굴을 더욱 삐딱하게 기울였다.

에더가 옆으로 손을 뻗었다.

"여기 있습니다."

부하 한 명이 절도 넘치는 동작으로 에더에게 손수건을 건넸다.

에더는 손에 흥건한 피를 수건에 슥슥 닦았다. 그러면서 천천히 입을 열었다.

"이탄 신관."

에더는 이탄의 본명을 곧바로 불렀다.

'내 이름을 알아?'

이탄의 눈빛이 한층 깊어졌다.

에더가 손수건을 땅바닥에 아무렇게나 내팽개친 다음,

허벅지에 꽂힌 단검들 가운데 하나를 골라 뽑았다.

잘 벼린 단검 날에 햇빛이 반사되어 이탄의 눈을 때렸다. 이탄이 지그시 눈매를 좁혔다.

에더가 차갑게 뇌까렸다.

“사람이 부르면 대답을 해야지. 이탄 신관.”

이탄은 여전히 답이 없었다.

에더가 주위를 둘러보며 하얗게 웃었다. 웃음만으로도 이렇게 서늘한 분위기를 자아낼 수 있는 사람은 많지 않은데, 에더는 그런 면에서 압권이었다.

“하아. 이거 참 어이가 없네.”

뚜둑, 뚜두둑.

고개를 좌우로 한 번씩 꺾은 뒤, 에더가 이탄을 향해 어슬렁어슬렁 다가왔다.

보통 사람 같으면 흠칫 놀라 반사적으로 물러서게 마련인데, 이탄은 단 1밀리미터도 뒷걸음질 치지 않았다. 그렇다고 상대에게 마주 다가서지도 않았다. 그저 애매모호한 눈빛으로 에더를 쳐다볼 뿐이었다.

‘이 새끼, 뭐야?’

깊이를 알 수 없는 무저갱과 같은 이탄의 눈빛에 에더가 흠칫했다. 하지만 에더는 당황한 기색을 재빨리 수습한 다음, 이탄의 10미터 앞까지 접근했다. 에더의 손가락 사이에서 단검이 묘기를 부리듯 빙글빙글 돌아갔다.

"이탄 신관. 하나만 묻자."

이탄이 턱을 살짝 들고 에더를 직시했다.

에더가 다시 한 번 정곡을 찔렀다.

"아나톨 주교를 왜 죽였지?"

이번 질문은 이탄을 당혹스럽게 만들었다.

'비크 교황이 보낸 자들이 아니라 다른 쪽 사람들인가?'

이탄은 남색 무복을 입은 자들이 비크 교황의 심복들일 것이라 생각했다.

'이번 퀘스트는 비크 교황이 파놓은 함정이고, 이곳을 둘러싼 80명은 비크가 부리는 개들일 거야. 그렇다면 모조리 아가리를 찢어줘야지.'

이것이 이탄의 속마음이었다.

그런데 이 판단에 혼선이 생겼다.

'이상하다? 비크의 개들이라면 굳이 아나톨 주교의 죽음을 들출 필요가 없을 텐데? 뭐지?'

이탄이 곤혹스러워하는 가운데, 에더가 한 번 더 물었다.

"이탄 신관. 네가 아나톨 주교를 암살한 것이 맞지?"

이탄은 잠시 고민하다가 대답했다.

"나는 죽이지 않았다."

"흐응. 그런 거짓말이 통할 거라고 생각했나?"

에더가 어깨를 으쓱했다. 그러면서 짐짓 어이없다는 표정으로 부하들을 둘러보았다.

그 순간 이탄은 똑똑히 목격했다. 지금 에더는 부하들을 보는 것이 아니었다. 골목 그늘 속에 몸을 숨긴 여자와 시선을 주고받는 중이었다. 짧은 순간 여자가 고개를 끄덕이는 모습을 이탄은 놓치지 않았다.

'간파의 가호가 발동했구나!'

저 수상한 여자는 간파의 가호를 지녔다. 그러니 이탄이 거짓말을 하는지 아닌지 파악이 가능할 것이다.

Chapter 10

조금 전 에더의 질문을 받았을 때 이탄은 진실을 말했다. 실제로 이탄은 아나톨을 죽인 적이 없었다.

여자도 이탄의 말이 진실이라는 점을 깨닫고는 에더에게 그 사실을 전했다. 에더가 곤혹스러운 표정을 지었다.

"네가 죽이지 않았다고? 하지만 기록에는 분명히 네가 죽였다고 나오는데."

"기록? 무슨 기록 말인가?"

이탄이 상대에게 성큼 다가섰다.

홍홍홍홍홍—.

에더가 손에 든 단검을 두 배는 빠르게 돌렸다. 에더의 손가락 사이에서 위협적인 소리가 홍홍 들렸다.

이탄은 아랑곳 않고 상대에게 다가섰다.

"무슨 기록인지 말해 봐. 그 기록에 내가 아나톨 주교를 암살했다고 적혀 있나?"

"그럼 아닌가?"

"당연히 아니지. 난 아나톨 주교를 죽이지 않았어."

이번에도 에더는 여자를 돌아보았다.

여자가 고개를 끄덕였다. 이탄의 말이 진실이라는 의미였다.

에더가 질문의 방향을 바꿨다.

"이탄 신관, 지금 어디에 소속되어 있지?"

"그건 밝힐 수 없다."

이탄이 단호하게 말을 잘랐다.

에더가 바꿔 물었다.

"혹시 수호 기사단인가? 아니면 은화 반 닢 기사단?"

이탄이 이마를 찌푸렸다.

"그렇게 묻는 것을 보니 당신들은 추심 기사단이겠군."

모레툼 교단에는 총 3개의 기사단이 존재한다.

떼인 돈을 받아내는 추심 기사단.

교단의 중요 인사를 호위하는 수호 기사단.

마지막으로 음지에 숨어서 흑 진영과 싸우는 은화 반 닢 기사단.

이 가운데 추심 기사단과 수호 기사단은 유명했다. 반면 은화 반 닢 기사단의 존재를 알고 있는 사람들은 그리 많지 않았다. 교황과 추기경, 몇몇 주교들, 그리고 추심 기사단과 수호 기사단의 성기사들만이 은화 반 닢 기사단에 대해서 인지하고 있었다.

조금 전 에더는 이탄에게 "수호 기사단, 아니면 은화 반 닢 기사단?"이냐고 물었다. 다시 말해서 에더 본인은 이 두 기사단 출신이 아니라는 소리였다.

그렇다면 답은 뻔했다.

'이들은 추심 기사단이구나.'

이탄의 추측은 정확했다.

정체를 들킨 에더가 당황한 듯 뒤를 돌아보았다. 골목 속의 여자가 에더의 멍청한 행동에 눈을 찌푸렸다.

애꾸눈이 스윽 몸을 세워서 여자를 등 뒤에 숨겼다. 그 모습이 마치 주인을 보호하려는 호위무사 같았다.

'역시 저 여자가 핵심이었어.'

이탄이 피식 입꼬리를 비틀었다.

결국 애꾸눈이 앞에 나섰다.

"나는 하비에르라고 한다네."

"……."

상대가 먼저 이름을 밝혔다. 이탄이 말없이 상대를 응시했다.

하비에르가 골목 그늘로부터 천천히 걸어나오자 짙은 어둠이 하비에르를 쫓아 기지개를 켜듯이 몸을 일으켰다.

'역시 A— 레벨답군.'

이탄이 내심 고개를 주억거렸다.

하비에르가 본격적으로 무대에 등장하자 에더는 한 발 뒤로 물러섰다. 이 모습만 보아도 둘 중 누가 위인지 극명하게 드러났다.

하비에르가 이탄에게 예의를 갖추었다.

"이탄 신관, 잠시 나와 이야기 좀 나누겠나?"

"무슨 이야기 말이오?"

상대가 정중하게 나오자 이탄도 하비에르에게 반존댓말을 썼다.

"5년 전에 벌어졌던 사건에 대해서 좀 묻고 싶은 것이 있다네. 아나톨 주교의 죽음. 그리고 용의자로 체포되었던 자네의 실종. 마지막으로 슈로크 추기경님의 죽음. 우리는 이 삼각관계에 대해서 깊은 의문을 품고 있어."

하비에르의 말은 무겁고 진지했다.

하지만 이탄은 그 무게감에 짓눌리지 않았다. 오히려 하비에르의 말로부터 한 가지 단서를 얻었다.

'아나톨에게는 그냥 주교라고 부르면서 슈로크에게는 존칭을 붙여? 오호라! 이 자들, 슈로크의 심복들이었구나. 비크 교황이 은화 반 닢 기사단을 손에 움켜쥔 것처럼, 슈로크도 추심 기사단을 쥐고 있었어.'

이탄의 눈빛이 에더의 단검 날보다 더 날카롭게 빛났다.

"어떤가. 나와 잠시 이야기를 나눠보겠는가?"

하비에르가 한 번 더 이탄의 의사를 물었다.

이탄이 선뜻 수긍했다.

"그럽시다. 나도 5년 전에 왜 나에게 누명이 씌워졌는지 알고 싶소."

"좋아. 서로 뜻이 일치하니 좋군. 하면 첫 번째 질문을 던짐세. 아나톨 주교의 살해범으로 몰릴 당시 상황이 어떠했나?"

하비에르는 가장 기본적인 것부터 질문했다.

이탄은 5년 전 솔노크 시에서 벌어졌던 일들을 요약해서 말해주었다. 하비에르는 중간 중간 정황을 체크하면서 이탄의 말에 귀를 기울였다.

"그래서 자네의 유척을 아나톨 주교에게 내주었다고? 그 다음 아나톨 주교가 스스로 배를 저어 떠났고?"

"그렇소."

"그런데 다음 날 새벽에 아나톨이 둔기에 얻어맞은 채 시체로 발견되었다지? 배 위에는 자네의 유척이 피범벅인 된 채 떨어져 있었고?"

"그렇다고 들었소. 하지만 내 두 눈으로 직접 목격한 바는 아니오. 나는 아나톨 주교의 시체를 직접 본 적이 없을 뿐더러, 내 유척이 살인의 증거물로 남아 있었다는 사실도 말로만 전해 들었을 뿐이오."

"흐으음."

애꾸눈 하비에르가 팔짱을 끼었다. 하비에르는 시선이 골목 속 여자에게 향했다.

여자가 고개를 끄덕였다. 이탄의 말이 사실이라는 의미였다.

하비에르가 손으로 자신의 코를 몇 번 만지작거리다가 크게 한숨을 내쉬었다.

"휴우우. 좋네. 자네가 진실을 말한 듯하니 나도 솔직하게 털어놓음세. 자네도 짐작했겠지만, 나와 여기 있는 내 부하들은 사실 추심 기사단의 일원이라네. 그리고 5년 전 우리는 슈로크 추기경님을 섬기고 있었지."

하비에르가 죽은 슈로크를 입에 담았다.

Chapter 11

"음? 슈로크 추기경님?"

이탄이 짐짓 놀란 척했다.

물론 속으로는 이미 짐작하고 있던 일이라 전혀 놀랍지 않았다.

하비에르가 다소 붉어진 눈으로 말을 이었다.

"나는, 아니 이 자리에 있는 우리 모두는 슈로크 추기경님을 진심으로 따랐다네. 오직 그분만이 모레툼 교단의 차기교황이 되실 자격이 있다는 것이 내 신념이었어. 그런데 5년 전, 그분께서 그만 피살을 당하셨다네."

울분이 치밀었는지 하비에르는 눈이 시뻘겋게 충혈되었다.

이탄은 묵묵히 상대의 말을 경청했다.

"교의 총단에서는 슈로크 추기경님의 죽음을 흑 진영의 음모로 처리하더군. 다른 추기경님들도 총단의 발표에 수긍하는 눈치였어. 왜냐? 당시에 슈로크 추기경님만 죽은 것이 아니었거든. 그분과 반대편에 섰던 아나톨 주교도 비슷한 시기에 의문의 피살을 당했더란 말이지. 만약 슈로크 추기경님만 피살을 당하셨으면 사람들은 비크 교황님이나 아나톨 주교에게 의심의 눈초리를 보냈을 게야. 거꾸로 아나톨 주교만 죽었다면 슈로크 추기경님께서 의심을 받으셨겠지. 그런데 양쪽 모두 피해를 입자 사람들의 생각이 바뀌었어. 혹시 흑 진영의 짓이 아니냐는 추측이 힘을 얻은 게지."

여기서 말을 한 번 끊은 뒤, 하비에르는 턱으로 이탄을 가리켰다.

"그 와중에 아나톨 주교의 살해범으로 지목된 사람이 바로 자네일세. 그런데 자네가 신비하게 실종되어 버렸단 말이지. 아무런 증거도 없고 증인도 없어진 마당에 교의 총단에서는 이 사건을 흑 진영의 소행으로 발표해버렸어. 그런 다음 정말 기가 막힐 정도로 간단하게 사건이 종결되었다고. 크크큭."

하비에르의 설명은 길고도 장황했다.

하지만 이탄은 하비에르가 하고자 하는 말을 바로 알아차렸다. 하비에르는 5년 전 그 사건이 흑 진영의 짓이라고 믿고 있지 않았다.

솔직히 이탄도 하비에르의 의견에 동의했다. 5년 전의 사건은 어딘지 모르게 허술하게 종결된 느낌이 강했다.

이탄은 조만간 이 부분을 집요하게 파볼 요량이었다. 하지만 아직까지는 아무런 증거도, 단서도 확보하지 못했다. 그저 막연한 추측만 있을 뿐이었다.

이탄이 하비에르에게 툭 쏘아붙였다.

"그래서 뭘 어쩌자는 거요?"

"뭐라?"

이탄의 불손한 태도에 에더가 발끈했다. 80명의 추심 기사단원 전원이 일제히 인상을 구겼다.

반면 하비에르는 표정 하나 변하지 않았다. 이탄도 무표정하기는 마찬가지였다. 이탄이 비꼬듯이 입을 놀렸다.

"당신들은 내가 진범이기를 바랐겠지. 5년 전 내가 누군가의 명을 받아서 진짜로 아나톨 주교를 죽였기를 바란 거겠지. 그리곤 이 자리에서 나를 다그쳐서 그 누군가를 캐낼 생각 아니었나?"

이탄이 언급한 '누군가' 란 다름 아닌 비크 교황이었다.

예를 들어서, 5년 전 비크 교황이 라이벌인 슈로크를 암살했다. 그 후 비크는 자신에게 돌아올 의심의 화살을 피하기 위해 오른팔이라 불리던 아나톨까지 암살해 버린다. 바로 이탄 신관을 시켜서.

하비에르는 이런 그림을 예상했던 모양이었다.

이탄이 단호하게 고개를 가로저었다.

"안 되었지만 나는 아나톨 주교를 죽이지 않았소. 그러니 아무리 내게 추궁해봤자 얻는 게 없을 거요."

이 말을 끝으로 이탄이 등을 돌렸다.

처처척.

추심 기사단의 성기사들이 이탄의 앞을 가로막았다. 주변을 에워싸고 있던 성기사들이 이탄을 향해 날카로운 기세를 개방했다.

후왕! 후왕! 후와앙!

여기저기서 강렬한 빛이 솟구쳤다.

이탄이 고개만 뒤로 돌려 하비에르를 쳐다보았다.

"이게 무슨 뜻이오? 한번 붙어보자는 거요?"

착 가라앉은 이탄의 목소리에서 피냄새가 진하게 풍겼다. 대부분의 사람들은 그 피냄새를 제대로 맡지 못하였다. 오직 하비에르만이 오싹함을 느끼고는 몸을 떨었다. 하비에르는 본능적으로 '이탄과 부딪쳐선 안 된다.'고 판단했다.

반면 부하들은 하비에르처럼 안목이 뛰어나지 않았다.

특히 에더가 강하게 반발했다.

"이자가 어디서 감히 눈을 부라려? 확 눈깔을 뽑아버릴까 보다."

실제로 에더는 단검을 들어 이탄의 눈알을 파내는 시늉을 했다.

"쓰읍."

이탄이 칙칙한 눈으로 에더를 훑었다. 아래로 축 늘어진 이탄의 손가락이 살짝 까딱거렸다. 이대로 손을 뻗어 에더의 목을 쥐어뜯으면 끝.

이탄이 막 상대방과의 거리를 잴 때였다. 하비에르가 손을 들어 에더를 제지했다.

"에더, 그만해라."

"죄송합니다."

하비에르의 말 한 마디에 에더가 다시 뒤로 물러섰다. 하비에르는 다른 부하들에게도 명을 내렸다.

"이탄 신관을 보내주어라. 그는 우리의 적이 아니다."

하비에르의 말은 잘 먹혔다. 이탄의 앞을 가로막았던 성기사들이 좌우로 쩍 갈라졌다. 이탄은 강한 기세를 뿜어내는 성기사들 사이를 망설임 없이 지나쳤다. 이탄이 시야에서 사라진 뒤, 에더가 눈을 찌푸렸다.

"왜 저자를 그냥 놓아주었습니까?"

에더의 왼쪽 뺨에 그어진 흉터가 사납게 일그러졌다.

하비에르가 고개를 가로저었다.

"아가씨께서 이미 확인하셨지 않느냐. 이탄 신관은 거짓말을 하지 않았어. 그는 아나톨을 죽인 범인이 아니다."

"하지만 이탄은 은화 반 닢 기사단의 요원이 분명합니다. 그를 족쳐야 늙은 뱀의 뒤를 캘 수 있습니다."

"무슨 죄목으로 그를 족쳐? 그러다 이번 일이 늙은 뱀의 귀에 들어가면? 경솔하게 굴다가는 아가씨에게도 위험이 닥친다는 사실을 잊었느냐?"

하비에르가 낮게 으르렁거렸다.

에더가 흠칫하여 골목 어귀를 돌아보았다.

Chapter 12

지금껏 골목 그늘에 숨어 있었던 여자가 몇 걸음 앞으로 나섰다.

"아가씨."

하비에르가 여자를 향해 목례를 했다. 다른 사람들도 일제히 고개를 숙여 여자에게 경의를 표했다.

여자가 로브를 뒤로 젖혔다. 그녀의 입술 사이로 영롱한 목소리가 울려 퍼졌다.

"하비에르 아저씨의 말이 옳아요. 이탄 신관은 아나톨을 죽이지 않았어요. 그러니까 우리에게는 그를 압박할 명분이 없죠. 게다가 이탄을 섣불리 건드렸다가는 늙은 뱀에게 빌미만 줄 뿐이에요."

로브 속에서 드러난 여인의 외모는 미의 여신을 보는 듯 아름다웠다. 그 압도적인 미모에 사람들은 숨이 턱 막혔다.

이건 단순한 아름다움이 아니었다. 그녀는 아름다움을 넘어서 그 이상의 기품과 고귀함을 보여주었다.

추심 기사단이 목숨처럼 따르는 이 여인의 정체는 레오니.

그녀는 5년 전에 죽은 슈로크 추기경의 손녀이자 모레툼 교단의 숨은 실력자 가운데 한 명이다.

에더가 송구스럽다는 듯이 머리를 숙였다.

"죄송합니다. 아가씨. 제 생각이 짧았습니다."

"아니에요. 에더 아저씨의 말씀에도 일리는 있어요. 이탄 신관을 붙잡아야 교활한 늙은 뱀의 꼬리를 낚아챌 수 있죠."

"그럼 지금이라도 저자의 뒤를 쫓을까요?"

에더는 이탄이 사라진 방향을 손가락으로 가리켰다.

레오니가 에더를 만류했다.

"아뇨. 오늘은 서로 인사만 나눈 셈 치죠. 어차피 내일 저자와 다시 만나게 될 거예요."

별처럼 반짝이는 레오니의 눈동자가 이탄이 사라져버린 골목 저편을 의미심장하게 더듬었다.

이탄이 다시 북쪽 시가지로 돌아왔을 때는 어느새 주변이 어두워진 이후였다. 이탄은 여관으로 쏙 들어와 썩은 냄새가 진동하는 신발과 의복을 모두 벽난로 속에 던져 넣었다. 속옷들도 모두 불태웠다.

그 다음 따뜻한 물을 틀어놓고 몸부터 박박 씻었다. 그렇게 한참을 씻어도 하수구 냄새가 잘 제거되는 것 같지 않았다.

"에이, 더러워."

이탄은 자신의 팔뚝에 코를 대고 킁킁거리다가 결국 포기했다.

똑똑똑.

이탄이 샤워를 마치고 나올 즈음, 문에서 노크 소리가 들렸다.

333호였다.

"무슨 일이지?"

이탄이 방문을 반쯤만 열고 333호를 맞았다. 벽난로 속 의복이 반쯤 타다가 만 상태라 333호를 방 안으로 들이기는 싫었다. 333호는 안으로 들어오지도 못하고 어정쩡한 상태에서 브리핑을 했다.

"49호 님, 다람쥐와 시간 약속을 확정 지었습니다. 내일 아침 10시에 수의 사원 입구에서 만나기로 했습니다."

"10시. 수의 사원 입구. 알겠어."

이탄이 서둘러 방문을 닫으려고 했다.

333호가 닫혀가는 방문을 손바닥으로 막고 재빨리 추가 보고를 올렸다.

"한 가지 더 말씀드릴 것이 있습니다."

"뭔데?"

"아무래도 뉴부로도 시의 정세가 심상치 않습니다."

333호가 정색을 하고 말했다.

"심상치 않다니, 그게 무슨 소리야?"

이탄이 좀 더 자세히 이야기해보라고 손짓했다.

"오늘 산책을 다녀오시면서 이상한 점을 발견하지 못하셨는지요? 지금 뉴부로도 시가지에선 고요의 사원 흑마법사들이 다수 눈에 띕니다. 때문에 백성들이 문을 걸어 잠그고 공포에 질려 있습니다."

"흐음. 고요의 사원이라고?"

이탄이 흥미롭다는 표정을 지었다. 추이타 대초원에서 케레이트족의 후계자를 구출할 당시, 이탄은 고요의 사원 흑마법사들과 싸워본 경험이 있었다. 당시 회색 수도복을 입은 대머리 흑마법사들은 뇌조를 소환하여 온 세상을 벼락으로 물들였었다.

이탄이 당시 상황을 머릿속에 떠올리는 가운데, 333호가 빠르게 말을 이었다.

"고요의 사원뿐만이 아닙니다. 네크로맨서 집단으로 알려진 시돈 일당들도 거리에서 목격되고 있습니다."

"뭐어?"

이탄의 눈빛이 돌변했다. 시돈은 흑 진영의 세력들 중에서 다섯 손가락 안에 꼽히는 곳이었다. 시돈의 네크로맨서들은 정말 상대하기 까다로워서 수많은 백 진영 사람들은 그 명칭만 들어도 두통을 느낄 정도였다.

"그 네크로맨서들이 움직인다고?"

이탄은 곰곰이 생각에 잠겼다. 듀라한인 이탄에게 네크로맨서란 아무래도 신경이 쓰이는 존재였다.

제4화

시돈의 네크로맨서

Chapter 1

다음 날 아침.

이탄을 돕는 전담 보조요원들은 동이 트기 무섭게 여관을 나섰다. 수의 사원에 미리 가서 주변 상황을 살피기 위함이었다. 또한 보조요원들은 수의 사원 입구에 잠복했다가 만일의 사태에 대비하는 역할도 맡았다.

이탄과 333호는 보조요원들보다 한발 늦게 출발하여 9시 40분 즈음에 약속장소에 도착했다.

수의 사원 입구는 네모반듯한 직육면체 기둥 7개가 일렬로 늘어선 형태였다. 기둥의 높이는 12 미터가량 되어 보였으며, 기둥 뒤에는 144개의 돌계단이 자리했고, 그 계단

너머에 사원의 건축물들이 빼곡하게 세워져 있었다. 수식과 숫자에 미친 사람들답게 건물들은 일체의 장식도 없이 반듯반듯하였다.

"여기가 수의 사원이구나."

이탄은 수의 사원을 상징하는 'O' 문양을 물끄러미 올려다보았다.

잠시 후, 사박사박 발소리와 함께 기다란 모직 옷으로 온몸을 두른 수도승들 5명이 돌계단을 걸어 내려왔다.

수도승들의 복장은 실로 독특했다. 그들의 왼쪽 어깨로 휘감아 올라간 모직 옷은 뒷목을 한 바퀴 감은 뒤 다시 가슴 앞으로 흘러내리는 형식이었으며, 아래로 길게 늘어진 옷자락이 수도승들의 발등을 살짝 덮었다. 하얀 모직 위에 수놓아진 세 줄의 자줏빛 선들이 유독 눈에 두드러졌다.

이탄은 좌우에 위치한 4명의 수도승들은 무시했다. 오직 중앙을 차지한 여인만을 빤히 바라보았다.

'아하! 이 여자가 바로 다람쥐였구나.'

이탄은 마음속으로 무릎을 쳤다.

여자의 정체는 실로 놀라웠다. 비록 지금은 수의 사원 수도승의 복장을 입고 있으나 여인은 수의 사원 출신이 아니었다. 모레툼 신으로부터 3개의 가호를 하사받은 모레툼의 신관이었다.

어제 저녁 이탄은 뉴부로도 시의 빈민가에서 이 여자를 만났다.

'간파의 가호와 복원의 가호, 그리고 지배의 가호를 지녔었지? 이 여자가 바로 어제의 그 여자였어.'

이탄이 호기심 어린 눈으로 상대를 관찰했다. 그러는 사이 여자가 수도승들에게 양해를 구했다.

"잠시만 제게 시간을 주세요. 이분들과 이야기 좀 나눌게요."

"알겠습니다."

수도승들이 고개를 끄덕이고는 자리를 비켜주었다.

홀로 남은 여자는 영롱한 눈으로 이탄을 응시했다. 이탄이 아무런 반응이 없자 결국 여자가 먼저 입을 열었다.

"하아. 우선 제 소개부터 하죠. 제 이름은 레오니. 원래는 모레툼 교단 소속이나 지금은 이곳 수의 사원에 몸의 의탁하고 있답니다."

"헙!"

333호가 헛바람을 집어삼켰다. 333호는 레오니라는 이름이 의미하는 바를 단숨에 파악했다.

이탄이 333호의 어깨를 툭 쳤다.

"왜 그렇게 놀라?"

"레오니라는 이름을 모르십니까? 5년 전 흑 진영에게 피살을 당하신 슈로크 추기경님의 후계자 말입니다."

333호가 이탄의 귀에 손을 대고 속삭였다.

"그래? 유명한 여자야?"

이탄은 처음 듣는 이야기인 척 시치미를 떼었다. 하지만 사실 이탄은 이미 레오니가 슈로크의 혈육이라는 사실을 짐작하고 있었다. 단지 그녀의 이름만 몰랐을 뿐이다.

333호가 펄쩍 뛰었다.

"유명하냐고요? 당연하죠. 교단 내에서는 말도 못 하게 유명한 분입니다. 그나저나 이거 문제가 심각하네요. 레오니 님을 우리 은화 반 닢 기사단에서 모셨다가는 나중에 정치적인 문제가 발생할 수 있습니다. 히이잉. 원로기사님들께서 왜 하필 이런 이상한 퀘스트를 내리셨을까요?"

333호의 얼굴이 곤혹스럽게 구겨졌다.

이탄이 333호를 놀렸다.

"어이구? 우리 요원들이 언제부터 정치를 따졌다고 그래? 그냥 위에서 임무를 내리면 무조건 따르자 주의 아냐?"

"그건 그렇지만……. 하여간 복잡한 면이 좀 있습니다. 제 생각에는 레오니 님께서 우리를 따라나설 가능성이 없다고 봅니다."

이탄과 333호가 계속 속닥거리자 레오니가 끼어들었다.

"여보세요? 저를 불러놓고 그렇게 두 분이서만 대화를 나눌 셈인가요?"

"앗! 죄송합니다."

333호가 레오니를 향해 꾸벅 허리를 숙였다.

그 순진한 모습에 레오니가 생긋 웃었다.

"호호호. 죄송할 것까지는 없고요. 그나저나 용건이 궁금하네요. 모레툼 교단에서 무슨 일로 저를 찾아오셨을까요? 약속 시간에 꼭 나와 달라고 해서 나오기는 했는데, 무슨 일이죠?"

보아하니 레오니는 이번 퀘스트에 대해서 모르는 듯했다. 333호가 더더욱 당황했다. 333호의 이마에 송글송글 진땀이 맺혔다.

"아, 그게 말입니다."

"편하게 이야기하세요."

333호는 결국 눈을 질끈 감고 속사정을 털어놓았다.

"저희들은 레오니 님을 모셔오라는 명을 받았습니다."

"저를요? 누가요? 어디로요?"

레오니가 세 가지 질문을 동시에 던졌다.

333호가 당황했다.

"그게 저……. 죄송합니다. 누가 내린 명령인지는 저희도 알지 못합니다. 다만 교단의 추기경님급 혹은 그 위로부터 내려온 명령임은 분명합니다. 또한 저희가 레오니 님을 모셔다드릴 장소는 대륙 동북부의 피요르드 시 인근입니다."

333호의 말에 레오니가 입술을 비스듬하게 비틀었다.

"호호홋. 그러니까 지금 저더러 그 불명확한 말만 듣고 따라나서라는 뜻인가요? 누가 내린 명령인지도 모르고, 도착 장소도 애매하고."

"죄송합니다."

333호가 거듭 사과했으나 레오니의 표정은 이미 차갑게 돌아섰다.

"죄송할 건 없어요. 제가 두 분을 따라나서지 않을 테니까요. 그리고 저를 움직이고 싶으면 추기경급 인사가 오셔야 할 거예요. 왜냐하면, 저 또한 교단의 추기경이거든요."

레오니가 톡 쏘아붙였다.

'이 여자가 추기경이라고?'

그 말에 이탄이 흠칫했다.

반면 333호는 이미 이 사실을 알고 있던 모양이었다.

"정말 죄송합니다."

333호가 다시 한 번 허리를 직각으로 숙였다.

Chapter 2

이탄이 333호의 옆구리를 쿡 찔렀다.

"어떻게 된 일이야? 은화 반 닢 기사단의 어르신들이 추기경보다 서열이 높아?"

"아뇨. 당연히 그렇지 않습니다. 우리 기사단에서는 오로지 단장님만이 추기경이시고, 나머지 어르신들은 주교급이십니다."

"그런데 왜 이딴 퀘스트가 내려온 거야? 주교가 어떻게 감히 추기경님을 오라 가라 할 수 있어? 게다가 추기경님에게 어떻게 감히 다람쥐라는 명칭을 붙일 수 있지? 이거 완전히 하극상이네. 하극상."

이탄의 추궁에 333호가 울상을 지었다.

"저도 어찌 된 일인지 잘 모르겠습니다. 저는 이번 퀘스트가 추기경님을 은화 반 닢 기사단으로 모셔가는 임무인 줄 몰랐습니다. 진짜입니다."

"어이쿠. 이제 와서 이게 무슨 말이야? 일을 이따위로 할 거야?"

이탄이 인상을 찌푸렸다.

그때 다시 레오니가 끼어들었다.

"둘이서 속닥이는 것은 잠시 멈추고요, 이제 제가 두 분께 좀 따지고 싶네요. 두 분은 대체 어디 소속인가요?"

"네?"

따진다는 말에 333호가 흠칫했다.

레오니가 기품 있는 목소리로 다그쳤다.

"추기경인 나를 저 멀고 먼 대륙 북부로 데려가겠다면서요? 그렇다면 우선 그대들의 소속부터 정확하게 밝혀야죠. 또한 그대들이 추기경을 이리저리 끌고 다닐 권한이 있는지도 명백하게 밝혀줘야겠어요. 설마 일반 신관이나 주교 따위가 추기경인 나를 데려가네 마네, 뭐 이딴 소리를 한 것은 아니겠죠?"

레오니는 마치 이탄과 333호의 속삭임을 엿듣기라도 한 것처럼 둘의 약점을 정확하게 찔렀다.

"헙!"

순간적으로 333호의 동공이 바르르 흔들렸다.

'쳇. 이런 멍청이.'

이탄이 속으로 혀를 찼다.

333호의 순진무구하고 꾸밈없는 태도가 비록 귀엽기는 했으나, 이건 정보요원의 수칙에 어긋나는 행동이었다. 은화 반 닢 기사단의 정보요원이라면 그 어떤 기습적인 질문을 받더라도 표정 변화가 없어야 했다.

사실 333호의 입장에서는 억울했다. 그녀는 평소 업무를 똑 부러지게 해내는 뛰어난 요원이었다. 다만 지금은 상대가 추기경이다 보니 주눅이 들어 실수를 한 것뿐이었다.

레오니는 승기를 잡은 김에 좀 더 강하게 밀어붙였다.

"모레툼 교단 추기경의 권한으로 다시 한 번 묻겠어요. 당신들 어디 소속이죠? 당장 밝히세요."

"어어, 그러니까 그게……."

333호가 진땀을 삘삘 흘렸다.

결국 이탄이 나섰다. 이탄은 333호의 손목을 잡아 등 뒤로 당긴 다음, 칼칼하게 갈라진 음성으로 말문을 이었다.

"우리는 모레툼 교단 추심 기사단 소속입니다."

"거짓말!"

이탄의 뻔뻔한 대답에 레오니가 발끈했다. 굳이 그녀가 간파의 가호를 사용하지 않더라도 이탄이 지금 거짓말을 지껄인다는 사실은 알 수 있었다. 레오니야말로 추심 기사단의 실질적인 주인이기 때문이었다.

게다가 레오니는 어제 빈민가에서 이탄을 직접 만났던 장본인이었다. 추심 기사단원들과 함께 말이다. 당장 레오니의 이마에 푸르스름하게 핏대가 솟았다.

"사람이 어떻게 그렇게 뻔뻔할 수 있죠? 당신이 감히 추심 기사단을 사칭하다니요."

레오니가 버럭 화를 내는 데에는 이유가 있었다.

이탄은 아나톨 주교의 살해범으로 의심을 받는 인물이었다. 그런 이탄이 스스로를 추심 기사단이라고 주장하면, 이는 곧 레오니의 추심 기사단에서 라이벌인 아나톨 주교를 암살했다는 뜻으로 왜곡되게 마련이었다.

레오니는 이 점을 용납할 수 없었다.

이탄이 어깨를 으쓱했다.

"우리가 초면인데 굳이 거짓말을 할 이유가 있겠습니까? 저는 분명 추심 기사단입니다."

이탄은 끝까지 뻔뻔하게 굴었다.

"아니, 이 사람이 보자 보자 하니까 감힛!"

레오니가 발끈했다. 그녀의 머리카락이 허공으로 화라락 솟구쳤다. 꽉 움켜쥔 두 주먹은 분노로 바들바들 떨렸다.

레오니가 언성을 높이자 수의 사원 수도승들이 돌계단 위에서 휘리릭 몸을 날렸다. 4명의 수도승들은 수십 미터를 점프하여 레오니 앞에 터억 착지하더니, 이탄과 333호를 향해 오른손 손바닥을 내밀었다.

촤라라라락—.

수도승들의 손바닥 주변에서 주홍빛 수자들이 환상처럼 떠올랐다. 그리곤 손목을 따라 시계방향으로 핑그르르 회전했다.

이탄도 호락호락 물러서지 않았다.

"너희들은 또 왜 나서는 건데? 한번 해보자는 뜻인가?"

이탄의 스산한 눈길이 수도승들을 쫙 훑었다.

333호가 재빨리 이탄의 옷소매를 잡아당겼다.

"49호 님, 레오니 님은 진짜 추기경님이십니다. 게다가 수의 사원에서 소란을 일으키는 것도 금지사항입니다."

"누가 그걸 모르나? 아니까 솔직하게 질문에 대답한 것 아냐. 추기경님께서 소속을 밝히라고 하니까 밝힌 것뿐인데 뭐 어쩌라고."

이탄의 뻔뻔한 거짓말에 레오니의 이마에서 스팀이 부글부글 끓어올랐다. 그러던 한순간, 레오니의 머릿속에 벼락이 내리쳤다.

'잠깐! 혹시 이탄 신관이 나에게 들으라고 하는 소리인가?'

레오니가 빠르게 머리를 굴렸다.

'자신은 은화 반 닢 기사단에 대해서 불만이 많고 추심 기사단으로 옮기고 싶으니 뭔가 조치를 취해 달라는 뜻 아니야?'

Chapter 3

'만약에 내 추측이 사실이라면!'

레오니는 간파의 가호를 잔뜩 끌어올려 이탄의 눈동자 속을 들여다보았다.

이탄이 당당하게 상대를 마주 보았다.

그 눈에는 단 한 점의 거짓도 보이지 않았다. 지독히 탁하고 어두워서 그 속을 명확하게 파악할 수는 없지만, 최소한 거짓은 없었다.

'이탄 신관이 지금 내게 손을 내밀고 있구나.'

갑자기 레오니의 가슴이 두근두근 뛰었다.

5년 전 할아버지가 억울한 죽음을 당한 이후로 레오니는 어떻게든 원흉을 찾으려고 애를 썼다. 그 실마리가 잡히지 않아 그동안 괴로웠는데, 지금 이탄이 내민 손을 잡으면 어떻게든 엉킨 실타래가 풀릴 것만 같았다.

스스슥—.

수의 사원 수도승들이 이탄을 향해 손바닥을 내민 채 한 걸음 다가섰다. 수도승들의 손바닥 바깥쪽에서는 주홍빛 숫자들이 떠올라 시계방향으로 천천히 회전 중이었다.

이탄은 양손을 축 늘어뜨린 자세로 수도승들을 맞았다. 게슴츠레하게 뜬 이탄의 눈이 수도승들을 훑었다.

그때 레오니가 끼어들었다.

"그만두세요."

"레오니 님."

수도승들이 레오니를 돌아보았다.

레오니가 고개를 좌우로 흔들었다.

“잘 아시겠지만 저도 모래톱 교단 소속이랍니다. 그러니 제 얼굴을 봐서라도 저분들과 부딪치지 마세요.”

레오니의 부탁에 수도승들이 공격태세를 거둬들였다. 수도승들의 손바닥 주위를 맴돌던 주홍빛 수자들도 어느새 손목 안으로 흡수되고 없었다.

그렇게 한 발 뒤로 물러서면서도 수도승들은 경계심 가득한 눈빛으로 이탄을 주시했다.

레오니가 상황을 정리했다.

“오늘은 여기까지 하죠. 두 분은 이만 돌아가셔서 모래톱 총단에 다시 연락해 보세요. 두 분만으로는 추기경을 데려가기에 역부족이라고 전하면 위에서 알아들을 거예요.”

이것으로 1차 협상은 결렬된 셈이었다.

“……네.”

333호가 힘없이 대답했다.

레오니가 사원 안으로 사라진 뒤, 이탄과 333호는 무겁게 발걸음을 돌렸다.

“이제 어쩔 거야?”

이탄의 물음에 333호는 한숨부터 내쉬었다.

“휴우우. 일단 원로기사님들께 연락을 취해봐야겠습니다.”

"원로기사님들이라고 무슨 뾰족한 수가 있겠어? 추기경을 움직이려면 총단의 최고위급이 직접 나서야 하는 것 아냐?"

"제 생각에도 그렇습니다. 그래도 일단 보고는 올려야죠. 휴우우우우."

333호가 거듭 긴 한숨을 내쉬었다.

그날 오후.

이탄은 "이거 오늘도 몸이 찌뿌둥하네."라는 말도 안 되는 핑계를 대며—언데드인 이탄에게 근육통이 오거나 몸이 찌뿌둥한 일이 발생할 리는 없으므로— 여관 밖으로 산책을 나왔다.

333호는 이탄이 밖에 나간 사실도 알지 못했다. 그녀는 마법 통신구를 이용하여 원로기사들에게 보고를 하느라 정신없었다. 보고가 끝난 뒤에는 보조요원들을 모아놓고 대책 마련에 골몰했다.

이탄은 홀로 거리에 나와 휘적휘적 걸었다.

'레오니가 눈치가 있는 여자라면 내 말뜻을 알아들었겠지. 아마도 곧 추심 기사단에서 내게 접촉을 해올 거야.'

이탄이 이런 생각을 할 때였다. 꼬맹이들 몇 명이 골목에서 후다닥 뛰쳐나오다가 그중 한 명이 이탄과 툭 부딪쳤다.

이탄은 충분히 피할 수 있었으나 그러지 않고 꼬맹이들

의 수작을 지켜만 보았다.

"죄송합니다."

이탄과 부딪친 꼬맹이가 꾸벅 사과를 하고는 친구들과 함께 후다닥 도망쳐 버렸다. 이탄은 바닥에 떨어진 손수건을 집어 들었다.

"매번 수법이 똑같네. 추심 기사단 녀석들도 참 단순해."

이탄이 집어든 손수건 안에는 '어제 그곳' 이라는 문구가 적혀 있었다.

"또 거기서 만나자는 말이지?"

이탄은 빈민가를 향해 발걸음을 옮겼다.

빈민가의 골목은 대낮에도 어두컴컴했다. 다 무너져가는 집들 사이로 형성된 비좁은 골목에는 인기척을 찾아볼 수 없었다.

이탄이 빈민가 중심부에 도달하자 남색 무복을 입은 사내가 이탄을 맞았다. 추심 기사단에 소속된 성기사였다.

성기사가 손가락을 까딱였다.

이탄은 성기사의 뒤를 따라 반쯤 허물어진 3층 건물로 들어갔다.

건물 내부는 폐허나 다름없었다. 폐건물 1층 중앙에는 추심 기사단이 건자재를 모아서 조그맣게 모닥불을 피워놓은 상태였다.

이탄이 모닥불 주변을 스윽 훑었다.

'열중쉬어 자세로 서 있는 성기사가 2명, 모닥불 앞에 앉아 있는 쌍둥이 성기사가 2명, 그보다 한 발 뒤에서 팔짱을 끼고 벽에 기대있는 자가 한 명.'

이 가운데 이탄의 눈길이 쌍둥이 성기사들에게 멎었다.

'양 갈래로 꽁지를 묶은 쪽이 에더였고, 정수리에 꽁지 하나만 묶은 자가 베르거라고 했지?'

이탄이 어제의 기억을 되살렸다.

한편 벽에 기댄 사람도 안면이 낯익었다.

'저 애꾸눈의 이름은 하비에르라고 했던가?'

대충 주변을 파악한 뒤, 이탄은 반쯤 허물어진 천장 위 2층도 힐끗 곁눈질했다. 그곳에서도 사람의 기척이 느껴졌기 때문이었다.

'저 위에는 레오니 추기경이 있으려나?'

이탄은 폐건물 2층의 그늘 속에 몸을 숨기고 있는 사람이 레오니 추기경일 것이라고 추측했다.

어쨌거나 지금 이 폐건물에 배치된 자들은 모두 합쳐서 6명이었다. 1층에 5명, 2층에 한 명. 어제 레오니가 수십 명이 넘는 추심 기사단을 동원했던 것에 비하면 오늘은 규모가 상당히 작았다.

이탄이 하비에르에게 물었다.

"오늘은 또 무슨 일이오?"

하비에르가 벽에서 등을 떼어 모닥불 앞으로 걸어나왔다.

Chapter 4

하비에르는 외눈으로 이탄을 뚫어져라 쳐다보면서 신중하게 입술을 떼었다.

"자네에게 긴히 제안할 것이 있어서 보자고 했네."

"내게 말이오?"

이탄이 검지로 자기 자신을 가리켰다.

"그렇다네. 이탄 신관, 우리와 손을 잡을 생각 없나?"

하비에르는 말을 빙빙 돌리지 않았다. 다짜고짜 지른 다음 이탄의 반응을 살폈다.

"응?"

이탄이 고개를 살짝 기울여 상대를 응시했다. 그리곤 한 번 툉겨보았다.

"내가 굳이 당신들과 손을 잡을 이유가 있겠소? 추심 기사단에 발을 담그지 않고도 지금까지 잘 살아왔고, 앞으로도 잘 살 텐데."

“훗! 지금까지 용케 위기를 넘겼을지는 모르지. 하지만 우리와 손을 잡지 않으면 앞으로 무탈하기는 힘들 걸세. 지금 자네는 아나톨 주교의 살해범으로 지목되어 있어.”

“난 죽이지 않았소.”

이탄이 낮게 으르렁거렸다.

하비에르가 고개를 가로저었다.

“그건 자네의 주장일 뿐이지. 자네의 억울함을 풀어줄 증거는 세상 어디에도 없다네. 당장 자네의 유척이 아나톨 주교를 죽인 살인 도구로 등록되어 있어. 그걸 모르진 않을 텐데?”

“크으. 다시 강조하지만 난 그를 죽이지 않았소.”

이탄이 또박또박 말을 끊어서 주장했다. 이탄의 목소리가 한 층 낮고 칼칼하게 깔렸다.

하비에르가 고개를 주억거렸다.

“물론 우리는 이탄 신관의 말을 믿네. 하지만 이대로 시간이 흘러버리면 자네의 누명을 벗기는 갈수록 어려워질 게야. 그러니 우리가 내민 손을 잡게. 우리 추심 기사단에서 자네를 도와 5년 전의 사건을 다시 파헤치겠네.”

“으음.”

이탄이 아랫입술을 지그시 깨물었다.

하비에르가 한 마디를 보탰다.

"자네가 지금 어느 조직에 소속되어 있는지 나는 모른다네. 짐작컨대 은화 반 닢 기사단 아니면 수호 기사단이겠지. 그런데 자네의 조직에서 5년 전의 사건을 다시 들여다볼 기미가 보이던가? 아닐걸? 아마도 그들은 5년 전 사건을 덮으려고만 할 뿐 들춰보지는 않을 텐데?"

하비에르의 지적은 정확했다. 은화 반 닢 기사단에서는 이탄이 20개의 퀘스트를 성공적으로 끝마치거나 9년간 헌신하고 나면 자유를 주겠노라고 약속했을 뿐, 이탄의 누명을 발 벗고 나서서 벗겨줄 의향은 없었다. 그건 확실했다.

이탄이 흔들리는 듯한 기미가 보이자 하비에르가 시간을 주었다.

"당장 결정을 내리긴 힘들겠지? 그렇다면 내일까지 답을 주게. 만약 자네가 우리와 손을 잡을 생각이 있거든 내일 이 시간까지 이 자리로 오게."

하비에르는 노련한 추심 기사답게 사람을 쥐락펴락하는 솜씨가 보통이 아니었다. 이탄은 말없이 고개만 끄덕였다.

"그럼 그만 가보게."

하비에르가 손을 휘휘 저었다. 하비에르와 이탄의 두 번째 만남은 이렇게 종료되는 것처럼 보였다.

하지만 그때 방해꾼이 나타났다.

"가긴 어딜 가려고?"

쿠웅!

둔중한 소리와 함께 거구의 사내가 건물 안으로 뛰어들었다. 2미터가 훌쩍 넘는 키에 무섭게 뚱뚱한 사내였다.

사내는 누에실로 지은 값비싼 옷을 입고 금 귀걸이를 치렁하게 늘어뜨린 모습이었다. 오른손에는 털 뭉치처럼 보이는 머리카락 한 다발을 들고 있었는데, 그 머리카락 아래엔 말라비틀어진 사람의 머리통이 대롱대롱 매달려 있었다. 사내의 얼굴은 화장이라도 한 듯 창백했으며 입술은 붉었다. 수염은 나지 않았다.

"크케케케. 냄새 나는 사채업자들이 여기 있었구나. 케케케."

뚱보사내가 입술을 기괴하게 비틀어 웃었다.

하비에르가 하나뿐인 눈을 찌푸렸다.

그보다 한발 앞서 에더가 몸을 일으켰다.

"누구냣?"

에더는 모닥불을 풀쩍 뛰어넘어 뚱보사내의 앞을 가로막았다. 에더의 손에는 어느새 잘 벼린 단검이 들려 있었다.

뚱보사내가 뭐라고 대답하기도 전에 폐건물 뒤쪽에서 답이 들렸다.

"그는 숑인데."

인기척도 없이 갑자기 들린 목소리에 사람들이 깜짝 놀라 뒤를 돌아보았다. 심지어 하비에르마저도 흠칫한 표정이었다.

놀랍게도 목소리의 주인공은 여자였다. 그것도 다 큰 어른이 아니라 아직 앳되어 보이는 소녀였다.

소녀는 155센티미터 정도의 키에 인형처럼 귀여운 외모를 지녔으나, 짙은 화장에 입술이 쥐를 잡아먹은 듯이 붉어서 어딘지 모르게 음산한 분위기를 풍겼다. 또한 소녀도 뚱보사내 송과 마찬가지로 오른손에 말린 머리통을 들고 있었다.

"네년은 또 뭐냐?"

에더가 단검을 소녀에게 겨눴다.

소녀가 어깨를 으쓱했다.

"나? 난 하이타. 저기 저 뚱뚱이는 송이고 나는 하이타야."

소녀는 자신의 이름을 두 번이나 반복해서 강조했다. 소녀의 천진난만한 태도에도 불구하고 하비에르의 표정이 심각해졌다.

"베르거."

하비에르가 눈짓으로 2층을 가리켰다.

"넵."

뜻을 알아들은 베르거가 무릎을 살짝 튕겨 폐건물 2층으로 점프했다.

그 모습을 목격한 이탄이 고개를 주억거렸다.

'쌍둥이 가운데 한 명을 2층으로 올려보냈다는 것은, 다시 말해서 그만큼 중요한 인물이 저 2층에 머물고 있다는 증거겠지? 역시 레오니 추기경이 저기에 와 있어.'

하비에르의 반응은 거기서 그치지 않았다. 하비에르가 턱짓을 하자 에더가 단검의 끝을 다시 숑에게 돌렸다. 열중쉬어 자세를 취하고 있던 추심 기사단의 성기사 2명도 에더를 도와 숑을 포위했다.

반면 하비에르 본인은 하이타라는 소녀에게 집중했다. 어린 소녀를 상대하면서도 하비에르의 표정은 심각하기 이를 데 없었다.

하이타가 환하게 웃었다.

"너, 나를 아는구나. 히히히."

"알다마다. 사람의 머리통을 말려서 들고 다니는 소녀에 대해서라면 익히 들어본 적이 있지."

이렇게 중얼거리면서 하비에르가 손을 둥글게 말아 쥐었다.

Chapter 5

츠츠츠츠츳—.

강하게 방출된 빛무리가 기다란 창의 형태로 변해 하비에르의 손에 들렸다. 모레툼 교단이 자랑하는 비법 가운데 하나, '성창의 가호'가 발휘된 것이다. 섬뜩한 기운이 빛의 창으로부터 뻗어나가 폐건물 1층을 환하게 물들였다.

하이타는 그 살기를 정면으로 받고서도 눈 하나 꿈쩍하지 않았다. 오히려 장난스럽게 웃으며 혓바닥을 쏙 내밀었다.

"히히히히. 재미있네. 나를 알면서도 도망치지 않아? 보통은 울면서 벌벌 떨거나 도망치거나 하던데. 히히히."

하이타가 하비에르와 대치하는 동안 모닥불 건너편에서도 위기감이 고조되었다.

에더가 혀로 단검날을 싹 핥았다. 추심 기사단의 성기사들이 양손에 방패의 가호를 일으켜 공격 태세를 갖췄다. 3명의 성기사는 기세를 잔뜩 끌어올린 다음, 발뒤꿈치를 들어 곧장 튀어나갈 준비를 마쳤다.

다수의 적에게 둘러싸이고도 숑은 피식 웃을 뿐이었다.

물론 밝고 순박한 웃음은 아니었다. 무섭게 늘어진 숑의 턱살 위에서 뜨거운 콧김이 씩씩 뿜어졌다. 단춧구멍보다 더 작은 숑의 눈알이 두툼한 살 속으로 파고들어 창백한 빛을 뿌렸다.

공격은 에더가 먼저 시작했다.

에더가 의지를 일으킨 순간, 그의 몸뚱어리는 어느새 공간을 뛰어넘어 숑의 코앞에 도달해 있었다. 에더의 공격속도가 어찌나 빨랐던지 그가 마치 순간이동이라도 한 것처럼 보였다.

'신속의 가호.'

이탄이 눈을 반짝 빛냈다.

이탄의 짐작대로 지금 에더가 발휘한 것은 신속의 가호였다. 에더는 여기에 '절단의 가호' 까지 더했다.

에더의 단검은 절단의 가호를 부여받자마자 시퍼런 빛을 뿜었다. 이 빛에 닿으면 철 덩어리도 치즈처럼 썽둥 잘린다. 아울 검탑 검수들이 자랑하는 오러에 결코 뒤지지 않는 스킬이 바로 절단의 가호였다.

신속의 가호로 달려들어 절단의 가호로 적을 베어버리는 연속기야말로 에더가 자신하는 비법이었다. 이번에도 에더는 자신의 비법이 통할 것이라고 굳게 믿었다.

'이 비대한 뚱보 녀석이 내 공격을 받아낼 리 없지.'

에더는 승리를 자신했다.

오산이었다.

꽈앙!

"크왁."

엄청난 폭음과 함께 에더가 피투성이가 되어 뒤로 튕겨 나갔다.

에더의 공격을 막아낸 것은 다름 아닌 머리통이었다. 숑은 에더가 신속의 가호를 사용하기 무섭게 말린 머리통을 번쩍 치켜들었다. 숑의 손에 들린 머리통이 갑자기 눈을 번쩍 뜨고 입을 쩍 벌렸다.

그 입에서 튀어나온 주문이 핏빛의 방패가 되어 숑의 앞을 철벽처럼 가로막았다.

무려 1,000구가 넘는 시체로부터 원한을 쥐어짜낸 다음, 그 원한을 꾹꾹 눌러 담아 만들어낸 것이 바로 이 '혈한의 장벽'이었다. 이것이야말로 숑의 대표마법이었다.

혈한의 장벽을 완성한 이후로 숑은 '철벽의 네크로맨서', 혹은 '무너지지 않는 숑'이라는 별칭으로 불렸다.

실제로 10년도 더 이전 숑은 혈한의 장벽을 사용하여 오러를 사용하는 검수 열댓 명을 뭉개버린 적도 있을 정도였다.

그 무서운 마법이 에더에게 작렬했다.

콰앙, 우당탕.

에더는 무려 20미터도 넘게 날아가서 폐건물 벽에 거칠게 처박혔다. 에더의 오른손은 피투성이가 되다 못해 뼈가 허옇게 드러났다. 에더의 복부도 완전히 터져서 옷 위로 피가 벌겋게 배어나왔다.

"크허헉, 쿨럭, 쿨럭."

큰 충격을 받은 에더가 거칠게 기침을 했다.

"에더!"

순간적으로 하비에르가 에더에게 시선을 돌렸다.

하이타가 코웃음을 쳤다.

"너 미쳤구나. 감히 누구를 앞에 두고 한눈을 팔아?"

말이 끝나기 무섭게 하이타의 손에 대롱대롱 들린 머리통이 눈을 번쩍 떴다.

투쾅!

퀭하게 뚫린 눈알 부위에서 시뻘건 빛이 폭발했다. 그 모습이 마치 사람의 머리통 모양으로 램프를 만든 다음 그 속에 붉은 발광체를 넣어놓은 것 같았다.

"헙!"

깜짝 놀란 하비에르가 허공으로 몸을 띄웠다.

그보다 한발 앞서 허공에 뼈가 우두둑 돋아났다. 그 뼈들이 척척 조립되어 송아지만 한 야수의 골격을 갖추더니, 그대로 하비에르를 덮쳤다.

이것은 본 비스트(Bone Beast: 야수의 뼈).

살점과 근육이라고는 일체 찾아볼 수 없이 오로지 뼈로만 이루어진 언데드의 일종이었다.

이와 비슷한 언데드로는 스켈레톤(Skeleton)이 있었다. 하지만 본 비스트와 스켈레톤을 비교하는 것은 말도 되지 않는 소리였다. 스켈레톤이 일반 기사 수준의 힘을 지닌 언데드라면, 본 비스트는 시시퍼 마탑의 마법사들도 쉽게 상대할 수 없는 괴물이었다.

화르르륵!

하비에르를 덮친 본 비스트의 전신에서 플레임(Flame: 화염)이 거칠게 솟구쳤다. 본 비스트는 활활 타오르는 화염을 온몸에 품고 하비에르를 공격했다.

"이익."

하비에르가 분신의 가호를 펼쳤다.

촤라라락 소리와 함께 하비에르가 5명으로 분화했다. 그 하나하나가 빛의 창을 휘둘러 본 비스트를 공격했다.

퍼퍼퍼퍼펑—!

눈부신 빛의 창 다섯 줄기가 연달아 본 비스트를 관통했다.

본 비스트는 이 정도 공격에는 끄떡도 하지 않는다는 듯이 상대의 공격을 무시했다. 그 다음 빠르게 앞발을 휘저어 하비에르의 좌우를 동시에 노렸다.

하비에르가 촤라라락, 다시 분신을 하나로 합쳤다. 그러면서 본 비스트의 공격범위에서 벗어난 다음, 하이타를 향해 빛의 창을 뿌렸다.

번쩍!

벼락처럼 쏘아진 빛의 창이 하이타를 꿰뚫었다.

아니, 꿰뚫는 것처럼 보였다. 어느새 하이타의 앞으로 뛰어든 본 비스트가 온몸을 크게 부풀려 화염을 폭발시켰다.

강렬한 불꽃이 폐건물 내부를 화르륵 그을리고 지나갔다. 그 폭발에 휘말려 하비에르의 공격이 상쇄되었다.

크르르르—.

분노한 본 비스트가 풀쩍 뛰어올라 하비에르의 목덜미를 노렸다.

Chapter 6

촤라라락—.

하비에르는 다시 5개의 분신을 만들어 본 비스트의 공격을 분산시켰다. 그런 뒤 다시 한 번 하이타를 향해 빛의 창을 뿌렸다.

강철보다도 더 몸뚱어리가 단단한 본 비스트와 싸우는

니, 차라리 하이타를 저격해서 본 비스트의 소환을 취소시키겠다는 것이 하비에르의 전략이었다.

"흥! 어림도 없지."

하이타가 말린 머리통을 위로 치켜들었다가 하비에르를 향해 쭉 뻗었다.

투쾅!

강렬한 파동과 함께 또 한 마리의 본 비스트가 소환되었다. 처음 소환된 본 비스트가 표범의 형태라면, 이번에 소환된 두 번째 본 비스트는 뱀의 뼈를 보는 듯했다.

스르륵.

바닥을 기어간 본 비스트가 모닥불을 타넘어 하비에르의 발목을 노렸다.

크하—.

180도 각도로 쩍 벌어진 본 비스트의 아가리 속에서 송곳니가 으스스하게 드러났다. 이 두 번째 본 비스트도 온몸의 뼈다귀에서 강렬한 화염을 발화했다.

두 마리 본 비스트가 본격적으로 날뛰기 시작하자 폐건물 내부가 온통 불바다로 변했다.

"히히히."

시뻘겋게 일렁거리는 화염의 바다를 보면서 하이타가 새까만 눈동자를 번들번들 빛냈다.

하비에르는 빛의 창을 연달아 날려서 본 비스트들을 후려쳤다. 동시에 분신의 가호를 사용하여 적의 공격을 회피했다. 물론 그러는 짬짬이 하비에르는 하이타를 몇 차례나 공격하였다. 하이타를 잡아야 승산이 있다는 것이 하비에르의 판단이었다.

하지만 실현은 쉽지 않았다. 하비에르가 하이타를 노릴 때마다 본 비스트들이 몸을 날려 주인을 보호했다. 그들의 방어가 어찌나 철저했던지 하이타는 머리카락 한 올 상하지 않았다.

"젠장."

하비에르가 입술을 꽉 깨물었다.

하비에르가 한창 본 비스트를 맞아 고군분투하는 사이, 숑이 성기사 2명을 마저 고꾸라뜨렸다. 그리곤 비대한 몸뚱어리를 날려서 하비에르의 등짝을 노렸다.

"이이익."

하비에르가 반사적으로 반격했다. 하비에르의 손끝에서 빚어진 빛의 창 두 가닥이 숑을 향해 날아갔다.

숑은 기다렸다는 듯이 말린 머리통을 치켜들었다.

후오옹!

그 즉시 혈한의 장벽이 크게 일어났다. 피로 뭉쳐진 장벽은 하비에르의 공격을 그대로 튕겨내었다.

"크읏."

장벽이 주는 반탄력에 하비에르가 휘청거렸다.

본 비스트 두 마리가 그 틈을 놓치지 않았다. 두 마리 언데드는 좌우에서 벼락처럼 달려들어 하비에르의 온몸을 불태워버리려 들었다.

그때 비로소 이탄이 전투에 끼어들었다.

원래 이탄은 하이타와 숑, 두 네크로맨서의 갑작스러운 등장에 몸을 사리던 중이었다.

'네크로맨서는 나와 상극이 아닐까?'

이런 생각에 몸을 움츠렸던 것이다.

그렇게 약삭빠르게 굴던 이탄이 전투에 개입한 이유는, '추심 기사단이 무너지면 누명을 벗는 일이 더 힘들어질 수 있어.' 라는 판단 때문이었다.

이탄은 화르륵 타오르는 불길 속으로 거침없이 뛰어든 다음, 표범형 본 비스트를 향해 손을 뻗었다.

표범형 본 비스트는 하비에르를 막 땅에 쓰러뜨린 뒤, 그 위에 올라타 공격하려던 참이었다. 그 타이밍에 이탄이 뒤에서 덮쳤다.

이탄의 손이 화염에도 아랑곳 않고 불꽃 속으로 파고들어 표범형 본 비스트의 목뼈를 붙잡았다.

우두둑!

표범형 본 비스트의 목뼈가 단숨에 수수깡처럼 부서졌다.

"꺄악."

심혈을 기울여서 만든 소환물이 부서지자 하이타가 비명을 질렀다.

크하—.

뱀형 본 비스트가 방향을 크게 틀어 이탄의 옆구리를 덮쳤다. 이탄은 화염 속으로 손을 넣어 뱀형 본 비스트의 머리통을 붙잡았다.

콰직!

뼈 으스러지는 소리와 함께 두 번째 본 비스트도 힘없이 허물어졌다.

"까아악."

하이타가 다시금 비명을 터뜨렸다. 하이타의 얼굴이 하얗게 질렸다.

"이 자식이."

숑이 황급히 이탄을 공격했다. 그가 일으킨 혈한의 장벽이 해일처럼 솟구쳤다가 그대로 이탄을 짓눌렀다.

이탄이 양손을 교차하여 좌우로 벌리는 시늉을 했다.

뿌득, 뿌드드드득!

놀랍게도 시체 1,000구의 원한을 꾹꾹 눌러서 만든 혈한의 장벽이 이탄의 손끝에서 종잇장처럼 둘로 찢어졌다.

"크허헉?"

숑이 기겁을 했다.

이탄이 그런 숑에게 달라붙어 손으로 숑의 턱살을 잡았다.

꾸득.

살짝 잡힌 숑의 턱살이 그대로 뜯겨나갔다. 턱에서 피가 콸콸 흘렀다.

"우허헉?"

숑이 뒤뚱뒤뚱 뒷걸음질 쳤다.

푹!

이탄의 주먹이 오른쪽에서 반원을 그리며 날아와 숑의 옆구리에 틀어박혔다. 숑이 어찌나 비대했던지 그의 살 속에 이탄의 팔뚝까지 박아 넣었는데도 숑의 내장이 잡히지 않았다. 대신 숑의 살이 이탄의 주먹질을 견디지 못하고 물결치듯 크게 출렁거렸다.

"끄어어억."

뱃살이 생으로 찢어지는 통증에 숑이 입을 쩍 벌렸다.

이탄이 왼손을 뻗어 숑의 턱살을 다시 한 번 잡아 뜯었다. 이탄의 손끝에 걸릴 때마다 숑의 비곗살들이 뭉텅뭉텅 뜯겨나갔다. 이러다 산 채로 몸이 해체될지도 모른다는 충격에 숑이 당황했다.

"송, 물러섯!"

거의 반 실신 상태였던 하이타가 모든 음차원의 마나를 쥐어짜서 세 번째 본 비스트를 소환했다.

이번 본 비스트는 뱀처럼 기다란 목에 박쥐의 날개가 달린 와이번의 형태였다.

꾸어어어어—.

길게 포효한 본 비스트가 이탄을 등 뒤에서 덮쳤다.

이탄은 등을 할퀴는 본 비스트의 공격을 무시했다. 대신 팔꿈치를 뒤로 휘둘러 상대의 턱을 부숴다.

Chapter 7

콰직. 빠캉.

와이번형 본 비스트의 턱이 이탄의 팔꿈치에 맞아서 유리잔처럼 깨진 것과, 이탄의 등을 할퀴던 본 비스트의 발톱이 붉은 노을과도 같은 기운에 튕겨져 나가 완전히 박살 난 사건이 거의 동시에 이루어졌다.

이탄은 와이번형 본 비스트의 기다란 목을 손으로 휘감아 잡더니, 무지막지한 악력으로 잡아당겼다.

끼이이잇?

와이번형 본 비스트가 깜짝 놀라 발버둥 쳤다. 본 비스트는 이탄에게 끌려가지 않으려고 미친 듯이 날갯짓을 하고 발톱을 폐건물 바닥에 콱 박아넣었다.

다 소용 없었다. 폐건물 바닥에는 본 비스트의 발톱에 의해 여덟 줄기의 고랑이 생겼다. 이탄은 강제로 본 비스트를 잡아당긴 다음, 상대의 턱주가리를 양손으로 잡아 위아래로 잡아 뜯었다.

"끄악, 컥!"

마침내 하이타가 피를 토하며 쓰러졌다.

"하이타!"

숑이 비대한 몸을 날려 하이타를 안았다. 숑의 앞에 핏빛 장벽이 다시 한 번 크게 일어났다.

이탄은 와이번형 본 비스트를 오도독 오도독 부숴버린 다음, 숑의 방어벽마저 단숨에 찢었다.

그때 이미 숑과 하이타는 자취를 감춘 상태였다.

'내 이럴 줄 알았지.'

사실 이탄은 두 네크로맨서를 일부러 놓아주었다. 와이번형 본 비스트를 부수는 척하면서 시간을 끌었고, 그 틈에 하이타와 숑이 도망쳤다.

'이들이 바로 333호가 말했던 네크로맨서들이겠지? 시돈의 네크로맨서들 말이야. 그런데 아주 수상하네. 하필 내가 레오니 추기경을 만나는 이 시각에 딱 맞춰서 현장을 덮친다고? 후후후. 이거 한번 뒤를 캐면 재미있는 그림이 나오겠는데?'

이탄이 상쾌하게 입맛을 다셨다.

솔직히 이탄은 지금 상황이 무척 기분 좋았다. 듀라한인 이탄의 입장에서 네크로맨서들과 부딪치는 것은 좀 꺼림칙한 일이었다. 그런데 한번 맞상대를 해보니까 네크로맨서들도 별거 아니라는 생각이 들었다.

적들이 도망친 뒤, 하비에르는 충격을 받은 표정으로 이탄을 올려다보았다.

"허억, 허억, 허억."

지금 하비에르의 상태는 말이 아니었다. 그의 온몸은 화상으로 가득했다. 오른쪽 어깨에 큰 상처도 입었다. 하비에르의 가슴이 위아래로 크게 융기했다가 다시 꺼졌다.

추심 기사단의 조장인 하비에르가 치명적인 타격을 입을 만큼 하이타와 숑은 무서운 실력자들이었다.

한데 이탄은 그 실력자 둘을 하찮은 벌레 쫓듯이 날려버렸다. 그것도 상상을 초월하는 압도적인 무력으로.

어찌나 놀랐던지 하비에르는 제대로 말도 하지 못하고 입만 벙긋거렸다.

이탄이 건물 2층을 힐끗 쳐다본 다음, 하비에르에게 다시 시선을 돌렸다.

"추심 기사단의 피해가 꽤 큰 것 같군요."

"크윽."

"하비에르 님은 이곳으로 아군을 불러서 치료에 전념하시오. 적들은 내가 쫓을 테니까."

"으읏, 이탄 신관. 잠깐만. 쿨럭, 쿨럭쿨럭."

하비에르가 이탄을 향해 손을 뻗었다.

이탄은 하비에르의 말을 기다리지 않고 건물 밖으로 몸을 날렸다.

"하비에르 님, 무리하게 입을 열지 않는 편이 좋겠소. 우선 안정부터 취하고 계시오."

이 말이 끝날 즈음 이탄의 모습은 어느새 하비에르의 시야에서 사라졌다.

레오니는 그제야 2층에서 뛰어내렸다.

베르거도 레오니의 뒤를 따랐다.

레오니는 1층 바닥에 착지하는 것과 동시에 복원의 가호를 펼쳐서 하비에르와 에더, 그리고 성기사 둘을 치료했다.

후오오옹!

복원의 가호는 치료의 가호보다 한 단계 더 뛰어난 가호였다. 레이나의 신성력이 발휘되기 무섭게 화상으로 일그러졌던 하비에르의 피부가 복원되고 으깨진 어깨뼈가 되살아났다.

에더의 복부와 오른팔도 정상상태로 빠르게 회복되었다.

부하들을 치료하면서 레오니는 이탄이 사라진 방향으로 시선을 고정했다. 레오니의 눈동자가 크게 흔들렸다.

'대체 뭐지? 그 엄청난 무력은? 대체 이탄 신관은 어떤 사람이야?'

시돈의 네크로맨서들을 상대로 이탄이 보여준 무력을 떠올리면서 레오니는 부르르 몸서리를 쳤다.

"커허억, 커헉, 커헉."

피투성이가 된 숑이 거칠게 숨을 헐떡거렸다. 숑의 목과 옆구리에서 흘러내린 피는 땅바닥을 흥건하게 적셨다.

그렇게 피를 줄줄 흘리면서도 숑은 악착같이 뛰었다. 숑이 발을 내디딜 때마다 철렁거리는 살들이 물결처럼 파동을 전파하며 온몸으로 퍼져나갔다.

평소 뛰는 것을 죽기보다 싫어하던 숑이었다. 그런데 지금은 젖 먹던 힘까지 쥐어짜서 달리고 또 달렸다.

하이타는 숑의 품에서 축 늘어져 있었다.

"하이타, 하이타. 제발 정신 좀 차려, 제발 정신 차리라고. 커허헉, 커허헉."

숑이 헐떡이는 와중에도 하이타를 애타게 불렀다.

하이타는 여전히 정신을 차리지 못하고 혼절한 상태였

다. 그럴 만도 한 것이, 소환물 셋이 연달아 파괴된 여파는 너무나 지독했다. 하이타는 몸 속 마나 체계가 완전히 뒤틀렸을 뿐 아니라 심장에도 무리가 갔다.

숑이 빈민가 언덕길을 미친 듯이 뛰어올라 갈 때였다.

이탄이 사냥을 나온 표범처럼 은밀하게 빈민가 지붕을 타넘더니, 갑자기 크게 점프해서 숑을 덮쳤다.

위로 번쩍 들렸던 이탄의 발이 숑의 오른쪽 어깨를 내리찍었다.

빠악!

마치 해머로 풀스윙하여 찍힌 것처럼 숑의 어깨가 완전히 박살 났다.

"끄아악."

숑이 땅바닥에 한쪽 무릎을 꿇었다.

Chapter 8

이탄이 뒤에서 숑의 목덜미를 잡고는 그대로 휙 잡아당겼다. 무려 300킬로그램이 넘는 숑의 거구가 허공으로 붕 떠올랐다가 길바닥 저편에 거칠게 처박혔다. 하이타도 허공을 날아서 도로에 머리를 들이받았다.

"우우우, 어어억."

철벽의 네크로맨서 송이 땅바닥을 기다시피 하면서 도망치려고 들었다.

이탄은 서두르지 않았다. 저벅저벅 걸어서 송의 등판에 발을 지그시 올려놓았을 뿐이었다.

바로 그 순간 송의 몸이 얼어붙었다. 마치 사자의 발밑에 붙잡힌 생쥐처럼 바짝 얼어서 손가락 하나 까딱하지 못했다.

송은 상대가 너무나 무서웠다.

이건 단순히 무력 차이 때문만은 아니었다. 이탄과 피부가 접촉한 순간, 송은 근원을 알 수 없는 공포에 사로잡혔다.

그 공포의 근원은 이탄이 흡수한 음차원임을 송은 알 수 없었다. 네크로맨서에게 음차원이 얼마나 중요한 것인지 이탄도 제대로 인식하지 못했다.

"아우우우, 아우우."

송의 볼을 타고 눈물이 구슬프게 흘러내렸다. 콧물도 질질 나왔다. 턱에는 침과 피가 뒤섞여서 흘렀다.

"읏차."

이탄이 송의 등에 올라타 쪼그려 앉았다.

송은 바짝 얼어서 벌벌벌 떨기만 했다.

이탄이 그런 송의 볼을 손가락으로 쿡쿡 찔렀다.

"이봐."

"우히힉."

이탄이 말을 걸자 숑이 자지러졌다.

이탄은 그런 숑의 뒤통수를 손바닥으로 가볍게 후려쳤다.

빠악!

딴에는 살짝 쓰다듬은 것인데, 숑의 두개골에 금이 쩍 가고 뇌진탕 현상이 일어났다. 숑의 눈알이 핑그르르 돌았다.

해롱거리는 숑을 향해 이탄이 으르렁거렸다.

"정신 안 차릴래? 확 머리통을 부숴줄까?"

"아, 아닙니다."

숑이 퍼뜩 정신줄을 다잡았다.

이탄은 다시 검지로 숑의 볼을 찔렀다.

"이제 말귀를 좀 알아들으려나?"

"네넵? 네넵."

숑이 미친 듯이 고개를 주억거렸다.

이탄의 질문이 시작되었다.

"너, 시돈 소속 네크로맨서지?"

"네넵."

숑이 단숨에 시인했다. 생김새와 달리 숑은 의외로 입이 가벼운 편이었다.

이탄이 흐뭇하게 질문을 이었다.

"대답이 빨라서 좋구나. 너 잘하면 살 수도 있겠어."

"가, 감사합니다."

"그럼 두 번째 질문이다. 오늘 그 폐건물 말이야, 어떻게 알고 왔어?"

"네넵? 그건……."

송이 망설였다.

이탄은 송의 결단을 도와주었다.

부왁—.

"끄아아악!"

송이 미친 사람처럼 고개를 가로저었다. 그의 왼쪽 귀 부위에서 피가 콸콸 터졌다. 이탄이 상대의 귀를 뜯어내어 코 앞에 던져주었다.

"망설이지 마라. 다음에 또 대답이 늦으면 코를 뜯어줄 거야. 그 다음은 눈, 팔, 다리를 뜯을 거고. 나는 시간이 많고 네 몸에는 뜯어낼 것들도 많은데. 우리 한번 길게 대화를 나눠볼까?"

"우우웁, 우우우웁."

송이 도리질을 했다. 송의 심장이 벌렁벌렁 뛰고 온몸에 왕소름이 돋았다.

이탄이 검지로 송의 볼을 쿡 찔렀다.

"그건 너도 싫잖아? 그럼 망설이지 말고 빨리 대답을 해."

"네넵."

"다시 한 번 묻겠다. 오늘 그 폐건물에는 어떻게 알고 찾아왔지? 누가 너희들을 폐건물로 보낸 거야?"

"어우우. 그건, 베이루트 사형이……. 사형이 시켰습니다."

"베이루트? 그놈은 또 누구야?"

이탄이 최대한 상냥하게 물었다.

숑은 오히려 이런 이탄의 태도가 더 무서웠다.

"아우우. 베이루트 사형은 시돈의 주인. 네크로맨서의 우두머리입니다."

"오! 그래? 네 사형이 시돈의 우두머리야? 그렇다면 너와 저기 쓰러져 있는 소녀도 꽤 높은 지위겠네?"

숑의 얼굴에 순간적으로 '이 괴물이 정말 몰라서 묻는 겐가?' 라는 표정이 스쳐 지나갔다.

그도 그럴 것이, 시돈의 일곱 사형제들은 언노운 월드에서 제법 악명이 자자한 거물급들이었다. 숑은 그 일곱 네크로맨서들 가운데 여섯째, 그리고 하이타는 다섯째였다. 물론 베이루트는 첫 번째에 해당했다.

이탄이 세 번째 손가락을 폈다.

"그렇다면 이제 세 번째 질문이다. 베이루트가 너에게 뭐라고 명령했나? 폐건물을 덮쳐서 그 안에 있는 모든 사람들을 다 죽이라든가?"

"아닙니다. 사형이 시킨 일은 모레툼의 추기경을 납치하라는 거였습니다."

의외의 대답이 이탄이 눈빛을 서늘하게 밝혔다.

"추기경? 레오니 말이야?"

"네넵."

"흐으음."

이탄이 턱을 조몰락거렸다.

시돈은 흑 진영.

모레툼은 백 진영.

그러니까 시돈의 네크로맨서들이 모레툼 교단의 레오니 추기경을 노리는 것이 이상한 일은 아니었다. 다만 이탄은 '네크로맨서들이 레오니의 행적을 어찌 알았지? 설마 레오니가 멍청하게 뒤를 밟혔나?' 라는 의문을 품었다.

Chapter 9

그때였다. 송이 묻지도 않은 이야기를 밝혔다.

"사형이 제게 지시한 것이 하나 더 있습니다."

"뭔데?"

이탄이 숑에게 다시 시선을 주었다.

숑이 우물쭈물하다가 대답했다.

"레오니 추기경을 납치하면 어디선가 은화 반 닢 기사단의 성기사 요원들이 나타나 추기경의 구출 작전을 펼칠 것이라고 했습니다. 베이루트 사형은 딱 그때에 맞춰서 레오니를 죽이라고 했습니다."

이탄이 고개를 갸웃했다.

"에엥? 애써 납치한 추기경을 그냥 죽이라고 했다고? 은화 반 닢 기사단의 성기사들이 도착할 때를 딱 맞춰서?"

"네넵. 저도 이해가 잘 가지 않는 지시였습니다만, 하여간 베이루트 사형이 그런 주문을 했습니다. 그것도 그냥 죽이면 안 되고, 꼭 둔기로 레오니 추기경의 후두부를 내리쳐서 때려죽이라고 했습니다."

"뭣이라?"

이탄이 숑의 비대한 몸을 벌렁 뒤집었다. 그 다음 무서운 힘으로 숑의 멱살을 움켜잡았다.

"너 지금 뭐라고 했어? 성기사들이 도착할 때를 맞춰서 레오니를 둔기로 때려죽이라고 했다고? 후두부를 때려서?"

지금으로부터 5년 전, 아나톨 주교가 둔기로 후두부를 맞아 피살되었다.

그런데 지금은 레오니 추기경을 그와 똑같은 방식으로 죽이라고 했단다. 그것도 은화 반 닢 기사단의 성기사가 도착할 시간에 딱 맞춰서.

'그 성기사가 누구겠어? 나 아니야. 나. 씨발.'

이탄이 얼굴을 악귀처럼 일그러뜨렸다.

이탄의 머릿속에서 퍼즐이 착착 맞춰졌다.

첫 번째 퍼즐, 뉴보로도 시에서 레오니 추기경이 흑 진영에게 납치를 당한다.

두 번째 퍼즐, 그 즉시 은화 반 닢 기사단의 어르신들은 가장 가까이에 머물고 있는 이탄 등에게 추기경의 구출 퀘스트를 하달할 것이다.

세 번째 퍼즐, 명을 받은 이탄이 네크로맨서들을 추적해서 현장에 도착한다.

네 번째 퍼즐, 딱 그 타이밍에 레오니가 죽는다. 그것도 둔기로 뒤통수를 얻어맞아서 처참하게 죽어 있을 것이다.

다섯 번째 퍼즐, 만약 네 번째 퍼즐의 사건이 발생한 직후에 모레툼 총단에서 파견한 추가 요원들이 현장에 들이닥친다면? 그들이 바닥에 쓰러진 레오니의 시체와, 그 시체를 안고 있는 이탄을 발견한다면?

"이런 썅!"

이탄의 머릿속에서 완성된 다섯 조각의 퍼즐은, 5년 전 이탄이 당했던 그림과 상당히 유사했다.

시돈과 은화 반 닢 기사단.

네크로맨서 베이루트와 비크 교황.

이들이 사이에 끈이 어떻게 연결되어 있는지는 아직까지 미지수였다. 하지만 이탄은 '어쩐지 이들 사이에 끈끈한 관계가 있을 것 같다.' 라는 느낌을 받았다.

"이것들이 감힛."

이탄의 입술이 벌렁벌렁 경련했다. 입술 사이에서 하얀 이빨이 드러났다.

"감히 나를 상대로 작전을 펼치자는 거야 뭐야? 5년 전에 그냥 당해주니까 나를 개호구로 알아? 엉?"

부왁—.

성난 이탄이 숑의 오른쪽 귀를 마저 잡아서 찢어버렸다.

"끄아아악."

귀가 생으로 떨어져나가는 고통은 지독했다. 숑이 찢어져라 비명을 질렀다.

"야, 야, 야."

이탄이 숑의 머리를 손바닥으로 빡빡 때렸다.

"커헉, 네넵. 네넵."

연속적으로 발생하는 뇌진탕의 느낌에 숑이 눈동자를 위로 치켜뜨고 턱을 부들부들 떨었다.

“시돈의 네크로맨서들이 여기 몇 명이나 와있어? 그놈들이 지금 다 어디에 있느냐고? 모조리 붙잡아서 발목을 잡아 뽑고 안면 가죽을 뜯어버릴 테다.”

“커헉, 컥. 우리 둘뿐…… 아닙니다. 셋이 들어왔습니다. 커헉. 죄송합니다.”

숑이 손가락 3개를 간신히 폈다.

희한하게도 숑은 이탄에게 거짓말을 할 수가 없었다. 지금도 2명뿐이라고 거짓말을 시도했다가 몸속의 음차원 마나가 뒤틀리는 바람에 3명이 들어왔노라고 이실직고했다.

이탄이 숑의 뺨을 철썩 후려쳤다.

“너하고 저 계집애하고 2명은 여기에 있고, 나머지 하나는 어디 있어?”

“커허헉. 막내 아이잠이 빈민가 외곽에 언데드들을 포진시키기로 했습니다. 혹시라도 레오니 추기경이 도망칠까 봐 외곽에 매복을 한 겁니다. 커헉.”

숑은 묻지도 않은 것까지 술술 불었다.

이탄이 숑의 멱살을 놓고 몸을 일으켰다.

“아이잠? 우선 그놈부터 때려잡아야겠군.”

“놈이 아닙니다. 커헉. 아이잠은 여자입니다. 걔는 하이타 누님과 친자매 사이라 생김새가 비슷합니다. 또한 대규모 스켈레톤 소환이 아이잠의 주특기입니다."

아이잠에 대해서 상세히 까발린 뒤, 숑은 '아는 것을 모두 말했으니 제발 저는 살려주세요.'라는 애처로운 눈빛으로 이탄을 올려다보았다.

이탄은 잠시 고민했다.

마음 같아서는 숑과 하이타의 목을 단숨에 분질러 버리고 싶었다. 하지만 다른 한편으로는 '이 네크로맨서들을 잘 활용하면 쓸모가 있지 않을까?'라는 생각이 고개를 치켜들었다.

이때 가장 좋은 방법은 분혼기생의 권능을 사용하는 것이었다.

하지만 혼을 쪼개서 네크로맨서들을 컨트롤하려면 이탄의 정신이 분산되어서 쉽지 않았다. 게다가 이탄은 숑의 이 비대한 몸뚱어리 속으로 들어가고 싶은 마음이 전혀 없었다.

결국 이탄은 다른 방법을 고안했다. 이탄이 엎어져 있는 숑 가까이 자세를 낮췄다. 그 다음 숑의 심장 부위에 손바닥을 밀착했다.

콰르르르르—.

이탄의 (진)마력순환로 속을 도도하게 휘돌던 음차원의 마나가 순간적으로 이탄의 뱃속 음차원 덩어리 안으로 쫙 빨려 들어갔다. 그러면서 (진)마력순환로 내부가 대나무 속처럼 텅 비었다.

이렇듯 마력순환로 내부가 진공상태처럼 변하자 만자비문이 진노했다. 아무도 읽을 수 없는 이 특이한 문자는 어떻게든 이탄의 마력순환로를 다시 채우기 위하여 주변의 모든 음차원 에너지와 부정 차원의 힘, 그릇된 차원의 마나들을 악착같이 끌어모으기 시작했다.

콰르, 콰르, 콰르르.

당장 숑의 심장에 담긴 음차원의 마나가 만자비문의 부름에 호응했다. 숑의 마나는 만자비문이 흡입력을 발휘하기 무섭게 주인을 저버리고는 이탄의 (진)마력순환로 속으로 빨려들어 갔다.

"으헉! 으허헉?"

숑이 자지러졌다. 평생을 쌓아온 마나가 몸 밖으로 빨려나가는 일이 어찌나 무서웠던지 숑의 조그만 눈알이 세 배는 더 커진 듯이 보였다.

Chapter 10

콸콸콸~.

눈 깜짝할 사이에 숑이 보유했던 마나의 절반이 이탄에게 흡수되었다.

"서, 설마 이것은 피사노교의 북극……."

이탄이 숑의 말을 중간에 끊었다.

"아니야."

"네?"

"네가 생각하는 그거, 아니야."

"네에에?"

숑이 벌벌 떨면서 이탄을 올려다보았다.

이탄이 으스스하게 속삭였다.

"만약 네가 생각하는 그것이 맞는다면 너는 미이라처럼 바짝 말라서 죽어버리겠지. 하지만 봐라."

이탄이 숑의 가슴에서 손바닥을 떼었다.

그러자 (진)마력순환로의 흡입력도 자연스럽게 차단되었다. 거짓말처럼 마나 흡입 현상이 중지되었다.

그즈음 숑의 마나는 평소 보유량의 10분의 1만 남았다. 나머지 10분의 9는 이탄에게 갈취당했다.

마나의 태반을 잃은 상실감은 말도 못 하게 컸다. 숑의 볼을 타고 눈물이 주르륵 흘렀다. 고작 10퍼센트의 마나만 가지고서는 숑은 아무것도 할 수 없었다. 혈한의 장벽을 구현하는 일도, 시체를 되살리는 일도, 심지어 숑의 비대한 체격을 유지하는 것조차 힘겨웠다.

이탄이 숑을 협박했다.

“아이잠이라고 했지? 그 계집애를 이곳으로 불러라.”

“네엡?”

“아이잠을 이곳으로 부르면 내가 봉인한 너의 마나 가운데 일부를 풀어주지.”

사실 이탄이 숑에게 사용한 것은 피사노교에서 ‘북극의 별’이라 일컫는 무서운 권능이었다. 하지만 이탄은 마치 이것이 모레툼 교단의 권능인 양 거짓말을 했다. ‘마나흡수’ 대신 ‘마나봉인’이라고 표현한 것도 북극의 별 마법을 숨기기 위한 포장이었다.

숑은 이탄의 말을 믿을 수밖에 없었다. 그의 지식에 따르면, 피사노교의 북극의 별 마법은 일단 한번 펼쳐지면 중간에 중단할 수 없으며 상대방의 마나와 생명력, 심지어 심령과 혼백을 최후의 한 방울까지 모조리 쥐어짜서 갈취하는 악마의 수법이었다. 그런데 조금 전 이탄이 펼친 권능은 그것과는 달라 보였다.

숑이 머뭇거리는 사이 이탄이 두 번째 조건을 내걸었다.

“한 가지 더 있다.”

“마, 말씀하십시오.”

숑이 축 처진 표정으로 이탄을 힐끗거렸다.

이탄이 검지로 숑을 가리키며 협박했다.

"오늘 이곳에서 벌어진 일에 대해서 입을 다물어야 할 거야. 네 입이 생각보다 가볍던데, 조금이라도 입을 벙긋하는 순간 네 마나는 영원히 봉인될 거다."

"헙!"

이건 정말 두려운 말이었다. 숑은 머리가 으스러져 죽는 것보다 마나를 잃는 것이 1,000배는 더 무서웠다. 그래서 자신의 두툼한 입술에 지퍼 채우는 시늉을 했다.

이탄이 마지막 조건을 내걸었다.

"마지막 세 번째 요구사항이다. 너는 오늘 이 순간부터 내 명령을 최우선으로 들어야 한다. 또한 한 달에 한 번씩 무조건 내가 있는 곳으로 찾아와서 봉인 해제 시술을 받아라. 만약 내 말을 어기면 네 마나가 저절로 다시 봉인되어 딱딱하게 굳어버릴 터, 일단 마나가 굳으면 나도 봉인을 풀어줄 수 없어."

"으헙?"

숑의 눈동자가 파르르 흔들렸다. 그 눈빛에는 불신의 빛이 가득했다.

쫘악—.

이탄이 숑의 따귀를 올려붙였다.

"이게 감히 어디서 잔머리를 굴려? 내 말이 의심스럽거든 어디 한번 네 마음대로 해봐라. 한 달 뒤에 나를 찾아오기 싫으면 네 마음대로 해보라고. 네가 감히 네 마나를 가지고 도박을 할 수 있을지 궁금하구나."

"아닙니다. 저는 절대 도박할 마음이 없습니다."

숑이 부지런히 도리질을 했다.

이탄이 몸을 일으켰다.

"그럼 이제 아이잠을 이곳으로 불러. 너희들 네크로맨서끼리 통하는 연락 방법이 있을 것 아냐."

"알겠습니다."

숑이 바짝 쪼그라든 마나를 쥐어짜서 네크로맨서의 마법 하나를 구현했다.

후웅!

도로 저편에 거무튀튀한 빛이 작렬했다. 빈민가 도로 한 구석에 죽어 나자빠져 있던 생쥐 한 마리가 숑의 마법에 의해 되살아났다.

머리가 반쯤 뜯기고 내장이 벌레에게 파 먹힌 쥐는 비척비척 몸을 일으키더니 빈민가 바깥쪽을 향해 쪼르르 뛰쳐나갔다.

숑이 입술을 나불거렸다.

"저 언데드 생쥐가 아이잠을 이곳으로 불러올 겁니다.

부디 제 말을 믿어주십시오."

이렇게 말을 하면서 숑이 이탄의 눈치를 살폈다. 그의 눈빛 속에는 '아이잠이 이곳에 오면 제 마나 가운데 일부는 봉인을 해제해주실 거죠?' 라는 간절한 요청이 박혀 있었다.

"나는 약속을 지킨다."

이탄이 짧게 내뱉었다.

"넵. 믿습니다."

숑은 비로소 자신의 가슴을 쓸어내렸다.

20분쯤 뒤, 아이잠이 진짜로 나타났다.

그때까지도 빈민가 골목엔 아무도 나타나지 않았다. 심지어 이탄이 숑을 두들겨 패도 누구 하나 나와 보지 않았다.

어쩌면 당연한 일이었다. 빈민가 주민들이 가장 두려워하는 대상이 누구인가? 다름 아니라 빚을 받으러 온 추심기사단이었다.

최근 남색무복을 입은 성기사들이 이 일대에 모습을 드러낸 이후로 빈민가 주민들은 집을 버리고 잠시 피신해 있는 경우가 많았다. 혹은 집 안에만 콕 틀어박혀서 절대 밖으로 나오지 않았다.

덕분에 이탄은 행인들의 눈치를 볼 필요 없이 마음껏 몸을 풀 수 있었다.

'어쨌거나 그게 중요한 것은 아니지.'

이탄이 아이잠을 위아래로 훑어보았다.

Chapter 11

아이잠의 외모는 송의 설명대로였다. 그녀는 하이타와 생김새가 비슷했으며, 나이만 두 살 정도 더 어려 보였다.

"꺄악! 언니."

아이잠이 빈민가 골목에 죽은 듯이 쓰러진 하이타를 발견하고는 미친 듯이 달려왔다. 그녀가 뛸 때마다 그녀의 손에 들린 말린 머리통이 덜렁덜렁 흔들렸다.

골목에는 하이타와 송이 각기 다른 방향으로 쓰러져 있었는데, 아이잠은 송은 내팽개치고 우선 하이타부터 챙겼다.

마침 하이타의 옆에는 이탄이 매복 중이었다. 이탄은 은신의 가호로 몸을 투명화했기에 아이잠의 눈에는 보이지 않았다. 아이잠이 하이타를 끌어안은 바로 그 순간, 이탄이 비로소 손바닥을 날려 아이잠의 등짝을 찍었다.

꽈득!

살짝 타격한 것만으로도 아이잠의 척추가 뒤틀렸다. 갈비뼈가 터져나갔다. 아이잠의 심장도 순간적으로 멎었다가 다시 뛰었다.

"끄악."

아이잠이 비명과 함께 그 자리에 엎어졌다.

이탄은 아이잠의 왜소한 몸을 휘릭 뒤집어 올라타고는 은신의 가호를 풀었다.

"너, 넌 누구냣?"

아이잠이 악을 썼다. 그와 동시에 아이잠의 손에 들린 머리통이 두 눈을 번쩍 떴다. 그 눈에서 시뻘건 안광이 폭발했다.

번쩍!

갑자기 터진 빛이 아이잠의 주특기 마법 가운데 하나를 구현하였다.

꾸득, 꾸득, 꾸득, 꾸드득.

눈 깜짝할 사이에 이탄의 몸 주변에 하얀 뼈들이 돋아났다.

이 뼈들은 강력한 족쇄가 되어 이탄의 몸을 조였다. 또한 뾰족한 가시가 되어 이탄의 피부를 찔렀다.

당연한 일이지만 이탄은 끄떡도 하지 않았다. 고작 이따위 공격은 굳이 적양갑주의 권능을 불러오지 않아도 문제가 없었다. 이탄이 몸을 한 번 털자 아이잠이 소환한 뼈, 즉 본 프리즌(Bone Prison: 뼈의 감옥)이 와스스 부서졌다.

"까앗, 안 돼. 이이익."

아이잠이 재차 공격을 퍼부었다. 이번에는 방울을 흔드는 것처럼 말린 머리통을 격렬하게 흔들었다.

그러자 본 프리즌이 녹색의 연기를 내뿜으며 펑펑 터졌다.

이것은 본 익스플로젼(Bone Explosion: 뼈 폭발).

아이잠이 즐겨 사용하는 네크로맨서 마법 가운데 하나였다.

뼈가 폭발하면서 매캐한 독연이 솟구쳤다. 뾰족뾰족한 뼈의 파편이 이탄의 몸을 마구 찔렀다.

어지간한 금속 방패도 뚫어버리는 것이 본 익스플로젼의 파괴력이었다. 하지만 이탄에게는 솜털이 날아와서 부딪친 것보다도 더 미약했다.

이탄이 다시 한 번 부르르 몸을 털었다. 뼈의 파편들이 가루가 되어 이탄의 몸에서 흘러내렸다.

"이럴 수가!"

아이잠이 입을 딱 벌렸다.

"그만 좀 하자."

이탄이 아이잠의 털을 엄지와 검지로 붙잡아 살짝 힘을 주었다.

뽀각!

아이잠의 턱뼈가 세로로 으스러졌다.

"케엑."

아이잠의 입에서 핏물이 왈칵 쏟아졌다. 이탄은 아이잠의 손에서 말린 머리통도 강제로 떼어놓았다. 그 다음 손바닥을 아이잠의 왼쪽 가슴 위에 밀착했다.

"이러 더버번 넝."

아이잠이 시뻘겋게 충혈된 눈으로 욕을 했다.

그런데 턱뼈가 으스러진 상황이라 발음이 영 엉망이었다. 원래 아이잠이 하려던 말은 "이런 더러운 놈."이었다.

이탄이 상대의 생각을 읽기라도 한 것처럼 부정했다.

"그런 거 아니거든. 너 따위 꼬맹이의 가슴은 만질 것도 없거든."

"아미기 무가 아이야? 커헉!"

이번에 아이잠이 하려던 말은 "아니긴 뭐가 아니야?"였으나 발음은 여전히 뭉개졌다. 그나마 아이잠은 말도 끝까지 내뱉지 못했다. 그녀는 독살스럽게 소리를 지르다 말고 발가락을 잔뜩 꼬부렸다. 척추는 활처럼 둥글게 휘었다. 두 눈은 위로 까뒤집었다.

"커헉? 까아아아악!"

쭈와아아악—.

심장에 차곡차곡 쌓아놓은 음차원의 마나가 한순간에 빨려나가는 느낌이란!

이건 마치 아이잠의 목덜미에 구멍을 낸 다음, 척추에 갈고리를 걸어 산채로 척추를 뽑아내는 듯한 기분이었다.

강렬한 충격에 아이잠의 눈알이 휙 돌아갔다. 눈 깜짝할 사이에 아이잠이 보유했던 마나의 90퍼센트가 이탄에게 흡수되었다.

"서, 서마 이거슨 피사노고의?"

아이잠의 반응도 숑과 다르지 않았다. 그녀는 "서, 설마 이것은 피사노교의 북극성 마법?"이라고 소리치려고 했으나 발음이 뭉개졌다.

이탄은 이번에도 딱 잡아뗐었다.

"아니거든. 이건 음차원의 마나를 봉인하는 수법이거든."

이탄의 말에 아이잠이 눈빛으로 "믿을 수 없다. 세상이 그런 스킬이 있다고는 들어본 바가 없어."라고 외쳤다.

이탄이 코웃음을 쳤다.

"믿기 싫으면 믿지 마라. 어린 소녀의 모습을 한 네크로맨서여. 네가 불쌍해서 10퍼센트의 마나는 남겨두었건만 이제 그것마저 봉인해주마."

이탄이 손바닥을 다시 아이잠의 가슴으로 가져다대었다.

아이잠이 아예 자지러졌다. 이번에는 아이잠이 "꺄아악,

안 돼. 제발 살려주세요. 으허허헝. 저는 어린 소녀의 모습을 한 것이 아니라 실제로 어리단 말이에요. 제발 봐주세요. 으허허허헝."이라고 소리를 질렀다.

물론 실제로는 발음이 제대로 되지 않아 웅얼거리는 울먹거림만 들렸다.

발버둥 치면서 우는 아이잠을 향해 이탄이 손가락 2개를 내밀었다.

오늘 이곳에서 벌어진 일에 대해서 절대 입을 다물 것.

앞으로 죽으라면 죽는 시늉까지 할 것.

이탄은 실로 공평하여, 숑과 아이잠에게 차별을 두지 않았다. 둘 다 똑같이 목줄을 채웠다.

얼마 후, 기절했다가 깨어난 하이타도 이탄에게 왕복으로 따귀를 얻어맞은 다음, 음차원의 마나 90퍼센트를 흡수당했다.

물론 하이타에게도 동일한 조건이 내걸렸다. 결국 하이타는 울며 겨자 먹기로 이탄의 말을 따를 수밖에 없었다.

불길하게 타오르는 시돈의 일곱 별.

네크로맨서들의 최고봉이라 불리던 7명의 네크로맨서 가운데 서열 5위인 하이타, 6위인 숑, 7위인 아이잠은 그렇게 이탄에게 코가 꿰었다.

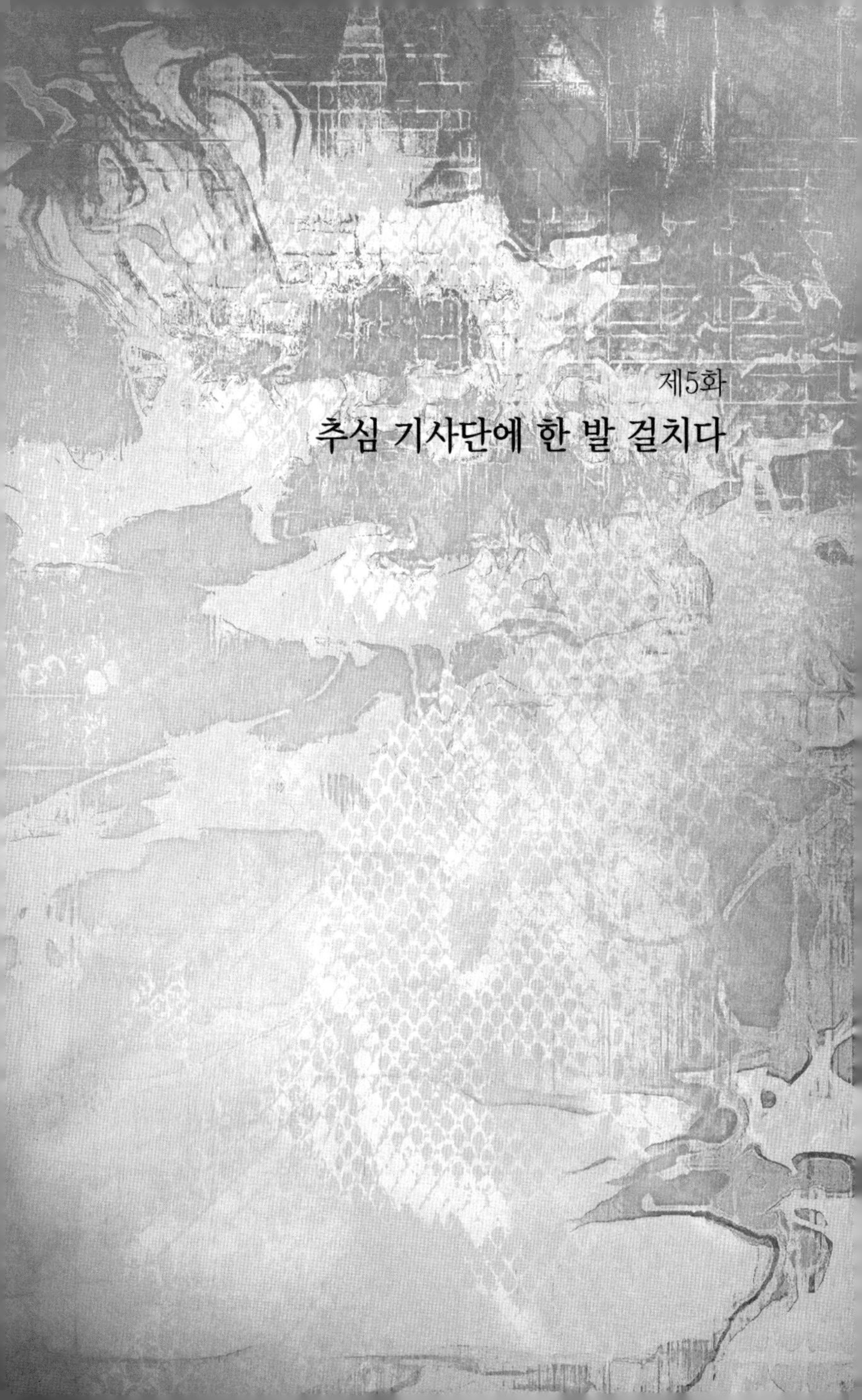

제5화

추심 기사단에 한 발 걸치다

Chapter 1

다음 날 아침.

아바니 여관으로 레오니 추기경이 찾아왔다. 수의 사원 수도승들과 함께 여관을 방문한 레오니는 다짜고짜 이탄과 독대를 청했다.

333호는 이게 무슨 일인가 싶어 눈만 껌뻑였다.

이탄이 333호에게 나가보라는 손짓을 했다.

333호는 자리를 뜨고 싶지 않았으나, 별 수 없었다. 수의 사원 수도승들도 레오니와 이탄을 위해 자리를 비켜주었다.

아늑한 여관방 안, 레오니와 이탄이 조그만 탁자를 사이에 두고 마주 앉았다. 레오니가 이탄의 눈을 똑바로 들여다보았다.

이탄도 상대의 시선을 피하지 않았다.

결국 이번에도 레오니가 먼저 입을 열었다.

"하아, 이탄 신관은 참으로 이상한 분이시네요."

"뭐가 이상합니까?"

"어제 보여주셨던 그 엄청난 무력. 시돈의 일곱 별 가운데 2명을 단숨에 압도할 수 있는 그런 힘을 지니고서도 왜 비크 교황의 목줄에 묶여 있는 거죠? 만약 제가 그런 힘을 지녔다면 당장 목줄을 끊고 뛰쳐나와 5년 전의 사건을 파헤쳤을 텐데요."

레오니는 이해하기 어렵다는 듯이 물었다.

이탄이 어깨를 으쓱했다.

"내가 목줄에 묶여 있다고 누가 그럽니까?"

"아닌가요?"

레오니가 눈을 반짝 빛냈다.

"이탄 신관님은 지금 본인이 목줄에 묶이지 않았다고 주장하시는 건가요?"

레오니가 재차 확인하듯이 이탄에게 물었다.

이탄이 빙그레 웃었다.

"사람마다 관점의 차이가 있다고 봅니다."

"관점이요?"

레오니가 고개를 갸웃했다.

이탄이 반달 모양으로 눈을 휘면서 설명했다.

"비크 교황의 관점에서는 나를 목줄에 묶어놓았다고 착각할 수도 있겠죠. 하지만 추기경님께서 한번 상상해 보기 바랍니다. 다 큰 어른이 조그만 강아지에게 목줄을 채운 다음 줄의 끝을 쥐고 있으면, 그것은 분명히 강아지가 목줄에 묶인 겁니다. 누구도 이에 대해서 반론을 주장하지는 못하겠죠. 아니 그렇습니까?"

"물론이에요."

레오니는 이탄의 이야기에 순순히 맞장구를 쳐주었다.

이탄은 반대 경우도 입에 담았다.

"하지만 다른 케이스도 있습니다. 조그만 어린애가 줄을 손에 쥐고 있는데 그 목줄의 끝에 덩치가 산악만 하고 아주 성질이 더러우며 포악하기 이를 데 없는 드래곤이 묶여 있다면 어떻게 하시겠습니까? 그리고 그 드래곤이 마음만 먹으면 언제든지 어린아이를 한 입에 집어삼킬 수 있다면? 이 경우에도 드래곤이 목줄에 묶였다고 말할 수 있을까요?"

"윽."

이탄의 비유에 레오니가 흠칫했다.

'이건 진심이다.'

굳이 레오니가 간파의 가호를 사용하지 않아도 지금 이탄이 한 말이 진심임이 파악되었다.

그러나 지금 이탄의 말은 진심과 허풍 사이의 경계선 상에 있었다. 이탄은 사실 매사에 조심스럽고 신중한 성격이었다. 이런 성격 때문에 이탄은 비크 교황을 강자로 놓고 자신을 약자로 상정한 다음 모든 경우의 수를 염두에 두었다.

이런 상황 설정이라면 이탄은 비크에 의해 목줄이 채워진 개의 모습이 맞았다. 최소한 아직까지는 말이다.

다른 한편으로 이탄의 심연 깊숙한 곳에서는 태생적인 억울함과 분노가 활화산처럼 들끓고 있었으며, 이러한 과격함과 폭력성이 가끔씩 겉으로 표출되곤 했다. 이럴 때면 이탄은 단숨에 비크 교황을 집어삼켜 잔혹하게 찢어발길 수 있는 포악한 드래곤으로 상정하는 것이 맞았다.

지금 이탄은 레오니 앞에서 후자의 모습을 드러내었다. 스스로를 과소평가하지 않고 강한 자부심을 드러냈다.

이유는?

알 수 없었다.

여신처럼 아름다운 레오니 앞에서 이탄은 센 척하고 싶었던 것일 수도 있었다.

언데드가 된 이후로 이탄은 늘 음지로 머물렀다. 트루게이스의 헤스티아 영애 앞에서도, 부인인 프레야 앞에서도, 이탄은 항상 자신의 일부를 감출 수밖에 없었다. 그 억울함과 열패감이 오늘 이렇게 비틀려서 겉으로 표출된 것일지도 몰랐다.

레오니는 잠시 할 말을 잊었다. 비크 교황을 어린아이 취급하고 스스로를 포악한 드래곤이라고 표현하는 이탄 신관에게 도대체 무슨 말을 해야 할 것인지 그녀는 알 수 없었다. 레오니와 이탄 사이에 잠시 침묵이 흘렀다.

결국 레오니가 질문을 바꿨다.

"한 가지 궁금한 점이 있네요."

"뭡니까?"

"포악한 드래곤이라면서 왜 목에 목줄을 차고 얌전히 굴까요?"

이탄은 서슴지 않고 답했다.

"당장은 그게 편하니까요. 게다가 그것이 어린아이와의 간격을 일정하게 유지하는 방법이기도 하죠. 드래곤의 입장에서는 언제든지 줄의 길이만큼만 고개를 뻗으면 이빨로 어린아이의 야들야들한 살을 찢고 달콤한 육즙을 쥐어짜낼 수 있지 않겠습니까?"

"흡!"

이탄의 말뜻은 무시무시하였다. 오싹한 기운이 레오니의 온몸을 훑고 지나갔다. 자연스럽게 간파의 가호가 발휘되었다.

과연 이번에도 이탄의 말은 진심이었다. 레오니가 속으로 혀를 찼다.

'비크 교황이 걸려도 아주 더럽게 걸렸구나. 상상을 초월하는 괴물에게 완전히 잘못 찍혔어.'

윗니로 아랫입술을 지그시 깨물고 난 뒤, 레오니가 다시 한 번 질문의 방향을 바꿨다.

"이탄 신관님도 이미 눈치챘겠지만 어제 저도 빈민가의 폐건물 안에 있었어요. 2층에 숨어 있었죠."

"……."

이탄은 아무런 대꾸가 없었다.

Chapter 2

레오니가 이탄의 결심을 촉구했다.

"이제 제게 답을 주세요."

"무슨 답 말입니까?"

"어제 하비에르 조장이 이탄 신관님께 제안한 것 있잖아요. 그에 대한 대답을 제가 직접 듣고 싶어요. 추심 기사단과 손을 잡겠느냐는 제안이요."

레오니는 간파의 가호를 가진 사람이었다. 따라서 이탄이 거짓말로 손을 잡는 척할 수는 없었다. 그녀에게는 진실을 말해야 했다.

이탄은 고개를 잠시 숙였다가 다시 들었다. 마침내 마음의 결심이 섰다.

"추기경님만 괜찮다면 저는 손을 잡을 의향이 있습니다."

추심 기사단과 한 배를 타겠다는 것이 이탄이 내린 결론이었다.

"아!"

레오니가 탄성을 터뜨렸다. 그녀가 간파한 바에 따르면, 지금 이탄의 말은 진심이었다.

이탄이 재빨리 말을 덧붙였다.

"물론 저는 어린아이가 손에 쥐고 있는 목줄을 놓게 만들고 싶은 생각은 없습니다. 따라서 지금 이 자리에서 우리가 나눈 대화가 위쪽에 들어가는 일은 없었으면 합니다."

이 말인즉슨, 추심 기사단과도 손을 잡겠지만 은화 반 닢 기사단에도 지금처럼 계속 머물겠다는 뜻이었다.

레오니가 선뜻 고개를 찬성했다.

"그건 저도 찬성이에요. 오히려 더 좋죠. 신관님이 저쪽에 한 발 걸치고 있는 편이 5년 전 사건을 파헤치는 데 더 도움이 될 테니까요. 하면 신관님과 추심 기사단 사이에 어떻게 연결고리를 만들어 놓으면 좋을까요?"

"저를 추심 기사단에 넣어주십시오."

이탄이 별 고민도 없이 대답했다.

"네에? 추심 기사단에 넣어달라고요?"

이런 주문을 받을 줄은 몰랐던지 레오니가 눈을 동그랗게 떴다.

이탄이 본인의 의사를 확고하게 밝혔다.

"말로만 협력 관계를 맺으면 뭐합니까? 제가 직접 추심 기사단에 가입하는 것이 확실하게 손을 잡는 방법이지요. 직위는 추기경님께서 아무렇게나 내리셔도 좋습니다."

"아 뭐 그거야 저도 좋지만요, 진짜로 추심 기사단에 들어오고 싶으신 건가요?"

레오니가 이탄의 의중을 물었다.

이탄이 상체를 살짝 숙이고 목소리 톤을 낮췄다.

"이건 추기경님께만 드리는 말씀인데, 사실 저는 추심이 적성에 딱 맞습니다. 세상에 빚을 졌으면 갚아야지, 그걸 떼어먹으려는 자들이 있다니요? 그건 차마 사람의 탈을 쓰고 할 일이 아니지요. 빚쟁이들을 쥐어짜서 수단 방법 가리지 않고 빚을 받아내는 것이야말로 모레툼 교단이 세상에서 할 수 있는 가장 큰 정의가 아닌가 싶습니다."

지금 이탄이 내뱉은 말은 그 앞의 어떤 말보다도 더 진심이었다. 레오니의 뇌리 속에서 "이것은 진짜 진짜 진짜 진심임. 단 0.00001퍼센트의 거짓도 섞이지 않은 고순도의 진심임."이라는 간파의 목소리가 메아리쳤다.

"하!"

레오니는 기가 막혀서 입만 벙긋거렸다.

반면 이탄의 표정은 그 어느 때보다도 더 진지했다. 어려서부터 간씨 세가의 탑에 갇혀서 강제로 혹독한 훈련을 받고, 그 뒤 연달아 두 번 죽임을 당하고, 언데드로 변한 이후로도 갖은 고초를 겪은 덕분에 이탄의 정신세계는 잔뜩 뒤틀려 있었다. 그렇게 무언가가 결여된 이탄의 의식체계 속에서 '추심'이란 곧 '정의구현'이었다. 이탄은 정말로 추심 기사단에 들어가기를 원했다.

레오니도 결국 이탄의 뜻을 받아들였다.

추심 기사단은 모레툼 교단의 성기사 단체 가운데 가장 규모가 큰 곳이었다. 단장인 레오니 휘하에 10개의 정규부대와 12개의 조, 그리고 35개에 달하는 별동대가 상시로 운영되었다.

그런데 지금 이 순간, 별동대 하나가 추가되었다. 36번째 별동대가 만들어진 셈이었다.

"별동대의 이름은 더 데이(The Day: 그날). 이탄 신관께서 신규 별동대의 대장을 맡아주세요."

레오니가 이렇게 제안했다.

"더 데이!"

의미심장한 명칭에 이탄이 눈을 번쩍 빛냈다. 이탄이 의자에서 일어나 레오니 앞에 한쪽 무릎을 꿇었다.

"더 데이의 별동대장 이탄, 단장님께 정식으로 인사드립니다."

레오니도 자리에서 일어나 이탄의 인사를 받았다.

"나는 모레툼 교단의 추기경이자 추심 기사단의 단장 자격으로 이탄 대장을 더 데이 별동대의 책임자로 임명합니다. 또한 이탄 대장에게 첫 번째 퀘스트를 내리겠습니다. 앞으로 이탄은 5년 전 그 날에 벌어졌던 사건을 철저하게 파헤쳐 나에게 직접 보고하기 바랍니다."

"충심으로 퀘스트를 수행하겠습니다."

이탄이 절도 있게 고개를 숙였다.

레오니가 주먹에 힘을 꾹 주었다.

이 간단한 서약만으로 이탄은 추심 기사단의 일원이 되었다. 그리고 레오니는 할아버지의 죽음을 파헤칠 강력한 도구를 손에 쥔 셈이었다.

이탄이 추심 기사단에 가입한 대가로 레오니는 이탄에게 세 가지 선물을 주었다.

첫째, 레오니는 이탄에게 추심 기사단의 별동대 대장을 상징하는 신분패를 제공했다. 이 신분패만 있으면 이탄은 대륙 전체에 깔려 있는 추심 기사단의 시설과 물건들을 자유롭게 사용 가능했다. 또한 필요에 따라서는 추신 기사단의 성기사들을 빌릴 수도 있었다.

둘째, 레오니는 이탄의 별동대에 에더와 베르거 형제를 붙여주었다. 비록 이탄에 비하면 손색이 크지만, 이들 형제는 나름 실력이 뛰어난 성기사들이었다. 게다가 레오니에 대한 충성심이 높아 믿을 만했다.

셋째, 레오니가 이탄에게 제공한 세 번째 선물은 다름 아닌 다람쥐 배송 퀘스트의 성공이었다.

"나를 대륙 동북부의 피요르드 시로 데려가는 것이 은화 반 닢 기사단에서 이탄 신관에게 내린 퀘스트라고 했죠? 내가 그 퀘스트를 도울게요. 이곳 뉴부로도를 떠나서 이탄 신관을 따라가겠어요."

"정말입니까?"

이탄이 눈을 동그랗게 떴다.

레오니가 조건을 달았다.

"하지만 은화 반 닢 기사단으로 내가 들어갈 수는 없어요. 그곳에 갔다가는 내 목이 위험할지 모르니까요. 대신 피요르드 시에 내 거처를 마련해줘요. 그럼 내가 그곳으로 추심 기사단을 집결시킬게요."

원래 이탄이 받은 퀘스트는 레오니 추기경을 은화 반 닢 기사단으로 데려오라는 것이었다.

하지만 좀 더 정확하게 따지자면, 이탄이 받은 명령서에는 "수의 사원에 가서 여자 한 명을 데려오라."가 이탄이 원로기사들로부터 직접 받은 명령이었다.

이 문장 안에는 은화 반 닢 기사단이라는 장소는 명시되어 있지 않았다. 왜냐하면 은화 반 닢 기사단은 비밀조직이므로 그 어떤 문서에도 자신들의 조직명이나 정확한 기사단의 위치를 드러내지 않았다.

따라서 명령서만 놓고 보면, 이탄이 레오니를 피요르드 시까지만 데려가도 퀘스트는 성공이라고 봐야 했다.

Chapter 3

이탄이 벌떡 일어나 레오니에게 목례를 했다.

"고맙습니다, 추기경님."

레오니가 손사래를 쳤다.

"아뇨. 신임 별동대장에게 이 정도는 해줘야죠."

레오니의 결심이 서자 일은 일사천리로 풀렸다. 이 소식을 전해들은 333호는 처음에 자신의 귀를 의심했다.

"네에? 그게 정말인가요? 진짜로 추기경님께서 허락하셨다고요? 설마 그럴 리가요."

"설마는 무슨 설마야. 진짜라니까."

"진짜요? 진짜로 정말입니까?"

"그래. 그러니까 어서 준비나 해. 서둘러 부로도 시로 이동한다."

333호가 손가락으로 자신의 뺨을 꼬집어 쭈욱 늘렸다.

"하지만 저는 도저히 믿기지가 않는걸요. 49호 님, 대체 어떤 마법을 부리셨기에 추기경님의 마음을 돌리신 건가요?"

이탄이 어깨를 으쓱했다.

"내가 한 게 뭐 있겠어? 그냥 추기경님께서 마음을 바꾸신 거겠지. 그나저나 이렇게 꾸물거릴 거야? 그러다 추기경님이 또다시 변덕을 부리시면 네가 책임질 거냐고."

"앗! 아닙니다. 발바닥에 땀이 나도록 서두르겠습니다."

333호가 쏜살같이 움직였다.

333호는 부하들을 다그쳐서 부로도 시까지 이동할 말을 구했다. 동시에 여관에 체크아웃도 하고, 짐도 꾸렸다. 일부 보조요원들은 뉴부로도 시 거리에 깔려 있는 고요의 사원 흑마법사들과 네크로맨서들의 동태를 탐색했다.

다음 날인 1월 14일 오전 9시, 이탄과 333호, 그리고 전담 보조요원들이 뉴부로도 시 북문 앞에 나왔다.

레오니 추기경은 수의 사원 수도승들의 호위를 받아 북문에 도착했다.

레오니가 수도승들과 작별 인사를 나누는 사이, 이탄은 말을 점검했다. 그 다음 레오니가 말에 올라타자 곧바로 출발했다.

"이랴!"

히이이이힝—.

이탄 일행을 태운 말들이 요란하게 말발굽을 구르며 황무지를 종단했다. 이탄이 출발한 지 30분 뒤, 하비에르가 이끄는 추심 기사단도 뉴부로도 시를 떠났다.

그로부터 여덟 시간 뒤, 이탄은 부로도 시에 도착하여 은화 반 닢 기사단의 점퍼들과 만났다. 황무지를 관통하면서 이탄은 일부 몬스터들과 싸움을 벌였는데, 덕분에 이탄의 옷에는 끈적끈적한 피와 살점이 달라붙었다. 이탄은 몸에서 냄새도 나고 기분도 찝찝하였으나 시간이 별로 없어 여관을 잡고 목욕을 하자고 주장하지는 않았다.

마침 은화 반 닢 기사단의 점퍼들은 목이 빠지게 이탄 일행을 기다리던 중이었다. 그래서인지 공간을 뛰어넘을 마법진도 미리 준비되어 있었다.

"가시죠."

이탄과 레오니, 333호 등은 점퍼들이 마련한 마법진에 바로 올라탔다.

후옹옹!

마법진이 휘황찬란한 빛의 기둥을 토해놓았다.

1월 14일 저녁 7시.

마침내 레오니 추기경이 피요르드 시에 도착했다.

이것으로 이탄의 퀘스트는 완료.

다람쥐가 무사히 목적지에 도착했으니 모든 일은 끝났다.

은화 반 닢 기사단의 원로기사단은 정말로 깜짝 놀랐다. 다들 이번 퀘스트는 실패할 것이라 예측했기 때문이었다.

그런데 이탄은 보란 듯이 퀘스트를 해냈다.

"허어, 49호는 정말 희한한 놈이로구나."

"아니, 대체 어떻게 49호가 레오니 추기경의 마음을 움직였을꼬?"

원로기사들은 절벽 속 은밀한 동굴에 몸을 웅크린 채 어리둥절한 마음으로 레오니의 도착을 기다렸다.

그때 날벼락이 떨어졌다. 피요르드 시에 도착한 레오니

가 피요르드 후작성으로 쏙 들어가 버린 것이다.

예전부터 레오니는 피요르드 후작과 안면이 있었다나 뭐라나.

게다가 어느새 피요르드 시로 진군한 추심 기사단 2개 부대가 후작성 주변을 꽉 틀어막았다.

당황한 333호가 레오니 추기경을 찾아왔다. 은화 반 닢 기사단으로 레오니를 모시기 위함이었다.

레오니가 버럭 성을 내었다.

"아니, 누가 감히 추기경인 나를 오라 가라 한단 말인가? 추기경끼리는 서로 동급인데 대체 어떤 추기경이 그딴 망발을 해? 누구야?"

333호는 "추기경이 아니라 주교급인데요. 우리 은화 반 닢 기사단의 원로기사님들께서 추기경님을 부르시는데요."라는 말을 차마 입 밖으로 내뱉지 못했다. 결국 333호는 힘없이 발걸음을 돌려야 했다.

333호로부터 앞뒤 사정을 전해 들은 뒤, 원로기사들이 펄쩍 뛰었다.

"뭐야? 49호는 뭘 하고 있어? 다람쥐를 끝까지 배송해야 할 것 아냐. 그 녀석더러 끝까지 책임지라고 해. 아니면 이번 퀘스트는 실패야. 실패."

5호 어르신이 호통을 쳤다.

333호가 울상을 지었다.

"저어, 원로님. 49호 님께서는 다람쥐를 이곳 피요르드 시까지 배송하는 것이 퀘스트였다고 주장하십니다."

"뭐어?"

"원로기사님들께서 내리신 명령서에 그렇게 적혀 있었다는 것이 49호 님의 주장이십니다. 게다가 49호 님께서는 레오니 추기경님께도 그렇게 약조했답니다. 피요르드 시까지 안전하게 모실 것이니 부디 여행을 승낙해 달라고, 그렇게 말씀을 올렸다고 합니다."

이번에는 9호 어르신이 발끈했다.

"아니, 그런 게 어디 있어? 49호 제깟 놈이 뭔데 레오니 추기경과 약조를 하고 지랄이야?"

"하지만 퀘스트가 모호하게 내려간 것은 분명 사실입니다. 원로기사님들께서 명령서를 내리실 때 최종 도착 위치를 특정 짓지 않으셨습니다. 그 상황에서 49호 님과 저희들은 머나먼 남쪽 뉴부로도 시에서 이곳 피요르드 시까지 다람쥐 배송을 마쳤습니다. 만약 이걸 실패로 판정 내리시면 다른 요원들이 단체로 반발할 수 있습니다."

333호는 조심스럽게, 그러면서도 단호하게 의견을 올렸다.

Chapter 4

9호가 333호의 반항적인 태도를 꾸짖었다.

"이것이 감히 여기가 어디라고 눈을 똑바로 뜨고 우겨?"

그때 7호 어르신이 나섰다.

"333호, 너는 이만 나가 보거라. 판정은 우리가 의논한 뒤에 내릴 것이니라."

"예."

333호가 꾸벅 허리를 숙인 다음 원로기사들 앞을 물러나왔다.

333호가 사라진 뒤, 7호 어르신이 동료들을 나무랐다.

"다들 흥분하지 말고 사태를 냉정히 보시오. 따지고 보면 333호의 말이 맞소. 우리가 명령서를 모호하게 내린 건 사실이란 말이오. 만약 이런 상황에서 다람쥐 배송 퀘스트에 실패를 때리면 어떻게 될 것 같소? 모르긴 해도 그 파장이 어마어마할 게요. 자칫하다가는 우리 은화 반 닢 기사단의 요원들 전체가 들고 일어날 수도 있소. 다들 그런 소요사태를 원하는 게요?"

7호는 나름 합리적이었다.

다른 원로기사들도 7호의 말이 합리적이라는 점에는 동의했다.

"끄으응. 하지만 이 상황에서 레오니 추기경을 어찌한단 말이오? 추심 기사단이 2개 부대나 움직였으니 레오니 추기경에게 손을 쓸 수도 없고, 그렇다고 그녀를 이대로 방치하자니 총단에 뭐라고 보고한단 말이오? 주교급인 우리가 권한을 남용하여 추기경 레오니를 피요르드 시로 불러들였다. 이렇게 총단에 보고하란 말이오? 크허허험."

10호 어르신이 7호에게 따져 물었다.

7호가 5호에게 비난의 화살을 돌렸다.

"그러게 왜 이런 사달을 만드셨소? 우리 은화 반 닢 기사단은 모레툼 교단 내부에 간섭하는 게 아니라 흑 진영 놈들과 싸우는 것이 설립 목적 아니오. 그런데 왜 갑자기 49호를 부려서 추기경님을 모셔오라고 한 게요?"

"아니, 뭐 내가 하고 싶어서 그랬겠소? 다 위에서 그런 명령이 내려오니까 퀘스트를 내린 게지. 허허험."

5호가 발끈했다.

분위기가 과열된다 싶자 6호가 나섰다.

"자자, 다들 그만합시다. 우리끼리 잘잘못을 따져서 무얼 하겠소? 대신 이번 사태를 마무리할 방법이나 강구해 봅시다."

"6호의 말씀이 옳소. 우리끼리 비난하지 말고, 대책이나 의논합시다."

8호가 맞장구를 쳤다.

7호가 마지막으로 의견을 피력했다.

"우리끼리 내분을 일으키지 말고 대책을 의논하자는 말에 나는 찬성이오. 하지만 내 두 가지만 똑 부러지게 말하리다."

"그게 뭐요?"

5호의 질문에 7호가 단호하게 말했다.

"이번 다람쥐 배송 퀘스트는 성공으로 판정합시다. 괜히 이상한 꼬투리를 잡아서 퀘스트를 실패로 꾸몄다가는 그 뒷감당을 하기 힘드실 게요."

"끄으응. 알겠소."

5호가 꼬리를 내렸다.

7호가 두 번째 주장을 내놓았다.

"앞으로 우리 은화 반 닢 기사단은 흑 진영과 싸우는 데에만 집중합시다. 솔직히 말해서 49호가 누구요? 우리 은화 반 닢 기사단에서 거의 최초로 적진 침투에 성공시킨 보물이외다. 만약 49호가 없다면 누가 피사노교의 고급 정보를 빼내오겠소? 그리고 누가 피사노교의 마인들을 체포해오겠소?"

7호의 지적은 송곳과도 같았다.

"크윽."

부끄러움을 느낀 5호와 9호가 얼굴을 붉혔다.

7호가 말을 이었다.

"그 소중한 재원에게 정치적인 퀘스트를 내리면 어쩌자는 게요? 그러다 49호가 추기경님들의 정치 싸움에 휘말려서 잘못되기라도 한다면 우리 은화 반 닢 기사단의 정보망은 100년은 퇴보하는 거외다. 커허험. 나는 딱 여기까지만 말하겠소."

이 말을 끝으로 7호가 입을 다물었다.

5호와 9호는 귀까지 벌게진 채 꿀 먹은 벙어리가 되었다.

"쯧쯧쯧."

몇몇 어르신들이 그제야 돌아가는 상황을 눈치챘다. 그들은 혀를 차며 5호와 9호를 노려보았다.

5호와 9호는 더더욱 자라목이 되었다.

은화 반 닢 기사단의 원로기사들이 고민에 빠진 사이, 이탄은 남부에서 벌어진 일들을 대략적으로 정리하여 피사노교에 보고했다.

♾ [쿠퍼] 보고드릴 일이 있습니다.

♾ [싸쿤] 쿠퍼// 오오오, 막내 오랜만이네.

♾ [소리샤] 쿠퍼// 왜 이렇게 연락이 뜸해? 싸마니야 님께 새해 인사를 올린 뒤로는 거의 한 달 동안 소식이 끊겼다고.

♾ [쿠퍼] 형님들 죄송합니다. 모레툼 총단에서 내려온 퀘스트를 수행하느라 소식을 전하지 못했습니다.

♾ [싸쿤] 쿠퍼// 또 퀘스트야? 뭐가 이렇게 잦아? 모레툼 놈들이 우리 막내를 아주 뼛속까지 우려먹으려고 드네.

싸쿤은 나름 이탄을 걱정해 주었다.
이탄이 감사를 표했다.

♾ [쿠퍼] 싸쿤// 형님, 걱정해 주셔서 고맙습니다.

♾ [소리샤] 쿠퍼// 그래서, 이번엔 또 어떤 퀘스트였냐? 정보나 좀 풀어봐라.

♾ [쿠퍼] 최근에 대륙 남부의 뉴부로도 시에 다녀왔습니다. 수의 사원에 웅크리고 있는 레오니 추기경을 끌어내어 피요르드 시로 데려오는 것이 저의 임무였습니다.

레오니 추기경이라면 모레툼 교단을 뒤흔들 수 있는 권력자였다. 늘 그래왔듯이 이 타이밍에 싸마니야가 튀어나왔다.

Chapter 5

♾ [피사노 싸마니야] 검은 드래곤의 아들아.

♾ [쿠퍼] 싸마니야 님, 자주 인사를 드리지 못해 송구스럽습니다.

♾ [피사노 싸마니야] 그런 말 할 것 없다. 네가 먼 남부까지 다녀오는데 잦은 인사가 다 무엇이냐.

♾ [쿠퍼] 그리 말씀해주시기 고맙습니다.

♾ [피사노 싸마니야] 그나저나 이번에 레오니라는 계집과 접촉했다고?

♾ [쿠퍼] 그렇습니다. 다행히 제가 그 여자의 눈에 들어 추심 기사단에도 한 발 걸칠 수 있었습니다. 좀 더 상세히 말씀드리자면 이번에 제가 추심 기사단의 성기사로 선발되었습니다. 물론 은화 반닢 기사단에서는 이 사실을 알지 못합니다.

♾ [피사노 싸마니야] 허어, 추심 기사단에도 들

어갔다고? 그 말은 네가 모레툼 교단의 삼대 무력 가운데 두 곳을 뚫었다는 뜻이 아니더냐?

∞ [쿠퍼] 결과적으로는 그런 셈이 되었습니다. 앞으로 싸마니야 님께서 큰일을 도모하실 때 양측 사이에서 제가 많은 일을 해내고 또 고급정보도 빼낼 수 있을 것 같습니다. 모두가 싸마나야 님의 은혜 덕분입니다.

이탄은 겸손하게 아뢰었다.

피사노교의 네트워크 상에 잠시 정적이 흘렀다.

다들 놀랄 만도 한 것이, 이탄은 은화 반 닢 기사단의 요원이자 추심 기사단의 성기사가 되었으며, 동시에 대륙 북부의 최대 부호인 쿠퍼 가문의 가주, 아울 검탑 99검의 사위, 시시퍼 마탑의 마법사 도제생을 겸하게 된 셈이었다.

다시 말해서 싸마니야는 이탄 한 명을 침투시켜서 백 진영의 주요 세력들의 알짜정보를 쪽쪽 빼낼 수 있다는 의미였다.

∞ [피사노 싸마니야] 검은 드래곤의 아들아. 너의 끝없는 활약에 나는 진심으로 감탄하는 바이다.

∞ [쿠퍼] 과찬이십니다.

♾ [피사노 싸마니야] 아니. 결코 과찬이 아니다. 내 그동안 너의 공이 지대함을 알면서도 딱히 행동을 취하지 않았다. 그런데 이제는 무언가를 해야겠구나. 조만간 너에게 사람을 보내 크게 치하할 것이니라. 오로지 피사노의 이름으로 다시 전하마.

싸마니야가 네트워크에서 사라진 뒤, 싸쿤이 들뜬 기분을 전했다.

♾ [싸쿤] 막내, 정말 대단해. 싸마니야 님께서 이토록 기뻐하시는 것은 처음 봐.

♾ [쿠퍼] 모두 형님들과 누님 덕분입니다.

♾ [밍니야] 어이구, 우리 막내가 말도 예쁘게 하지.

싸쿤과 밍니야가 이탄을 추켜세우는 사이, 소리샤는 아무런 반응도 보이지 않았다. 이탄은 그 점을 눈여겨보았다.

물론 그러면서도 이탄은 소리샤에 대한 생각을 애써 접었다. 피사노교의 네트워크에 연결된 상태에서 무언가를 골똘히 생각했다가는 그 생각이 그대로 네트워크에 노출되기 때문이었다. 이탄은 일부러 소리샤를 머릿속에서 지웠다.

그 후로 피사노 싸마니야의 혈족들은 몇 마디를 더 주고받다가 네트워크를 종료했다. 소리샤는 끝까지 아무런 말을 남기지 않았다.

며칠 뒤.

결국 이탄의 예측대로 모든 것이 흘러갔다. 이탄에게 주어진 여섯 번째 퀘스트, 즉 다람쥐 배송 작전은 성공 판정이 내려졌다.

그 후에도 레오니 추기경은 "대체 누가 추기경인 나를 이곳으로 불렀단 말인가?"라고 호통을 몇 차례 더 쳤다.

은화 반 닢 기사단의 어르신들은 감히 레오니 앞에 나서지도 못하고 동굴 속에서 진땀만 흘렸다.

총단의 추기경들도 은화 반 닢 기사단을 도와주지 못했다. 추기경들 가운데는 비크 교황을 따르는 추종자들도 물론 많지만, 레오니를 지지하는 사람들도 의외로 많기 때문이었다. 게다가 추심 기사단의 2개 부대가 움직인 마당이었다. 이 상황에서 레오니를 자극하는 것은 긁어서 부스럼을 만드는 일이었다.

심지어 비크 교황도 침묵했다.

레오니는 몇 차례 더 노여움을 표시하다가 결국 피요르드 시를 떠났다. 추심 기사단의 본진이 웅크리고 있는 대륙 중앙부로 남하한 것이다.

레오니가 움직일 때 추심 기사단의 부대 하나가 추가로 올라와서 총 3개의 부대가 호위하였다.

그 규모가 실로 어마어마해서 남색 무복을 입은 성기사들이 피요르드 성 앞 도로의 출발점에서 시작하여 수평선 끝까지 끊이지 않고 이어졌다고 한다. 은화 반 닢 기사단의 원로기사들은 찍소리도 못하고 그 모습을 지켜만 보았다.

물론 성기사 개개인의 무력을 따지자면 은화 반 닢 기사단이 추심 기사단보다 압도적일 것이다.

하지만 규모 면에서는 도저히 추심 기사단을 따를 수 없었다. 솔직히 말해서 추심 기사단은 모레툼 교단의 무력, 그 자체였다.

결국 레오니 추기경의 움직임은, 그 무력을 누가 손에 쥐고 있는지를 여실히 보여주는 사건이었다.

"이번 다람쥐 배송 작전은 시작부터 잘못되었다. 대륙 남부에서 웅크리고 있던 은둔자 레오니를 괜히 세상에 끌어내어서 그녀의 위상을 만천하에 떨어 울리게 만들어준 셈이 되었으니까 말이다."

총단의 전략 참모인 셰본 추기경은 위와 같은 평으로 이번 작전의 어리석음을 비난했다.

하지만 이런 말을 입에 담은 것 자체가 셰본의 실수였다. 왜냐하면 다람쥐 배송 작전의 밑그림을 그린 장본인이 바로 비크 교황이기 때문이었다.

제6화

아몬의 현을 찾아서

레오니 추기경이 한바탕 풍파를 만들고 떠난 뒤, 피요르드 시는 다시 잠잠해졌다. 레오니가 이탄의 별동대에 붙여주었던 에더, 베르거 쌍둥이 형제도 일단 레오니를 좇아서 남쪽으로 내려갔다. 당장은 이곳에서 할 일이 없는 탓이었다.

그러는 사이 어느새 달력이 한 장 넘어갔다.

세상은 1월을 떠나보내고 2월을 맞이했다.

다람쥐 배송 작전이 끝난 이후로 은화 반 닢 기사단은 한동안 이탄을 찾지 않았다. 이는 익히 짐작했던 일이었다.

이탄은 한 달 내내 허송세월하였다.

아니, 겉으로만 빈둥거리는 것처럼 보일 뿐, 사실 이탄은 알차게 시간을 쪼개 썼다.

아직 날이 추워 텃밭을 가꿀 수는 없었다. 이탄은 딱히 만나는 사람도 없었다. 쿠퍼 본가에 틀어박혀 이탄은 하루하루 오중첩의 (진)마력순환로를 돌리고, 아나테마와 일수도장을 찍으며 악마사원의 저주마법을 연마했으며, 모레툼으로부터 하사받은 가호들을 가다듬었다. 간철호의 흙 속성 마법도 틈틈이 점검했다. 시시퍼 마탑의 마법들도 함께 고민했다. 그러면서 가끔씩 악마사원의 삼대법보들을 살폈다.

첫 번째 법보는 기다란 낫 형태의 아조브였다. 이탄은 이 아조브에게 '둠 사이드(Doom Scythe: 파멸의 낫)' 이라는 별칭을 붙여주었다. 별명을 얻은 것이 기쁜 듯 아조브가 웅웅 울었다.

두 번째 법보는 딱히 형태가 있지는 않았다. 나라카의 눈은 악마사원의 유적지에서 가루로 변했기 때문이었다. 대신 그 파괴적인 권능만큼은 이탄의 두 눈에 고스란히 담겼다. 이탄이 마음만 먹으면 눈에서 방출되는 샛노란 빛으로 수평선 멀리 보이는 산봉우리도 베어버릴 수 있을 것이다.

마지막 세 번째 법보는 아직 쓸모가 없었다. 이탄은 고스트 핸드로 아몬의 토템을 꺼내어 이리저리 살폈다.

"에잉. 통이 딱딱하기는 한데 영 쓸모가 없네. 길이가 2미터나 되는 통을 휘둘러서 적들의 대갈통을 부술 수도 없고 말이야."

사실 아몬의 토템은 방어용 무기로도 적합했다. 이 해괴한 모양의 통은 심지어 나라카의 눈에서 방출되는 빛을 같은 자리에 무려 세 방이나 맞고도 버틸 만큼 단단했다.

하지만 이탄에게 방어용 무기는 의미가 없었다. 세상의 그 어떤 방어구보다 이탄의 피부가 더 단단하고 질긴 까닭이었다. 당연히 아몬의 토템도 이탄의 방어력과는 감히 비교할 수 없었다.

우우우웅—.

이탄으로부터 홀대를 받은 것이 서러운 듯 아몬의 토템이 마구 울어댔다.

"아 시끄러. 확 부숴버릴까 보다."

실제로 이탄은 아몬의 토템 한 귀퉁이를 붙잡아 꺾는 시늉을 했다. 그러자 토템 일부가 쩌억 벌어지면서 부서질 기미가 보였다.

[끄요오오옵! 이런 미친 놈. 이게 얼마나 귀한 법보인데 그걸 부숴? 제발 그만. 끼요옵. 이 미친 놈아 제발 그만둬.]

아나테마의 악령이 이탄의 영혼 속에서 울부짖었다.

아몬의 토템도 기함하여 진동을 멈췄다.

'내가 뭐 진짜로 부순다고 했나? 그냥 아무런 쓸모도 없이 부피만 큰 녀석이 칭얼거리는 꼴이 보기 싫어서 홧김에 한 말이오.'

이탄이 퉁명스레 뇌까렸다.

'쓸모도 없이 부피만 크다.'는 이탄의 표현이 깊은 상처가 되었나 보다. 아몬의 토템은 스르륵 자취를 감추어 다시 아공간 속으로 돌아갔다.

[아, 왜 법보의 기를 죽이고 그래. 솔직히 말해서 아몬의 토템이 잘못한 것은 없잖아. 찢어죽일 배신자 놈이 7개의 현을 훔쳐간 것을 어떻게 해.]

아나테마가 토템의 편을 들어주었다.

이탄이 툭 쏘아붙였다.

'누가 뭐라고 했소? 그리고 삼대법보쯤 되면 이런저런 변명을 할 시간에 스스로 자신의 쓸모를 찾아야 하지 않겠소? 예를 들어서 아몬의 심혈관을 꼬아서 만들었다는 그 7개의 현 말이오, 그게 지금 세상 어디에 숨겨져 있는지 스스로 찾아내기라도 해야지. 그 기척이라도 알려 줘야지 내가 그 7개의 현을 되찾아서 토템을 고쳐주든가 말든가 할 것 아니겠소?'

이탄의 주장은 그럴듯하게 들렸다.

[키힝, 그런가?]

아나테마의 악령도 결국 꼬리를 내렸다.

말은 사납게 하였으나 사실 이탄도 아몬의 토템을 크게 나무랄 생각은 없었다. 그저 토템이 별 쓸모도 없이 아공간만 차지하고 있는 것이 언짢아 투덜거렸을 뿐이다.

"딱히 할 일도 없는데 7개의 현이나 찾아볼까?"

목련이 활짝 핀 나무 아래서 이탄은 이렇게 중얼거렸다.

까마득한 과거, 고대 문명의 시기에 사라진 현을 찾으려면 일단 거창하게 일을 벌일 수밖에 없다는 것이 이탄의 판단이었다.

물론 그렇게 일을 키웠다가 사람들의 이목이 집중되면 현을 되찾는 일이 오히려 힘들어질 수도 있겠지만, 지금 당장은 7개의 현이 현재 세상에 존재하는지 여부부터 체크할 필요가 있었다.

"우선 세상 정보의 절반을 움켜쥔 곳부터 공략해보자."

이탄은 가장 먼저 피사노교의 네트워크에 접속했다.

♾ [쿠퍼] 형님들.

♾ [싸쿤] 어? 막내가 또 어쩐 일이냐?

♾ [쿠퍼] 시시퍼 마탑에서 갑자기 명이 내려와서 도움을 요청드리고자 합니다.

♾ [밍니야] 시시퍼 마탑? 그놈들이 무슨 명을 내렸는데? 혹시 우리 피사노교와 관련된 임무야?

시시퍼 마탑이라는 말에 싸마니야의 혈족들이 관심을 보였다.

이탄은 시시퍼 마탑을 핑계 삼아 아몬의 혈관, 혹은 아몬의 현에 대해서 물었다.

♾ [쿠퍼] 피사노교와 관련된 일은 아닌 것 같습니다. 시시퍼 마탑에서 이번에 새로운 마법 아이템을 제작 중인가 봅니다. 그런데 그 아이템을 완성하려면 아주 질기고 강력한 줄이 필요하다지 뭡니까. 세상에서 가장 질기고 튼튼한 줄 말입니다.

♾ [싸쿤] 응? 세상에서 가장 질기고 튼튼한 줄?

♾ [쿠퍼] 네. 그렇습니다. 길이는 약 2미터는 되어야 하고, 개수는 대략 7개에서 10개 사이로 필요한 것 같습니다. 혹시 이런 줄에 대해서 아시는 바가 있습니까? 형님들과 누님께서는 워낙 아시는 것이 많고 현명하셔서 여쭤보는 겁니다.

Chapter 2

이탄이 띄워주자 싸쿤이 헤벌쭉 웃었다.

그때 난데없이 소리샤가 등장했다.

♾ [소리샤] 막내.

♾ [쿠퍼] 네, 큰형님.

♾ [소리샤] 그 줄을 구하면 우리에게 뭐가 좋은데? 괜히 시시퍼 놈들만 좋아지는 것 아냐? 안 그래?

네트워크상의 대화는 망막에 문자로 찍히는 터라 감정까지 묻어나기는 힘들었다.

그럼에도 불구하고 이탄은 지금 소리샤의 질문에 가시가 돋쳤다고 판단했다. 속이 부글부글 끓었으나 이탄은 일단 소리샤에 대한 불쾌감을 뒤로 물려놓았다. 그리곤 최대한 정중하게 자신의 의사를 피력했다.

♾ [쿠퍼] 일단 저는 이번 일을 통해 혈족들에게 도움이 될 만한 방안 두 가지를 생각해 보았습니다. 첫째, 시시퍼 마탑에서 만드는 아이템이 어떤

것이고 어디에 쓸 것인지 정보를 캐내면 혈족들에게 도움이 되고 싸마니야 님께서도 기뻐하시지 않을까 생각했습니다. 두 번째로, 이 줄을 찾는 와중에 함정을 잘 파놓으면 시시퍼 마탑의 마법사 놈들에게 타격을 줄 수도 있을 것 같습니다. 물론 두 번째 선택을 했다가는 제가 의심을 좀 받겠지만, 그 정도는 저도 각오하고 있습니다.

∞ [싸쿤] 오오! 막내가 아주 기특하구나. 그런데 이건 소리샤 형님이 감 놔라 배 놔라 끼어들 문제는 아닐 것 같은데? 오로지 싸마니야 님께서 판단하실 문제가 아닌가?

∞ [소리샤] 뭣이? 이 자식이 어디서 감히 그런 말을 지껄여?

싸쿤의 말에 소리샤가 날 선 반응을 보였다. 소리샤가 싸쿤에게 한바탕 막말을 퍼부으려는 찰나, 싸마니야가 끼어들었다.

∞ [피사노 싸마니야] 검은 드래곤의 아들들아.

∞ [소리샤] 헙! 싸마니야 님.

∞ [싸쿤] 싸마니야 님을 뵙습니다.

♾ [밍니야] 싸마니야 님을 뵙습니다.

갑작스러운 싸마니야의 등장에 소리샤는 입을 다물었다.
반면 싸쿤과 밍니야는 반색을 했다.
싸마니야가 혈족들의 언쟁을 무시하고 이탄에게 물었다.

♾ [피사노 싸마니야] 쿠퍼, 네가 세상에서 가장 질기고 튼튼한 줄을 입에 담았더냐?

♾ [쿠퍼] 그렇습니다, 싸마니야 님. 시시퍼 마탑으로부터 이런 줄을 찾아오라는 임무가 떨어졌습니다. 그런데 제가 미욱하여 아는 바가 없기에 형님 누님들께 물어보던 참이었습니다.

♾ [피사노 싸마니야] 그 줄이 2미터 길이에 7개 이상 필요하다고 했느냐?

♾ [쿠퍼] 정확한 수치는 저도 잘 모릅니다. 다만 시시퍼 마탑 놈들이 전하기를, 길이가 2미터는 넘어야 좋고, 개수는 최대 10개까지도 필요하다고 했습니다.

♾ [피사노 싸마니야] 흐으음, 그놈들이 뭔가를 알고 하는 소린가?

싸마니야의 반응에 이탄이 쾌재를 불렀다.

♾ [쿠퍼] 싸마니야 님, 혹시 아시는 것이 있으십니까?

♾ [피사노 싸마니야] 세상에서 가장 질긴 줄인지는 확실치 않다. 하지만 사브아가 사용하는 채찍이 무척 질기며 길이가 2미터가 넘는구나. 다만 그녀의 채찍은 고작 네 가닥의 줄을 엮어서 만들었으니 부족하겠다.

♾ [쿠퍼] 싸마니야 님, 혹시 사브아 님이 어떤 분이신지 여쭤도 되겠습니까?

♾ [피사노 싸마니야] 그녀의 정식 이름은 피사노 사브아. 검은 드래곤의 피를 이어받은 암사자로, 나의 일곱째 누이가 된다.

이탄이 과이올라 시에서 만났던 검보랏빛 로브의 노인이 피사노 싯다. 싸마니야의 여섯째 형이라고 했다.

그런데 이번에 언급된 인물은 피사노 사브아. 싸마니야의 일곱째 누이라고 한다.

이탄은 어렴풋하게나마 피사노교 중심인물들의 명단을 한 명씩 채워가게 되었다. 또한 피사노 사브아가 사용하는 채찍이 아몬의 현 일곱 가닥 가운데 네 가닥일지 모른다는 정보도 얻었다.

이탄은 머릿속에 떠오른 생각들을 애써 분리하여 네트워크에 노출되지 않도록 조심했다. 그러면서 빠르게 말을 돌렸다.

♾ [쿠퍼] 그렇다면 사브아 님께서 사용하시는 채찍은 피사노교의 보물이 아니겠습니까? 하찮은 저의 임무를 위해 그런 중요한 정보를 시시퍼 마탑에 노출할 수는 없는 일. 제가 다른 방도를 찾아보겠습니다.

♾ [피사노 싸마니야] 교를 생각하는 너의 마음이 아름답구나. 하지만 이번 일은 좀 더 시간을 갖고 두고 보자. 만약 시시퍼 마탑에 크게 한 방 먹일 수 있는 그림이 그려진다면 나의 누님도 기꺼이 채찍을 양보할지 모르느니라.

♾ [쿠퍼] 알겠습니다. 싸마니야 님께서 큰 그림을 그려주시면 저는 오로지 충심으로 싸마니야 님의 방침을 따르겠습니다.

♾ [피사노 싸마니야] 너의 마음씀씀이가 기특하구나. 좋다. 내가 사브아 등과 논의한 뒤 다시 전하마.

싸마니야가 네트워크에서 빠져나간 뒤, 소리샤가 낮게 으르렁거렸다.

∞ [소리샤] 싸쿤, 밍니야. 너희 둘 나 좀 보자.

∞ [싸쿤] 찾아뵙는 거야 어렵지 않습니다만, 요새 소리샤 형님이 좀 이상합니다.

∞ [소리샤] 뭐? 싸쿤, 너 지금 뭐라고 했어?

∞ [싸쿤] 형님을 위해서 드리는 말씀입니다. 일단 형님께서 부르시니 찾아뵙겠습니다.

∞ [밍니야] 저도 찾아뵐게요.

혈족들끼리 부딪치는 동안 이탄은 피사노의 네트워크를 종료했다. 그 다음 곰곰이 생각에 잠겼다.

'일단 사브아의 채찍에 대해서 알아보아야겠구나. 아몬의 현 일곱 가닥 가운데 네 가닥을 엮어서 채찍으로 만든 것은 아닌지 조사할 필요가 있어.'

Chapter 3

아나테마의 악령이 당장 반색을 표했다.

[끄요옵. 너 말 한번 잘했다. 꼭 좀 알아봐다오. 아몬의 토템은 우리 악마사원의 마지막 종주 샤흐크가 사용하던 애병이란 말이다. 그 애병이 다시 본래의 모습을 갖출 수 있도록 꼭 좀 신경 써 다오. 끄요오오옵.]

이탄이 곧장 상대의 말을 받아쳤다.

'그럼 영감은 내게 뭘 해줄 거요?'

[뭣이?]

이탄이 검지를 빙글빙글 돌렸다.

'가는 게 있으면 오는 것도 있어야 하는 법. 내가 아몬의 토템을 다시 예전 모습으로 복구하면 영감은 내게 뭘 해줄 거냔 말이오.'

아나테마가 억울하다는 듯이 항변했다.

[아니, 그걸 왜 나에게 요구해? 아몬의 토템이 복구되면 결국 내가 아니라 네놈이 사용할 것 아니냐?]

이탄이 도도하게 팔짱을 꼈다.

'나 말이오? 허어어, 이거 참. 영감이 뭔가 오해를 했구려. 나는 굳이 그 토템이 절실하지 않은데?'

[뭐랏? 절실하지 않다고?]

'당연히 절실하지 않지. 원래 목마른 사람이 우물을 파라는 속담도 있지 않소? 내가 며칠의 말미를 줄 터이니 영감이 나를 위해 무엇을 해줄 수 있을지 곰곰이 생각해 보

쇼. 협상 조건이 나와야 나도 뛰는 보람이 있지 않겠소. 하하.'

[켁! 이런 나쁜 놈. 차리라 벼룩의 간을 빼내먹어라. 퉷! 퉷! 퉷!]

아나테마의 악령은 오늘도 뒷목을 잡았다.

이탄이 찔러본 것은 피사노교만이 아니었다. 집사장인 세실을 통해 333호가 이탄에게 불려왔다.

"49호 님, 찾으셨습니까?"

333호는 눈 밑이 퀭했다. 다람쥐 배송 작전 이후로 그녀는 원로기사들에게 적잖이 시달린 모양이었다.

이탄은 안쓰러운 마음을 물리치고 333호에게 용건을 전달했다.

"어제 피사노교에서 연락이 왔었어."

"헉! 마교 놈들이 말입니까? 49호 님께 직접 전달되었습니까?"

피사노교의 등장 소식에 333호의 눈빛이 달라졌다.

이탄이 고개를 주억거렸다.

"그래. 피사노교. 그곳의 사악한 자들이 새로운 마법 아이템을 제작하는데 줄이 필요하다네. 세상에서 가장 질기고 튼튼한 줄 말이야."

"세상에서 가장 질기고 튼튼한 줄 말입니까?"

"그래. 그런 줄 열 가닥 정도가 필요한데, 길이는 2미터 이상이 되어야 하고. 혹시 은화 반 닢 기사단이나 쿠퍼 가문을 통해서 구할 수 있을까? 만약 이런 줄을 구할 수만 있다면 피사노교 놈들이 나에 대한 신뢰를 높일 것 같아. 놈들이 과연 어떤 아이템을 만들며, 그 아이템을 어떻게 써먹을 계획인지도 알아낼 수 있을 것 같고. 결국 이런 정보가 은화 반 닢 기사단 입장에서는 크게 도움이 되는 것 아냐?"

333호가 머리를 위아래로 일렁거렸다.

"그렇지요. 정말 큰 도움이 됩니다. 제가 즉시 은화 반 닢 기사단의 정식 안건으로 올리겠습니다."

"그래. 수고 좀 해줘. 뭐, 그런 줄을 정 구하기 힘들면 말고. 억지로 해낼 필요는 없으니까."

이탄은 일부러 무심한 척 툭 던졌다.

333호가 고개를 가로저었다.

"아닙니다. 정식 안건으로 올린 뒤, 최대한 49호 님께서 요구하신 물건을 구해보도록 노력하겠습니다."

"요새 기사단의 분위기도 좀 그렇던데. 새로운 퀘스트가 떨어지면 괜히 보조팀만 힘든 것 아냐?"

이탄이 333호를 걱정해 주었다.

333호가 밝게 대답했다.

"전혀 아닙니다. 그렇지 않아도 요새 팀 분위기가 뒤숭숭해서 곤혹스러웠는데, 차라리 바쁜 임무가 새로 생기는 편이 더 낫습니다."

씩씩하게 대답한 뒤, 333호가 이탄의 앞을 물러나왔다.

방에 남겨진 이탄이 히죽 웃었다.

"당차서 좋네. 은화 반 닢 기사단의 노친네들은 영 마음에 들지 않는데, 보조팀 요원들은 정말 쓸 만하단 말이야."

이탄은 불현듯 '원로기사 늙은이들을 젖혀 버린 다음 은화 반 닢 기사단도 내가 가지고 싶다.'라는 생각을 품었다.

비크 교황이 알면 펄쩍 뛸 일이었다.

이탄은 피사노교와 은화 반 닢 기사단에 이어서 시시펴 마탑까지 끌어들였다.

"씨에나 님. 씨에나 님."

이탄은 시시펴 마탑에서 선물로 받은 마법 통신구를 사용하여 씨에나를 호출했다. 씨에나는 고체계 애니마 메이지이자 쎄숨 지파장의 애제자였다. 최근 이탄도 쎄숨의 제자가 되었으므로 씨에나와는 같은 스승을 모시는 사이가 된 셈이었다.

크리스탈 화면 형태의 마법 통신구 저편에서 씨에나가 불쑥 튀어나왔다.

"앗! 이탄 신관님, 갑자기 어쩐 일이세요?"

막 목욕을 마치고 나온 듯 씨에나의 머리카락은 물기에 젖어 있었다. 옷차림도 가벼웠다.

이탄이 묘한 설렘을 속으로 가라앉히고 용건을 말했다.

"씨에나 님, 최근에 제가 임무를 수행하다가 피사노교 놈들이 무언가를 획책하고 있다는 사실을 포착하게 되었습니다."

"네엣? 마교 놈들이라고욧!"

씨에나가 펄쩍 뛰었다.

최근 피사노교의 첩자 침투 사건을 겪은 뒤, 시시퍼 마탑의 메이지들은 '피사노'라는 말만 나와도 격렬한 반응을 보였다. 씨에나도 이건 마찬가지였다.

이탄이 빠르게 부연 설명을 덧붙였다.

"바로 그 마교에 때문에 연락을 드렸습니다. 최근 마교의 사악한 흑마법사들이 어떤 물건을 적극적으로 찾고 있는 것 같습니다. 이 부분에 대해서 혹시 씨에나 님께서 저를 도와주실 수 있으신지요?"

이탄의 요청에 씨에나가 냉큼 대답했다.

"물론 도와드려야죠. 이탄 신관님은 제 사제이기도 하잖아요. 그나저나 흑마법사 놈들이 어떤 물건을 찾고 있던가요?"

"세상에서 가장 질기고 튼튼한 줄에 대해서 혹시 아십니까? 줄의 길이는 2미터 이상 되어야 하고요, 개수는 여러 개가 필요하다고 합니다."

Chapter 4

씨에나가 울 것 같은 얼굴로 고개를 가로저었다.

"신관님, 죄송해요. 그런 줄에 대해서는 떠오르는 바가 없네요."

그러다 곧 인상을 활짝 폈다.

"하지만 스승님은 분명 아시는 바가 있으실 거예요. 스승님은 정말 현명하시고 지식이 풍부하시니까요."

"그러시겠죠. 그럼 수고스럽지만 씨에나 님께서 쎄숨 스승님께 대신 여쭤봐 주시겠습니까?"

"당연히 여쭤봐 드려야죠. 마교 놈들과 관련된 일이라면 스승님께서도 분명 발 벗고 나서주실 거랍니다."

씨에나가 확신에 차서 말했다.

이탄도 쎄숨 지파장이 이번 일에 팔을 걷어붙이고 나설 것이라고 짐작했다. 쎄숨은 피사노교에 대한 원한이 깊으니까 말이다.

씨에나와 통신을 마친 뒤, 이탄은 직사각형의 크리스탈 화면을 침대에 던져놓았다. 그런 다음 이번에는 탁자 위에 놓인 둥그런 수정 구슬을 손으로 문질렀다.

이 구슬은 아울 검탑과 연결되는 마법 통신구였다.

"갑자기 웬일이에요?"

수정 구슬 저편에서 프레야가 모습을 보였다. 이탄은 오랜만에 만나는 부인의 얼굴을 물끄러미 바라보았다.

프레야가 양손으로 자신의 뺨을 덮었다.

"왜 그렇게 빤히 보고 그래요? 사람 민망하게."

이탄이 재빨리 말을 돌렸다.

"험험. 민망했다니 미안하오. 급하게 부탁할 것이 있어서 연락했소. 검탑의 예산처장이신 살라루 님께 말 좀 전해 주시오."

"예산처장님께요? 검탑의 재정에 문제라도 생겼나요?"

프레야가 걱정스레 물었다.

이탄은 고개를 가로저었다.

"아니. 재정엔 아무런 문제가 없소."

"그럼 무슨 일이죠?"

"세상에서 가장 질기고 튼튼한 줄을 찾아줄 수 있는지, 예산처장님께 그 점을 여쭤봐 주시오. 줄의 길이는 2미터가 넘어야 하고, 개수는 많을수록 좋소."

이탄이 빠르게 조건을 읊었다.

프레야가 고개를 갸웃했다.

"세상에서 가장 질긴 줄이라고요? 이거 주문이 너무 모호한데요? 대체 이런 줄이 어디에 필요한 거죠?"

"내가 긴히 쓸 곳이 있어서 그렇소. 혹시라도 도움이 될까 싶어서 연락한 것이니 살라루 처장님께 꼭 좀 전해주시오."

이탄은 용건만 간단하게 전달한 다음 마법 통신을 중단했다.

수정 구슬에 맺힌 영상이 툭 끊어지자 프레야가 이맛살을 찌푸렸다.

"엥? 세상에 뭐 이런 남자가 다 있어? 오랜만에 부인을 봤으면 궁금한 것도 묻고 그래야지, 제 할 말만 남기고는 냉정하게 끊어버리네. 핏."

프레야가 입술을 삐쭉거렸다.

하지만 검에 미친 여인답게 프레야는 곧 감정을 툭툭 털어버리고는 예산처장실로 발걸음을 옮겼다.

한편 프레야와 대화를 마친 이탄은 손바닥을 슥슥 비볐다.

"피사노교와 은화 반 닢 기사단, 시시펴 마탑과 아울 검탑에까지 떡밥을 던져놓았으니 뭐라도 잡히겠지. 아몬의 현이 아직까지 세상에 남아 있다면, 그리고 누군가가 그 현을 사용 중이라면 분명히 얻어 걸리는 소식이 있을 거야."

이탄은 의자에서 일어나 벽난로 앞으로 다가갔다.

"아몬의 토템을 되살리기 위한 프로젝트는 이만하면 되었고, 이제 다른 것도 챙겨야지."

찍찍찍.

이탄이 지켜보는 가운데 벽난로 굴뚝을 타고 생쥐 한 마리가 쪼르르 기어 내려왔다.

한데 자세히 보니 살아 있는 생명체가 아니라 시체였다. 머리 위쪽이 반쯤 뭉그러진 생쥐의 시체는 활활 타오르는 장작불 위를 거침없이 뛰어넘더니 이탄의 발밑에 멈춰 섰다. 그리곤 앞발을 들고 몸을 세워 이탄을 올려다보았다.

"셋 중에 누구냐?"

이탄이 카랑카랑한 목소리로 물었다.

놀랍게도 죽은 생쥐의 입에서 사람의 목소리가 들렸다.

"저…… 숑입니다."

"숑? 나머지 둘은 어쩌고?"

이탄은 부리부리한 눈으로 생쥐의 혼탁한 눈동자를 들여다보았다.

죽은 생쥐가 조심스럽게 대답했다.

"하이타와 아이잠은 지금 제 옆에 있습니다. 그리고 지금 보시는 그 매개체는 제가 죽은 생쥐를 일으켜서 만든 패밀리어입니다."

패밀리어(Familiar)란, 먼 거리에 떨어진 아군에게 의사를 전달하거나 적진을 염탐하기 위해서 마법사들이 부리는 쥐나 새 같은 작은 동물들을 일컫는 용어였다. 패밀리어 또한 마법의 일종인데, 다만 네크로맨서들은 살아 있는 동물 대신 동물의 시체를 패밀리어로 활용하곤 했다.

"그래? 셋 다 거기 있단 말이지? 그럼 죽은 생쥐의 눈을 통해서 나를 볼 수 있나?"

"그렇습니다. 시야가 좀 뿌옇기는 하지만 볼 수 있습니다. 목소리도 들을 수 있습니다."

숑이 냉큼 대답했다.

"편리하군."

이탄은 숑의 패밀리어 스킬이 내심 부러웠다.

숑이 두려움 속에서 입을 열었다.

"저기 저……."

"말해라."

"저희 3명이 마나가 봉인 당한 것이 지난달 12일입니다."

"안다."

이탄이 무심하게 말했다.

그럴수록 숑은 더 애가 탔다.

"그러니까 이제 일주일 뒤면 딱 한 달이 됩니다."

"그것도 안다."

"당시에 말씀하시기를, 한 달이 지나면 저희의 마나가 딱딱하게 굳어서 영원히 사라진다고 하셨습니다."

숑의 음성에는 걱정이 가득했다.

이탄이 사악하게 웃었다.

"사실이다. 앞으로 일주일이 지나면 너희 셋의 마나는 영원히 사라질 거다."

"우흐흐흑, 제발 저희 좀 살려주십시오. 저희들은 고작 10퍼센트의 마나로 이 먼 피요르드 시까지 따라왔습니다. 현재의 몸 상태로 백 진영의 마법사나 검수들을 만나면 저희는 죽은 목숨입니다. 우흐흐흑. 제에—발. 흐흐흑."

마침내 숑이 울음을 터뜨렸다.

시돈의 일곱 별이라 불리던 숑이 다른 사람 앞에서 이렇게 눈물을 보이는 것은 처음이었다. 마나의 90퍼센트를 잃어버린 상실감은 숑의 정신세계를 허물어뜨릴 만큼 지독했다.

옆에서 여자들의 울음소리도 들렸다. 하이타와 아이잠 자매도 숑과 함께 훌쩍거리는 모양이었다.

"시끄러."

이탄이 인상을 썼다.

울음소리가 뚝 그쳤다. 숑이 다시금 이탄에게 애걸복걸

했다.

"제발 저희 좀 살려주십시오. 이대로 마나를 봉인 당한 채 개죽음을 당하기는 싫습니다. 무조건 말을 잘 듣겠습니다. 죽으라면 죽는 시늉도 하겠습니다. 그러니 제발 저희의 마나 봉인을 풀어주십시오. 간절히 부탁드립니다."

"좋다. 약속을 했으니 들어줘야지."

이탄이 시원하게 승낙했다.

쥐의 시체, 즉 숑의 패밀리어가 이탄을 향해 꾸벅꾸벅 절을 했다.

"감사합니다. 정말 감사합니다."

"일주일 안에 내가 가문 밖으로 나갈 것이니 너희가 알아서 나와 접촉할 기회를 만들어라. 그러면 내가 너희의 봉인을 풀어줄 것이다. 다만 너희는 기억하여라. 봉인 해제는 임시방편에 불과하다. 한 달 단위로 나를 찾아오지 않으면 너희들의 마나는 다시 굳어버릴 것이야."

"알겠습니다. 앞으로 매 한 달마다 꼬박꼬박 찾아오겠습니다. 우흐흐흑."

숑이 고분고분 대답했다.

그러다 설움이 북받쳤는지 다시금 울음을 터뜨렸다. 옆에서 하이타와 아이잠 자매도 서로를 얼싸안고 함께 눈물을 흘렸다.

"모레툼의 신관에게 한번 빨대를 꽂힌 자, 영원히 그 굴레에서 벗어나지 못한다. 차라리 이번 생은 포기해라."

언노운 월드에는 이와 같은 말이 농담처럼 떠돈다. 사실 이 말은 농담이 아니며, 시돈의 네크로맨서들도 예외일 수 없었다.

제7화

발칵 뒤집힌 입학식장

Chapter 1

2월 15일은 이스트(EAST) 대학의 입학식 날이었다.

아시아 지역의 패권자인 간씨 세가에서는 여러 대학들을 설립하여 필요한 인재를 양성하였는데, 그중에서도 특히 이스트대에 지원을 집중했다.

그렇게 군벌 차원의 관심을 받는 만큼, 이스트대의 입학식에는 간씨 세가 높으신 분이 참석하여 입학생들에게 축사를 해주곤 하였다.

내일의 축사는 간씨 세가 원로부원주인 남궁운식의 차례.

남궁운식은 외증손자인 간세훈의 입학에 맞춰 장문의 축사를 써놓았다. 딸인 남궁현화가 "세훈이의 입학식에 아버지가 꼭 축사를 해줘야 해요."라고 단단히 부탁한 탓에 축사를 대충 쓸 수도 없었다. 남궁운식은 모처럼 서재에 틀어박혀 글솜씨를 발휘하였다.

한데 입학식 바로 전날인 오늘, 남궁운식의 축사가 무산되었다. 타의에 의해 갑자기 계획이 변경된 것이다.

이러면 기분이 나쁠 만도 하건만, 남궁운식은 오히려 유쾌했다.

"허허허, 대체 무슨 바람이 부신 게지? 의장님께서 직접 축사를 하신다고?"

"그렇다니까요. 아무래도 의장님께서 세훈이를 흡족하게 여기시나 봐요."

남궁현화가 신이 나서 종알거렸다. 내일 입학식의 축사자가 바뀌었다는 소식을 남궁운식에게 전한 사람도 바로 남궁현화였다.

남궁운식이 고개를 갸웃했다.

"허어, 의장님께서 세훈이를 기억하신단 말인가? 그러실 분이 아니신데."

눈에 차지 않는 후손들은 사람 취급도 하지 않는 사람이 간철호였다. 남궁운식은 그 냉정한 간철호가 마법이나 무술에 재능이 없는 간세훈을 기억한다는 것 자체가 믿어지지 않았다.

남궁현화가 석 달 전의 일을 입에 담았다.

"지난 11월 중순에 의장님께서 의료원에 들르셨어요. 영수의 회복 상태를 살피려고 오신 거죠."

"그거야 이 아비도 알지."

남궁운식이 맞장구를 쳐주었다.

"그때 제가 영수의 아들 세훈이를 의장님께 소개시켜 드렸거든요. 그런데 세훈이가 이스트대 마도공학과에 수석 합격했다고 말씀드리니까 의장님께서 칭찬을 많이 해주셨어요."

"호오? 의장님께서 세훈이를 칭찬하셨다고? 그게 정말이냐?"

남궁운식이 소파에 파묻었던 상체를 바짝 일으켰다.

남궁현화가 눈을 반짝반짝 빛냈다.

"정말이고말고요. 제가 왜 아버지께 거짓말을 하겠어요? 하여간 그때도 좀 놀라웠는데, 세훈이의 입학식에 맞춰서 의장님께서 손수 축사를 해주신다고 하니, 참으로 고무적이지 뭐예요."

"허어어, 그렇구나. 만약 네 말이 사실이라면 이건 참 고무적인 일이다."

남궁운식은 흡족한 표정으로 수염을 쓸어내렸다.

간씨 세가의 권력을 한 손에 움켜쥔 사람이 바로 간철호였다. 그 간철호가 관심을 기울인다는 것 자체가 주변 사람들에게 미치는 영향은 지대했다. 당장 간철호가 간영수나 간세훈에게 호감을 보이면, 그 즉시 남궁현화의 권세가 올라가고 그녀 주변에 사람이 모이는 효과를 불러왔다.

물론 이것이 꼭 좋은 것만은 아니었다. 남궁운식은 노련했다.

"현화야, 그런데 말이다, 이럴 때일수록 몸을 낮춰야 하느니라. 의장님이 비록 네 남편이기는 하지만 정말 무서운 분이시란다. 네가 이를 계기로 사람을 모으고 권력을 손에 쥐려고 하다가는 오히려 의장님에게 철퇴를 맞을 수도 있어."

"아버지. 저도 잘 알아요. 그리고 저도 손자 녀석의 한계를 인지하고 있거든요."

"응?"

"비록 의장님께서 세훈이를 예쁘게 보신 것 같기는 하지만, 마도공학자인 세훈이가 장차 의장님의 뒤를 잇는 것은 불가능하겠죠. 그렇다고 제 아들인 영수가 가문을 물려받을 것 같지도 않고요."

남궁현화가 사뭇 처연하게 중얼거렸다.

남궁운식도 딸의 말에 동의했다.

"네 말이 맞다. 영수가 부족해서가 아니라, 의장님이 너무 강하셔서 문제다. 의장님께는 지금 당장 후계자가 필요하지 않아. 그러니까 영수의 세대는 건너뛰고, 그 다음 세대에서 후계자를 고르실 가능성이 높구나."

"아버지의 셈법대로라면 의장님이 아들들은 건너뛰고 손자들 가운데 후계자를 고르신다는 말씀이시잖아요? 그럼 아무래도 민수의 아들 세진이 녀석이 가장 가능성이 높겠죠?"

"아무래도 그렇지. 그것 때문에 원로원주의 주변에 사람이 모이는 게지."

남궁운식의 얼굴에 얼핏 서운한 기색이 스쳐 지나갔다.

간철호의 셋째 부인인 남궁현화가 첫째 부인인 남서윤과 라이벌이라면, 남궁운식은 원로원주 남충주와 오랜 경쟁 관계였다. 남궁운식은 본인이 남충주에게 뒤처진다고 생각해 본 적이 단 한 번도 없었다. 다만 남충주에게는 간세진이라는 뛰어난 외증손자가 있지만, 자신에게는 그런 외증손자가 없을 뿐이었다.

남궁현화가 배시시 웃었다.

"저도 석 달 전까지는 아버지와 똑같이 생각했거든요. 세진이 녀석이 의장님의 뒤를 잇는 순간 우리 가문은 힘들어지겠구나. 세훈이와 세걸이뿐 아니라 저와 영수의 목숨도 위험하겠구나. 이런 생각 때문에 어떻게든 영수를 돋보이게 만들려고 제가 갖은 애를 다 썼잖아요?"

"그랬지."

"이젠 상황이 달라졌어요."

남궁현화가 단호하게 말했다.

남궁운식의 눈에 의아함이 깃들었다.

"상황이 달라졌다니? 그게 무슨 뜻이냐? 설마 세훈이나 세걸이가 제 사촌형인 세진이를 뛰어넘을 수 있다는 뜻이냐?"

"아뇨. 솔직히 말씀드려서 제 손주들은 세진이를 뛰어넘을 재목이 못 되어요."

남궁현화는 감정에 치우치지 않고 냉정하게 사실을 말했다.

Chapter 2

남궁운식이 실망했다.

"그런데 무슨 상황이 달라져?"

"아버지, 제가 생각했던 것보다 의장님이 좀 더 강하신 것 같아요."

남궁현화가 의외의 말을 했다.

"응?"

"아버지. 제가 그동안 예상했던 것보다 의장님이 더 대단하시다고요. 아버지도 제 눈을 믿으시죠?"

"암. 어려서부터 우리 남궁 가문에 너보다 똑똑한 아이는 없었지."

남궁운식의 말은 사실이었다. 그가 낳은 자손들 가운데 무력으로는 현무대주 남궁장호가 가장 뛰어나지만 두뇌나 정치적 감각으로는 남궁현화가 단연 특출하였다.

그 남궁현화가 자신에 차서 말하는 것이라면 충분히 믿을 만했다. 남궁운식은 딸의 판단을 믿었다.

"이번에 제가 확신하게 되었어요. 코로니 군벌을 상대로 거침없이 날뛰시는 의장님을 보면서, 아아 이분의 전성기는 아직까지 오지도 않으셨구나. 지금 이 순간에도 점점 더 강해지고 계시구나. 이분은 이미 내가 가늠할 수 있는 범위를 뛰어넘으신 분이구나. 이렇게 확신하게 되었다고요."

"으으응?"

남궁운식이 계속 멍하게 굴자 남궁현화가 부친의 허벅지를 찰싹 때렸다.

"아이 참. 으으응은 무슨 으으응이에요. 아직도 제 말뜻을 모르시겠어요? 세진이는 어림도 없어요. 의장님이 후계자로 삼는 사람은 세진이의 세대가 아니라, 그보다 한 세대 아래, 혹은 두 세대 아래나 가능하다고요."

"뭣이?"

남궁운식이 눈을 번쩍 떴다.

남궁현화가 환한 얼굴로 방향을 제시했다.

"그러니까 세진이에게 권력이 넘어가서 우리 가문이 박살 날 걱정은 하지 않아도 좋아요. 누구를 의장님의 후계자로 올릴지, 그런 쓸데없는 생각은 하지도 마세요. 앞으로도 의장님의 권력은 계속될 것이고, 우리 가문은 오로지 의장님 눈 밖으로 벗어나지만 않으면 돼요. 아셨죠?"

"허어어!"

"민수? 영수? 세진? 세훈? 세걸? 다 필요 없어요. 그 아이들이 간씨 세가를 물려받으려고 깝죽대는 순간 곧바로 목이 날아갈 거예요. 앞으로 수십 년, 혹은 그보다 더 긴 시간 동안은 확실하게 의장님의 시대라고요."

"허어어어!"

딸의 확신에 찬 선포에 남궁운식은 눈알만 뱅글뱅글 굴릴 뿐이었다.

부우우웅.

검은색 리무진 네 대가 일렬로 서서 도로를 달렸다. 리무진의 앞과 뒤에는 오토바이를 탄 무력부대가 꽁꽁 에워쌌다.

간철호, 즉 이탄이 탄 리무진은 단 한 번의 정지신호도 받지 않았다. 이스트대 정문까지 곧장 통과했다.

리무진이 멈춰 서자 백호대주 서원평이 후다닥 내려 차 문을 열어주었다.

"와아아아아."

이탄이 차에서 내리자 우레와 같은 함성이 쏟아졌다. 이스트대 학생들은 열광적인 함성과 박수로 이탄을 맞았다.

이탄은 천천히 손을 들어 환호에 응답했다.

"와아아아아아아아."

환호 소리가 한층 더 커졌다.

이탄의 차림새는 평소와 다를 바 없었다. 주홍색 갑옷을 입고, 망토를 두른 이탄의 복장은 검은색 양복을 입은 백호대원들 사이에서 유독 두드러져 보였다.

검은색 투피스 차림의 비서3실장 주소연이 이탄에게 다가와 종이를 건네주었다. 오늘 축사를 적어놓은 종이였다.

이탄은 축사의 내용을 훑어보지도 않았다. 그저 뚜벅뚜벅 걸어 단상에 오를 뿐이었다.

단상 위에선 이스트대의 총장과 부총장, 여러 학장들, 그리고 원로부원주 남궁운식과 간철호의 두 부인들인 남서윤과 남궁현화가 바른 자세로 서서 이탄을 맞았다.

오늘 남궁운식과 남궁현화가 이 자리에 온 이유는 마도

공학과에 입학한 간세훈 때문이었다. 그리고 남서윤이 동석한 이유는 이스트대 마법학과를 수석으로 졸업하고 대학원에 수석 입학한 간세진 때문이었다.

이탄이 손을 흔들며 걸었다.

단상 아래서는 박수 소리가 끊이지 않았다. 단상 위의 총장과 원로부원주 등은 이탄을 향해 머리를 깊숙이 숙였다.

이탄은 단상 중앙에 서서 마이크를 잡았다.

박수 소리가 뚝 끊겼다. 입학식장이 쥐 죽은 듯이 조용해졌다. 이탄은 입학식장에 모인 인파를 쭉 둘러보았다. 그 다음 천천히 입을 열었다.

"졸업을 한 이후로 모교에 다시 와보기는 처음이군."

다소 오만하게 시작된 이탄의 축사는 불과 3분 만에 끝이 났다. 그 짧은 연설을 듣고서도 학생들은 잔뜩 들뜬 표정이었다.

대지의 소서러가 직접 축사를 해주셨다!

이것만으로도 학생들의 가슴은 벅찼다. 감정이 풍부한 여학생들 가운데는 손으로 입을 막고 오열하는 사람들도 많았다. 몇몇 남학생들도 단상 위의 이탄을 올려다보면서 눈시울을 붉혔다.

이 가운데는 마도공학과에 갓 입학한 간세훈도 있었다. 대학원생 자리에 착석한 간세진도 포함되었다.

이탄의 짧은 축사가 끝나고, 수석 입학생들이 나와서 선서문을 낭독했다. 이어서 이스트대 총장이 각 학과의 수석 입학생들에게 시상을 했다.

이탄은 단상 위 중앙 의자에 앉아 그 모습을 지켜보았다.

이탄의 양옆에는 남서윤과 남궁현화가 자리했는데, 예전처럼 날카롭게 신경전을 벌이지는 않았다. 두 여인의 관계는 전보다 많이 좋아진 편이었다.

남궁현화의 옆에는 남궁운식이 배에 깍지를 올려놓고 앉아 있었다. 남궁운식은 증손자의 모습을 보다가 때때로 이탄의 옆얼굴을 힐끗거렸다. 남궁운식의 머릿속에서 어제 딸이 했던 말이 뱅뱅 맴돌았다.

'현화의 눈이 정확하겠지? 그렇다면 지금 차기 권력을 논할 때가 아니라 의장님께 집중해야 한단 소린데. 딸아이의 말을 신뢰하면서도 다른 한편으로는 믿어지지가 않는구나. 의장님의 나이가 몇인데 아직도 발전 중이라고? 아직 의장님의 전성기는 시작되지도 않았다고? 허어어. 이 말을 믿어야 하나, 말아야 하나? 허어어어어.'

학부 입학생에 대한 시상을 마친 뒤, 이어서 대학원 입학생에 대한 시상이 이어졌다. 남서윤의 손자인 간세진이 대학원 신입생 대표 자격으로 당당하게 단상에 올라왔다.

'간세진.'

이탄이 상대를 물끄러미 보았다.

Chapter 3

한때 이탄은 간세진 베타였다. 당시의 간세진이 하늘에 뜬 태양이라면 이탄은 태양으로부터 말미암은 가장 어두운 그늘이었다. 감히 태양을 마주 보지도 못하고 그늘 속에서 우러러봐야만 하는 것이 바로 이탄의 처지였다.

그런데 지금은 서로의 자리가 역전되었다.

이탄은 단상 중앙 화려한 의자에 앉아 오만한 눈길로 상대를 굽어보았다. 간세진은 어떻게든 이탄에게 잘 보이려고 발버둥 쳤다. 지금 이 순간에도 간세진은 대학 총장에게 상을 받으면서 총장이 아니라 이탄에게 온 신경을 집중했다.

이탄이 남서윤에게 상체를 기울였다.

"일전에 저 녀석이 흙 속성의 마법을 전공하겠다고 했지? 원하던 대로 되었나?"

남서윤이 자랑스럽게 대답했다.

"예. 세진이는 마법학과 4학년 때 의장님을 본받아 흙 속성을 선택했답니다. 그리고 대학원도 같은 계열로 진학했지요."

남서윤은 이탄이 간세진을 눈여겨 본다고 생각했다.

착각이었다. 오늘 이탄이 간세진에게 눈길을 많이 준 것은 사실이지만, 그것은 간세진을 후계자로 삼고자 해서가 아니었다. 간세진이 손자라 어여뻐서 쳐다본 것도 아니었다. 이탄은 그저 한때 자신의 머리통을 잘라 망령목에 매달리게끔 만들었던 귀공자를 무덤덤한 감정으로 관찰했을 뿐이었다.

그러므로 이탄이 간세진을 바라보는 눈빛과 간세훈을 보는 눈빛은 다르지 않았다. 그것은 혈육을 보는 눈빛도 아니고, 사람을 대하는 눈빛도 아니며, 도구나 사물을 대하는 듯한 무시무시한 무감정이었다.

남궁현화가 이탄의 눈빛을 절반쯤 읽었다.

'역시 내 통찰력이 옳았어. 세훈이도, 그리고 세진이 녀석도 의장님의 눈에는 똑같아. 둘 다 후계자감이 아니야.'

남궁현화는 이탄의 감정을 반은 맞추고 반은 못 맞추었다. 그녀가 막 이탄의 감정을 탐색할 때였다.

콰아아아앙!

귀청을 찢는 폭음과 함께 입학식장이 아수라장이 되었다. 건물 기둥이 붕괴하면서 파편이 사방으로 튀었다. 이스트대의 마크가 새겨진 계단식 의자들이 와르르 무너졌다. 시커먼 연기는 하늘 꼭대기까지 치솟았다.

화르르르륵.

뒤이어 불어 닥친 열폭풍은 이스트대 입학식장 일대를 눈 깜짝할 사이에 수천 도의 불지옥으로 만들어 버렸다.

"백호대, 집결!"

백호대주 서원평이 악을 썼다.

"현무대는 무얼 하느냐?"

현무대 조장의 포효에 현무대원들도 황급히 행동에 나섰다. 단상 주변을 경호 중이던 현무대가 재빨리 스크럼을 짜서 이탄과 그의 혈족들을 보호했다.

슈와아앙!

현무대원들이 끌어올린 마나가 이탄 주변에 반투명한 보호막을 형성하였다. 그 사이 백호대원들은 폭발을 일으킨 적들을 색출하기 위해 사방으로 흩어졌다.

"으아악. 눈. 눈이 안 보여."

"아아악, 내 팔. 내 팔이 어디로 갔어?"

단상 아래쪽에선 학생들이 피투성이가 되어 나뒹굴었다. 오늘 이 자리에 모인 입학생들 가운데 4분의 1은 폭발에 직접 휘말려 즉사했다. 나머지 학생들도 큰 부상을 입고 고통에 몸부림쳤다.

사실 이건 불가능한 일이었다. 오늘 이탄이 입학식 축사를 맡게 되었으므로 입학식장 일대에는 철저한 검문검색이 이루어졌다. 또한 간씨 세가의 폭탄탐지반이 입학식장을 몇 번이나 돌면서 불미스러운 일을 사전에 차단하였다.

그럼에도 불구하고 테러가 발생한 것이다.

게다가 폭발은 한 번만으로 그치지 않았다.

콰아아앙!

곧바로 이차 폭발이 터졌다. 이번엔 강한 열폭풍이 단상 쪽으로 집중되었다.

"이런!"

남궁운식이 사람들의 앞을 가로막았다. 그는 수염을 펄럭이며 두 발을 어깨의 두 배 넓이로 벌리더니, 두 손을 가슴께로 모아 태극 모양의 둥그런 나선을 그렸다.

휘류류류류—.

남궁운식의 손짓에 따라 열폭풍이 뱅글뱅글 돌면서 걷혔다. 남궁현화와 남서윤, 간세진과 간세훈 등은 남궁운식의 뒤에 숨어 혹시 모를 삼차 폭발에 대비했다.

그 사이 이탄이 나섰다.

"비켜."

혼비백산한 총장의 어깨를 잡아서 뒤로 젖힌 뒤, 이탄이 한 발 내디뎠다.

쿠르르릉.

이탄의 의지가 발동하자 입학식장 주변의 흙들이 그 의지에 호응했다. 땅거죽이 솟구쳐 일어나 활활 타오르는 화염을 꺼뜨렸다. 10미터 높이의 소일 월(Soil Wall: 흙 벽)이 입학식장 주변에 8개나 솟구쳐 돔 형태로 학생들을 보호했다.

"누구냐?"

이탄이 소일 월 위에 뛰어올라 우렁차게 부르짖었다.

"어떤 놈들이 감히 나의 영역에서 이딴 짓을 벌여?"

이탄의 포효가 천둥이 되었다. 주변의 땅과 나무가 부르르 진동했다.

"크윽."

"우우욱."

이탄으로부터 뻗어 나가는 무시무시한 기파에 현무대원들과 백호대원들이 귀를 틀어막고 비틀거렸다. 이탄의 감각은 동심원처럼 사방으로 퍼져서 눈 깜짝할 사이에 수 킬로미터 밖까지 훑었다.

그 기파에 세 번째 폭탄의 위치가 감지되었다.

"저기다."

이탄이 손가락을 들어 서쪽 방향을 지목했다. 세 번째 폭탄은 청소 트럭에 장착된 채 입학식장 서문을 향해 돌진 중이었다.

이 청소 트럭 또한 폭탄탐지반의 검색을 받았다. 그런데 희한하게도 탐지기에 걸리지 않고 무사히 통과하였다.

이탄이 트럭을 향해 손바닥을 뒤집었다.

서문 쪽 도로 옆 흙더미가 우르르 일어나 청소 트럭을 덮쳤다. 도로가 뒤틀리면서 청소 트럭이 비스듬하게 허공으로 떠올랐다.

"칫!"

트럭을 몰던 운전수가 차문을 박살 내고 차량 밖으로 탈출했다. 청바지에 검은 모자를 쓰고 검은 마스크로 얼굴을 가린 자였다.

약 10센티미터 높이로 떠올랐던 트럭의 바퀴가 핑그르르 회전하면서 차축에서 이탈했다. 트럭이 완전히 옆으로 쓰러지면서 화단을 거칠게 들이받았다.

이어지는 폭발!

콰아아앙—.

Chapter 4

다행히 세 번째 폭발은 앞선 두 번의 폭발보다는 충격이 적었다. 청소 트럭이 화단에 쓰러질 때 주변의 흙더미가 우르르 일어나 트럭을 완전히 뒤덮은 덕분이었다. 트럭 속의 폭탄이 터지기는 했으나 그 폭발력의 대부분은 흙에 의해 흡수되었다.

"크으윽."

테러 용의자는 가까스로 청소 트럭에서 탈출하여 도로 위를 데굴데굴 굴렀다. 그 다음 벌떡 일어나 전력을 다해 도망쳤다.

"놈을 쫓아라."

백호대원들이 주홍색 넥타이를 휘날리며 용의자를 추격했다. 서원평이 가장 선두에서 상대를 쫓았다.

이탄이 소일 월 위에서 손가락을 까딱였다.

그러자 용의자가 발을 내디딘 곳의 흙이 갑자기 아래로 꺼졌다. 우당탕 앞으로 고꾸라지던 용의자가 놀라운 신체 능력으로 균형을 잡고는 다시 도주했다.

이탄이 코웃음을 쳤다.

"흥. 어딜 도망치려고?"

이번엔 용의자의 코앞에서 소일 월이 솟구쳤다.

"큿!"

용의자가 수직으로 뛰어올라 소일 월을 타넘으려고 들었다. 그 순간 용의자의 몸통에 소일 아머(Soil Armor: 흙 갑옷)가 소환되었다. 흙으로 만들어진 갑옷이 용의자가 도망치는데 방해물이 되었다.

그게 끝이 아니었다.

투우웅!

이탄을 발을 한 번 구르자 용의자 주변의 중력이 여덟 배 증가했다. 70 킬로그램이던 용의자의 몸무게가 눈 깜짝할 사이에 560킬로그램으로 늘어난 셈이었다. 여기에 소일 아머의 무게까지 더하면 1톤이 넘는다. 날렵하게 벽을 박차고 오르던 테러 용의자가 갑자기 뚝 떨어져 땅에 처박혔다.

"놈이 쓰러졌다."

"어서 저놈을 생포햇."

백호대원들이 용의자를 향해 우르르 달려들 때였다. 대원들의 머리 위로 시커먼 그림자가 휙 지나갔다.

마치 화살이 쏘아진 것처럼, 눈 한 번 깜빡할 사이에 무려 수백 미터를 날아온 이탄이 용의자의 뒷목을 붙잡아 그대로 소일 월에 처박았다.

우지끈!

뼈 으스러지는 소리와 함께 용의자의 안면이 박살 났다. 용의자의 목 부위까지 흙 벽 속으로 처박혔다.

역설적으로, 이탄의 이 과격한 행동 덕분에 용의자가 죽지 않았다. 테러 용의자는 조금 전 어금니 사이에 끼워놓은 독약 캡슐을 깨물어서 자살하려고 시도했다. 그 전에 이탄이 용의자의 얼굴을 짓뭉개 버리면서 캡슐을 깨물 시간적 여유를 주지 않았다.

이탄이 상대의 뒷목을 붙잡아 소일 월 속에서 다시 꺼냈다.

"커헉!"

흙과 피로 범벅이 된 테러 용의자의 입에서 가래 끓는 소리가 터졌다.

뿌각.

이탄은 상대의 아래턱을 손으로 붙잡아 완전히 뽑아버렸다. 그리곤 용의자를 발로 툭 차서 달려오는 서원평에게 넘겼다.

"데려가. 무슨 수를 써서라도 배후를 캐내라."

"명을 받들겠습니다."

이탄의 말이 떨어지기 무섭게 서원평이 고개를 푹 숙였다.

하지만 아직 테러는 끝나지 않았다. 건너편 건물 옥상에서 이륙한 드론 석 대가 반쯤 폐허가 된 입학식장을 향해 돌진한 것이다.

드론들은 청소 트럭과 정반대편, 즉 동쪽 건물에서 출발한 터라 사람들의 이목에 잡히지 않았다. 반면 이탄과 백호 대원들은 청소 트럭을 몰고 돌진하던 테로 용의자를 붙잡느라 서쪽 편에 모여 있었다.

이탄의 빼어난 감각이 입학식장을 향해 날아드는 드론 편대를 발견했다.

"이런, 제기랄."

처음에 이탄은 만금제어의 권능으로 드론들을 추락시키려고 했다.

실패했다. 놀랍게도 테러범들이 날린 드론들은 금속을 전혀 사용하지 않았던 것이다. 놈들은 오직 플라스틱과 나무 재질로만 드론을 만들었다. 심지어 모터도 쓰지 않고 마정석을 이용하여 드론의 동력원으로 삼았다.

이 테러용 드론들이 탐지기에 걸리지 않고 입학식장 근처까지 반입이 가능했던 이유도 바로 이 때문이었다.

결과적으로 이탄은 만금제어 대신 다른 방법으로 드론의 자폭공격을 막아야 했다.

타앙!

이탄이 세차게 발을 굴렀다. 그 즉시 입학식장을 에워싸고 있던 소일 월이 두 배는 더 높이 솟구쳐 드론들을 막았다.

콰앙, 쾅.

세 대의 드론 중 두 대가 갑자기 높아진 흙벽에 부딪쳐 폭발했다. 하지만 나머지 한 대는 소일 월 벽면을 타고 급상승하더니, 그대로 벽을 타넘어 입학식장을 향해 떨어졌다.

이탄이 달려가서 막기에는 너무 늦었다.

이탄은 소일 월의 소환을 취소한 다음, 그 흙을 재료로 삼아 둥그런 이글루 모양의 흙 돔을 만들었다.

어차피 이 상황에서 모든 학생들을 보호하긴 힘들었다. 이탄은 단상을 중심으로 반경 30미터 크기만 이글루로 덮어 드론의 자폭공격을 막았다.

콰아아아앙!

네 번째 폭발에 이글루 상층부가 허물어졌다. 흙이 우르르 쏟아져 그 아래 숨어 있는 사람들을 덮쳤다.

남궁운식이 쏟아지는 흙을 향해 태극 모양으로 손을 휘저었다. 남궁운식의 손에서 일어난 바람이 흙을 휘감아 허공으로 띄워 올렸다. 덕분에 남궁운식과 남궁현화, 남서윤, 그리고 간세진과 간세훈은 아무런 피해도 입지 않았다.

그 범위 밖의 사람들은 머리에 흙가루를 잔뜩 뒤집어썼다.

그래도 이들은 드론의 폭발에 직접적으로 휘말리지는 않았다. 불행히도 이글루의 범위 밖으로 벗어난 학생들은 네 번째 폭발에 노출되어 부상을 입었다.

그나마 현무대원들이 광범위의 보호막, 즉 쉴드를 쳐준 덕분에 추가로 목숨을 잃은 학생들은 없었다.

드론이 자폭공격을 하는 동안, 이탄은 드론의 출발지를 향해 몸을 날렸다.

20층 건물 옥상으로부터 드론의 조종사가 뛰어내렸다.

이탄이 허공에서 방향을 틀어 상대를 추격했다.

"치잇."

도망치기 불가능하다고 판단했을까? 드론 조종사가 갑자기 태도를 바꿔 도주를 포기했다. 대신 조종사는 이탄을 향해 마주 달려들었다.

Chapter 5

이 드론 조종사 또한 청소 트럭 운전수와 마찬가지로 청바지에 검은 모자, 검은 마스크를 착용했다.

"에잇, 쌰."

드론 조종사가 혁대를 촥 뽑았다. 혁대의 중간 부분이 분리되면서 그 속에서 시퍼런 단검 두 자루가 튀어나왔다.

드론 조종사는 2개의 단검을 거꾸로 쥐고는 이탄에게 파고들더니, 허공을 짧게 세 번 그었다.

피육, 횡으로 한 번.

푹푹, X자로 교차하면서 사선으로 두 번.

드론 조종사의 공격은 자못 위협적이었으나 이탄에게는 통하지 않았다. 이탄은 적의 공격을 무시한 채 단검 속으로 손을 집어넣었다.

까앙!

이탄의 손등에 부딪쳐 단검 두 자루가 모두 튕겨나갔다.

이 한 번의 부딪침만으로 단검이 박살 났을 뿐 아니라 드론 조종사의 팔뚝까지 뒤로 튕겨져 나가 해괴한 각도로 꺾였다. 단검을 움켜잡았던 조종사의 손바닥은 강한 반탄력에 의해 피범벅이 되었다.

드론 조종사가 깜짝 놀랐다. 그때 S자를 그리며 파고든 이탄의 손이 드론 조종사의 아래턱을 붙잡아 콰득 부쉈다.

"꾸웩."

드론 조종사가 기겁을 했다. 그는 재빨리 독약 캡슐을 깨물려고 시도했다. 하지만 아래턱이 부서지는 통에 의도를 관철하지 못했다.

이어서 날아온 이탄의 손날이 드론 조종사의 목덜미를 끊어 쳤다. 그 힘이 어찌나 강했던지 순간적으로 드론 조종사의 뒤통수가 자신의 등과 부딪쳤다가 다시 앞으로 빠르게 튕겨 나왔다. 그 모습이 마치 머리와 몸통 사이가 용수철로 연결된 인형이 앞뒤로 크게 머리통을 진동하는 것 같았다.

"퀙."

드론 조종사가 풀썩 앞으로 고꾸라졌다. 이미 조종사의 눈동자는 휙 돌아간 상태였다.

이탄이 백호대원들을 향해 턱짓을 했다.

"이놈도 붙잡아."

"옙."

백호대원들이 진땀을 흘리며 달려와 드론 조종사를 위에서 짓눌렀다.

이탄은 다시 한 번 온 사방으로 감각을 퍼뜨렸다.

더 이상은 이탄의 감각에 걸리는 것은 없었다. 테러는 이것으로 종결되었다. 하지만 테러의 뒷수습은 이제부터가 시작이었다. 아직까지도 이스트대 입학식장에서는 시커먼 연기가 꺼지지 않고 뭉게뭉게 피어올랐다.

'누구의 짓이지?'

이탄이 인상을 썼다.

가장 의심스러운 곳은 단연코 코로니 군벌이었다. 코로니는 이탄에게 연달아 두 번이나 당한 터라 충분히 이러한 테러를 기획할 만했다.

혹은 미주의 에디아니, 아프리카의 카르발도 용의선상에서 배제할 수 없었다. 우군이라 믿고 있는 유럽의 발렌시드도 얼마든지 뒤통수를 칠 법한 자들이었다.

'그것도 아니라면 간씨 세가 내부에서 계획한 일일지도 모르지.'

당장 가주인 간성주만 해도 이탄에 대해서 강한 적대감

을 품고 있었다. 그러니 간씨 세가 내부인의 소행일 법도 했다.

일단 이탄은 모든 가능성을 테이블 위에 올려놓았다.

간씨 세가의 백호대가 이탄의 명을 직접 받드는 공격부대이고, 현무대가 가문의 중요인사들을 보호하는 호위부대라면, 주작대는 첩보와 공작, 그리고 정보수집을 전담하는 조직이었다. 또한 주작대는 전쟁이 벌어졌을 때 적의 후방에 침투하여 교란 및 파괴 행위를 주도하곤 했다.

이런 이유 때문에 간씨 세가의 적들은 청룡대나 백호대보다 주작대를 더 경계하였다.

그 주작대의 대주가 이탄 앞에 불려왔다.

"의장님, 찾으셨습니까?"

평범한 점퍼 차림의 중년여성이 이탄 앞에 무릎을 꿇었다.

"그래."

이탄은 대형 TV에서 눈을 떼어서 중년여성에게 시선을 돌렸다. TV에서는 여성앵커가 이스트대의 테러 사건에 대해서 떠드는 중이었다. 이탄은 방송 내용이 마뜩지 않은지 표정이 좋지 않았다.

중년여성이 침을 꿀꺽 삼켰다.

이 중년여성이 바로 주작대주였다. 주작대의 특성상 대원들은 따로 이름이 없고 오직 번호로만 불렸다. 대주의 경우는 001이라는 코드를 사용했다.

"오랜만이군."

말은 이렇게 하였으나 사실 이탄은 주작대주를 직접 대면하는 것이 이번이 처음이었다. 대신 이탄에게는 숙주인 간철호의 기억이 있기에 주작대주를 대하는 태도가 지극히 자연스러웠다.

주작대주가 먼저 이탄의 의중을 살폈다.

"오늘 테러 때문에 의장님께서 저를 찾으신 것 같습니다."

"맞아. 그것 때문에 자네를 보자고 했지."

이탄이 순순히 시인했다.

주작대주가 입술을 꽉 깨물었다가 솔직히 아뢰었다.

"송구하오나 주작대에서는 아직 테러의 배후에 대한 정보를 수집하지 못하였습니다."

이탄이 물었다.

"용의자 심문은 어찌 되었지?"

"오늘 저희들이 백호대주 서원평을 통해서 2명의 테러 용의자를 넘겨받았습니다만, 아직은 놈들의 입을 열지 못하였습니다. 또한 이스트대의 총장 및 교직원들을 조사하고 있으나 이쪽도 시간이 좀 걸릴 것 같습니다."

"탐지기에도 걸리지 않은 폭탄에 대해서는? 나무로 만들어진 드론은 또 어떻고? 그것들에 대한 조사는 어떻게 되었나?"

"송구합니다. 감식반과 협조하여 폭탄과 드론 파편 등을 집중적으로 조사 중입니다."

주작대주는 몸 둘 바를 몰랐다. 테러의 배후, 용의자 심문, 적의 테러 무기 파악. 이탄이 질문한 세 가지 가운데 어느 것 하나 시원하게 답할 수 없어서였다.

제8화

연쇄 테러

이탄이 옆으로 눈짓을 보냈다.

이탄의 시중을 드는 소녀가 리모컨을 들어 TV를 껐다.

소녀의 이름은 이서현. 나이는 비록 어리지만 쥬신 황가의 방계 핏줄답게 외모가 출중하고 기품이 넘치는 소녀였다.

이탄이 이서현으로부터 시선을 거두고 다시 주작대주를 바라보았다.

"분석 결과가 나오기까지는 시간이 좀 걸리겠지. 그건 이해해."

"이해해 주셔서 감사합니다."

"하지만 자네는 이 계통에 오래 있었잖아. 그 날카로운 육감으로 한 번 찍어봐. 감히 이 간철호의 코앞에서 이런 짓을 벌일 만한 자가 누구일까?"

주작대주가 조심스럽게 의견을 입에 담았다.

"가능성을 물으시는 것이라면 저는 오대군벌을 꼽겠습니다. 저희 간씨 세가를 제외한 나머지 군벌들, 특히 시베리아의 코로니가 가능성이 높습니다."

"간씨 세가는 왜 용의선상에서 제외하는데?"

이탄이 툭 던졌다.

"그건!"

주작대주의 동공이 화들짝 커졌다.

이탄이 피비린내 나는 웃음을 입가에 머금었다. 입은 웃고 있는데 이탄의 눈은 웃지 않았다.

"간씨 세가는 왜 빼느냐고? 자네 생각엔 빼는 게 맞는 것 같아?"

"……아닙니다. 간씨 세가도 용의선상에서 자유로울 수는 없겠습니다."

주작대주가 천천히 고개를 가로저었다.

사실 간씨 세가는 90퍼센트 이상 이탄의 것이었다.

하지만 100퍼센트 이탄의 소유라고 말할 수는 없었다. 가주인 간성주가 아직 버티고 있기 때문이었다.

'의장님은 무서운 분이시다. 얼마 전 블라디보스톡을 전격적으로 공격하실 때도 그랬어. 어떤 피해를 입었을 때, 의장님은 정확한 범인을 색출하여 응징하기보다는 그 피해를 최대한 활용하여 피해를 만회하고도 남을 성과를 얻어내는 길을 선택하셨어. 만약 의장님께서 이번 테러를 빌미로 삼아 간씨 세가를 완벽하게 단속하려 드신다면! 자칫하다가는 간씨 세가 내에 숙청의 피바람이 불지도 모르겠구나.'

주작대주가 이렇게 머리를 굴릴 때였다. 이탄이 다시 말을 걸었다.

"가능성을 보면 코로니 놈들 짓이란 말이지? 그건 확률적 분석이잖아. 그런 딱딱한 분석 말고, 그냥 자네의 감을 이야기해봐."

주작대주가 뜸을 오래 들이다가 아뢰었다.

"제 육감으로 판정해도 역시 코로니 같습니다."

최근 간씨 세가와 가장 사이가 나쁜 곳은 코로니 군벌이었다. 감히 대지의 소서러를 테러할 만큼 간이 큰 조직도 코로니 외에는 딱히 떠오르는 바가 없었다. 주작대주의 답변은 나무랄 데가 없었다.

그럼에도 불구하고 이탄은 실망했다.

"이봐."

이탄이 목소리를 깔자 갑자기 실내 기온이 뚝 떨어졌다. 만자비문의 권능, 음차원의 에너지가 이탄을 중심으로 소용돌이치면서 풀려나왔다.

주작대주는 물론이고 시녀인 이서현도 오싹함에 진저리를 쳤다.

"마, 말씀하십시오."

백호대주 서원평보다 더 배짱이 두둑한 사람이 바로 주작대주였다. 그 주작대주가 말을 더듬었다.

"지금 당장 밖에 나가서 간씨 세가의 아무나 붙잡고 물어봐라. 열이면 열, 백이면 백, 테러의 배후로 코로니를 지목할 거야. 내 말이 틀렸나?"

"아, 아닙니다. 의장님 말씀이 맞습니다."

"그럼 내가 왜 그 뻔한 대답을 자네로부터 듣고 있어야 하는데?"

이탄의 질문이 송곳이 되어 주작대주의 심장을 찔렀다.

주작대주는 말문이 턱 막혔다.

이탄이 한 번 더 상대를 다그쳤다.

"왜 내가 자네의 뻔한 대답을 들어야 하느냐고."

"의장님."

주작대주가 고개를 들다가 이탄과 눈이 마주쳤다.

'으헉!'

직후, 주작대주는 화들짝 기겁하여 시선을 다시 내리깔았다. 이탄과 눈빛이 마주친 아주 짧은 찰나, 주작대주는 이탄의 숨 막히는 실체를 아주 살짝이나마 엿보게 되었다. 주작대주의 눈에 비친 이탄은 세상의 모든 음습하고, 어두우며, 파괴적인 에너지를 몽땅 품고 있는 듯 보였다. 그 음험한 파괴력이 이탄의 등 뒤에서 날개를 펼치듯이 활짝 일어나는 것 같았다. 그 음험한 기운은 세상에 이탄만 오롯이 남겨놓고 주작대주는 저 까마득한 벼랑 아래로 떨어뜨려 벌벌벌 떨게 만들었다.

세상의 감춰진 이면(異面), 인간은 도저히 버틸 수 없는 그 음의 차원에서 이탄은 홀로 오롯한 주인이었다.

그 세계에서 주작대주를 포함한 다른 인간들은 아무것도 아니었다. 그들은 감히 이탄의 부하도 되지 못하고, 종복이나 노예도 되지 못하며, 버러지보다도 못한, 한낱 먼지나 다름없는 무의미한 존재일 뿐이었다.

주작대주는 어렴풋하게나마 그런 무기력한 느낌을 받았다.

꿀꺽.

주작대주의 목젖이 크게 꿀렁거렸다.

벌벌벌.

방바닥에 엎드린 주작대주의 손발이 저절로 떨렸다. 주작대주의 입에서 딱딱딱 이빨 부딪치는 소리가 새어나왔다.

이탄이 주작대주에게 경고했다.

"명심하여라. 내가 주작대에 바라는 것은 둘 중 하나다. 아니면 둘 다일 수도 있지."

"으으으. 그것이 무엇인지 말씀해 주십시오. 부족하나마 제가 목숨을 걸고 받들겠나이다."

주작대주가 바짝 엎드렸다.

이탄이 손가락 하나를 접었다.

"첫 번째 바라는 바다. 주작대에서는 누구를 이번 테러의 배후자로 지목해야 간씨 세가에 가장 유리할 것인지, 거기서 한 발 더 나가서는 간씨 세가의 의장인 내게 가장 큰 이득을 줄 수 있는 방법이 무엇인지를 고민하여라. 그 다음 결과를 내게 보고해야 할 것이다."

꿀꺽.

주작대주가 다시금 침을 삼켰다.

아들인 간영수가 피습을 받았을 때 이탄은 진범을 추적하느라 시간을 허비하지 않았다. 그냥 코로니의 짓이라고 공표를 한 다음 곧바로 블라디보스톡을 때려버렸다. 그 후 백호대와 주작대에 명을 내려 코로니 군벌이 진범이 맞는지 사후 확인하라고 지시했을 뿐이다.

당시 이탄의 일 처리 방법이 진범에 대한 정확한 응징이라고 말할 수는 없었다. 하지만 주작대의 판단에 따르면,

이탄의 과감함이 간씨 세가의 위상을 높이고 가문에 큰 이익이 돌아오게끔 만든 것은 부인할 수 없는 사실이었다.

이번 테러도 마찬가지였다. 이탄은 진짜 배후를 찾느라 시간을 낭비할 마음은 없는 듯했다. 진범 색출은 그것대로 차차 진행하고, 우선은 가장 이득이 되는 방법으로 범인을 지목하고 보복할 것 같았다.

Chapter 2

여기에 이탄이 한 가지 관점을 더 보탰다.

"첫 번째에서 끝나면 안 돼. 주작대가 살펴야 할 두 번째 관점도 있다."

"으으읏. 그게 무엇입니까?"

주작대주가 코를 방바닥에 대고 여쭸다.

이탄이 두 번째 손가락을 접었다.

"주작대가 분석해야 할 두 번째 관점은, 최악의 경우에 대한 대비다."

주작대주가 반문했다.

"최악의 경우라고 하셨습니까?"

"그래. 최악의 경우."

이탄이 고개를 주억거렸다.

"만약에 우리가 이번 테러의 배후로 코로니를 지목한다고 치자. 주작대에선 아무런 이유도 없이 배후를 지정하지는 않았겠지. 코로니 군벌에게 죄를 묻는 것이 간씨 세가, 혹은 의장인 나에게 가장 큰 이익이 될 것이라고 판단했으니까 그런 결론을 내리겠지."

"맞습니다."

"그런데 만약에 코로니 군벌이 진범이 아니라면 어쩔 건데? 주작대가 파악하지 못한 제3자가 있어서, 우리 간씨 세가와 코로니 군벌 사이에 전쟁을 부추기고 있는 거라면 어떻게 할 건데?"

이탄의 지적은 날카로웠다.

"아!"

주작대주가 한 방 얻어맞은 듯한 표정을 지었다.

이탄이 말을 계속했다.

"그렇게 제3자의 장단에 놀아났을 때를 가정해 보자. 그때 우리 간씨 세가가 받을 피해는 얼마나 클까? 주작대에선 바로 이런 최악의 경우를 분석해야 한다. 그리고 그 분석 결과를 나에게 빨리 제공하는 것이야말로 너희가 할 일이지. 내 말이 틀렸나?"

"아아아! 아닙니다."

주작대주가 부르르 몸서리를 쳤다.

앞뒤를 재지 않는 과감한 폭력성.

돌다리도 몇 번씩 두드려 보는 조심성.

이탄은 완전히 상반된 이 두 가지 성향을 한 몸에 지녔다. 지금 이탄이 주작대주에게 지시한 두 가지 임무도 바로 이탄의 상반된 성향으로부터 말미암은 것들이었다.

주작대주가 이탄의 지시사항을 머릿속에 숙지하고 있을 때였다. 방문 앞에서 조용히 머리를 숙이고 있던 시녀 이서현이 바짝 긴장했다. 그녀의 근육이 팽팽하게 곤두서고, 심장 박동이 빨라졌다.

두근, 두근두근, 두근두근.

이서현의 빨라진 심장박동이 이탄에게 포착되었다.

'응?'

이탄이 눈도 돌리지 않은 상태에서 이서현에게 감각을 뻗었다.

간씨 세가의 시녀들이 이탄을 두려워하는 것은 사실이었다. 그러나 이서현만큼은 그런 범주에서 벗어난 아이였다. 게다가 이서현은 입도 무거워서 이탄은 이서현을 늘 가까이에 두고 시중을 들게끔 했다.

그 이서현이 갑자기 특이한 반응을 보였다.

'이상하다? 무엇 때문에 저 아이가 긴장했지?'

이탄은 조금 전 방 안에서 벌어졌던 일들을 머릿속으로 되감았다.

불과 몇 분 전 이탄은 주작대주에게 두 가지 사항을 지시했다.

첫째, 이번 테러의 배후를 조작해서라도 간씨 세가에 이득이 되는 방향으로 분위기를 조성해라.

둘째, 혹시 제3의 세력이 있을지도 모르니 살펴라.

이러한 두 가지 명령 가운데 직접적으로 피를 부르는 지시는 첫 번째였다. 그 지시에 따르면, 조만간 이탄은 군대를 이끌고 시베리아로 쳐들어가서 도시 하나를 박살 낼지도 몰랐다. 마치 블라디보스톡에서 자행했던 것처럼 말이다.

'보통은 이 대목에서 바짝 긴장하여 부르르 떨어야 하는 것 아냐? 그런데 저 아이의 반응은 특이했어. 내가 배후를 조작하라고 명령할 때까지는 무덤덤하게 있다가, 제3 세력의 이야기가 나오자 갑자기 심장박동이 빨라졌다고.'

이서현은 멸망한 쥬신 황가의 방계 혈족이었다.

이탄의 분혼에 의해 잠식당하기 전, 간철호는 유독 쥬신 황가에 대한 집착이 심했다. 간철호가 이지수를 둘째 부인으로 삼은 것도 그녀가 쥬신 황가의 혈족이기 때문이었다. 또한 간철호는 또 다른 방계 혈족인 이서현을 찾아내어 시녀로 삼았다. 그리곤 적당한 때가 되면 이서현을 취해서 첩으로 삼을 요량이었다.

오대군벌 사이를 이간질하는 제3세력.

이런 조직이 실제로 존재하는지 이탄은 알 수 없었다.

'그런데 만약 실제로 제3세력이 존재한다면? 실제로 오대군벌 사이에 전쟁을 붙여서 이득을 취하려는 자들이 있다면?'

제3세력.

이간질.

멸망한 쥬신 황가의 방계 핏줄.

이런 단어들이 이탄의 머릿속에서 어지럽게 소용돌이쳤다. 그러다 그 단어들이 합쳐져 하나의 단어로 귀결되었다.

'아뿔싸! 쥬신 황가의 복원이구나!'

이탄의 입술이 저절로 벌어졌다.

쥬신의 마지막 황제 이윤은 70여 년 전에 자살했다. 그것을 끝으로 쥬신의 천 년 역사는 문을 닫았다. 대신 오대군벌의 시대가 찬란하게 찾아왔다. 간씨 세가도 이 오대군벌 가운데 하나였다.

하지만 황제가 죽었다고 해서 그게 끝일까? 쥬신 황가의 직계혈족들이 모두 죽었다고 해서 그걸 끝이라고 판단할 수 있을까?

이탄은 아니라고 생각했다.

'쥬신 대제국은 무려 천 년을 이어온 곳이다. 그곳의 황족들은 세상에 무수히 많이 퍼져 있으며, 쥬신 대제국이 통치하던 시절을 그리워하는 노망난 노친네들도 세상엔 많이 있을 거야. 그렇다면 무너진 쥬신을 다시 일으켜 세우려는 자들도 충분히 있을 수 있지.'

만약 쥬신을 복원하려는 자들이 있다고 치자. 그들이 가장 먼저 시도하려는 바가 무엇일까?

답은 뻔했다.

'오대군벌을 무너뜨리는 일이겠지. 쥬신 대제국은 스스로 부패하여 무너지기는 했으나, 결국 늙은 사자의 마지막 목줄을 물어뜯은 것은 우리 오대군벌이니까.'

여기서 생각을 잠시 멈춘 뒤, 이탄은 주작대주에게 시선을 돌렸다.

Chapter 3

"이만하면 나의 말뜻을 알아들었을 거다."

"그렇습니다. 의장님의 뜻을 이해하였습니다."

주작대주가 고개를 푹 숙여 대답했다.

이탄이 주작대주에게 손짓을 했다.

“그렇다면 이만 물러가라. 그리고 다음에 다시 나를 찾아 올 때는 내가 지시한 것들에 대한 답을 가져와야 할 것이야.”

“명심, 또 명심하겠습니다.”

주작대주는 주먹을 가슴에 대어 굳건한 의지를 표명했다. 그 다음 방에서 물러났다.

이탄은 이서현에게도 문밖을 가리켰다.

“오늘 시중은 되었다.”

“알겠습니다, 의장님.”

이서현은 바닥에 엎드려 이탄에게 깊숙이 절을 하고는 뒷걸음질로 물러났다.

이서현이 고개를 숙일 때 뽀얀 목덜미와 동그스름한 어깨선이 이탄의 눈에 들어왔다.

간철호라면 ‘이제 이 아이가 다 여물었구나.’ 라고 생각하며 이서현의 몸뚱어리에 욕심을 냈을 수도 있다.

이탄은 달랐다. 이탄은 이서현의 어깨선이나 목선보다는 그녀의 목덜미에 맺힌 땀방울과 바르르 떨리는 솜털을 눈여겨보았다. 아직까지도 두근두근 두방망이질 치는 그녀의 심장박동에 주목했다.

‘온도가 높지도 않은데 땀을 흘려? 이거 재미있군. 아주 재밌어. 후후후후.’

이탄은 비릿하게 입술을 비틀었다.

이서현이 방에서 물러난 뒤, 이탄이 가볍게 손가락을 튕겼다.

처척.

방 천장에 은신 중이던 백호대원 하나가 소리 없이 이탄의 뒤에 내려섰다. 검은 양복에 주홍색 넥타이를 맨 사내였다.

"이리로."

이탄이 사내를 가까이 불렀다.

백호대원이 까치발로 다가와 이탄의 입술에 귀를 가져다 대었다.

이탄이 백호대원의 귀에다 대고 뭐라고 속삭였다.

백호대원은 이서현이 사라진 방문 밖을 날카롭게 노려본 다음, 절도 있게 고개를 끄덕였다.

툭툭.

이탄이 백호대원의 어깨를 두드려 주었다.

백호대원은 이탄에게 꾸벅 절을 한 다음, 귀신처럼 자취를 감추었다.

방에 홀로 남은 이탄은 과일바구니에서 사과를 하나 꺼내 베어 물었다. 와삭 소리와 함께 달콤새콤한 과즙이 이탄의 목구멍으로 넘어왔다.

이탄은 사과를 쥔 손으로 뒷짐을 지고 유리창 너머의 정원을 물끄러미 응시했다. 오로지 이탄만을 위한 정원에서는 대나무로 만든 수로를 타고 맑은 물줄기가 쪼르륵 떨어지는 중이었다.

이탄은 투명한 물줄기를 눈으로 더듬으며 중얼거렸다.

"일단은 속는 척을 해줘야지. 주작대주가 적당한 곳을 물색해오면, 그곳을 테러의 배후세력으로 공표한 뒤 와락 쓸어버려야겠어. 힘만 세고 머리는 나쁜 곰처럼 말이야. 후후훗. 나를 이간질에 속아서 날뛰는 어리석은 곰으로 만들고 싶다면 좋다. 마땅히 너희들의 장단에 맞춰서 춤을 춰주마. 후후훗."

이탄의 번들거리는 눈동자 속에서 끔찍하고도 파멸적인 기운이 피어올랐다.

스멀스멀, 스멀스멀.

음습하게 퍼지는 기운은 이탄의 눈동자를 넘어서 눈 전체를 시커멓게 물들였다.

그날 저녁.

코로니 군벌의 대변인이 급작스럽게 성명서를 발표했다.

"우리 코로니는 이번 이스트대의 테러와 관련이 없다. 오히려 우리는 민간인을 대상으로 이런 끔찍한 범죄를 저

지른 집단에 대해서 규탄하는 바이다."

이것이 대변인의 주장이었다. 어찌 보면 코로니 군벌에서는 대지의 소서러 이탄이 움직이기 전에 미리 선수를 친 셈이었다.

코로니 측의 기민한 행동이 이탄의 계획에 찬물을 끼얹었다. 이탄은 내심 '시베리아 녀석들을 한 번 더 때려야 하나?' 라고 고민했다. 그런데 코로니 대변인의 발표 때문에 명분을 놓쳤다.

하지만 다른 관점에서 분석해 보면, 코로니 대변인의 성명서는 오히려 간씨 세가의 위세를 높여주는 결과가 되었다.

"대지의 소서러님이 얼마나 무서우면 저런 성명서를 발표할까?"

"그러게 말이야. 시베리아 녀석들이 한 방 얻어맞을까 봐 겁이 났나 보지."

아시아 지역 사람들은 이런 대화를 나누며 내심 통쾌함을 느꼈다. 이런 말들이 퍼질수록 이탄의 명성도 더 높이 올라갔다.

"코로니의 제2무력인 염제 발로바가 대지의 소서러님께 겁을 집어먹었다."

"코로니의 제1무력인 빙제 알렉세이도 간씨 세가와의 전면전을 두려워한다. 모두 다 대지의 소서러님 덕분이다."

시간이 조금 지나자 이런 이야기들이 공공연하게 나돌았다.

처음에 아시아 지역에서만 국한되었던 소문들은 곧이어 시베리아와 유럽, 아프리카와 미주 지역까지 전파되었다.

코로니 군벌이 발끈했다. 미주 지역을 다스리는 에디아니 군벌도 간씨 세가의 급작스러운 부상을 거북스럽게 여겼다.

그렇게 세상의 이목이 쏠린 가운데 이탄이 침묵했다.

원래 이탄은 이번 테러의 배후를 지목한 다음, 곧장 군대를 일으켜 보복할 생각이었다. 그런데 세상의 이목이 집중되자 오히려 몸을 움직이지 않았다.

아시아 지역 사람들이 먼저 수군거렸다.

"이상하네? 정말로 코로니 녀석들의 소행이 아닌가?"

"아닌가 봐. 만약 코로니 놈들의 짓이라면 대지의 소서러님께서 이렇게 가만히 계시겠어? 곧바로 응징하셨겠지."

"그렇다면 대체 누구야? 누가 신성한 대학 입학식장에서 그런 개 같은 테러를 저질렀어?"

"그거야 나도 모르지. 혹시 에디아니 녀석들인가?"

"아니면 아프리카의 군벌 카르발 아니야?"

"설마 유럽의 발렌시드 군벌은 아니겠지. 그곳은 간씨 세가와 친하잖아."

"맞아. 발렌시드는 아닐 게야."

사람들 사이에서 다양한 의견이 튀어나왔다. 이탄이 침묵하자 이런 추측들이 더욱 증폭되어 퍼져나갔다.

그러는 가운데 새로운 사건이 발발했다. 이번엔 발렌시드 군벌의 지배자인 빅토리아 발렌시드 여왕이 테러의 대상이 되었다.

이탄이 공격을 받은 지 닷새 뒤인 2월 20일, 빅토리아가 탄 기차가 폭발사고로 인해 선로에서 이탈했다. 테러의 생생한 장면들이 유럽 지역의 뉴스를 타고 대거 보도되었다.

물론 빅토리아 여왕은 무사했다. 유럽 지역의 최강자로 군림하는 빅토리아가 한낱 폭발사고에 다칠 리는 없었다.

Chapter 4

유럽의 테러 뉴스를 보면서 이탄이 활짝 웃었다.

"하하하. 이 녀석들이 나만 노린 것이 아니었네? 빅토리아도 누군가에게 단단히 미움을 받고 있나 봐. 하하하하."

이탄이 박장대소를 할 때였다. 비서3실장인 주소연이 다가와 이탄에게 핸드폰을 올렸다.

"의장님, 발렌시드와 연결이 되었습니다."

발렌시드에 전화를 넣으라고 주문한 사람은 다름 아닌 이탄이었다.

"그래?"

이탄이 전화를 받고 잠시 후, 핸드폰 저편에서 저음의 여성 목소리가 튀어나왔다.

전화 상대는 강한 악센트로 빠르게 말을 했다. 그 여성이 지껄인 말을 통역기가 자동으로 번역해주었다.

"저는 괜찮아요. 하찮은 테러 따위에는 손톱 하나 다치지 않았죠. 그나저나 이렇게 대지의 소서러께서 전화를 다 주시니 기쁘군요. 우리 발렌시드와 아시아의 간씨 세가가 확고한 우방임을 새삼스럽게 느낍니다."

여인은 이렇게 이야기했다.

이탄이 정중하게 말을 받았다.

"여왕 폐하께서 무사하시다니 다행입니다."

이탄의 대답 또한 통역 기능을 통해 상대방에게 전달되었다.

지금 이탄이 전화로 연결한 대상은 빅토리아 발렌시드였다. 유럽 지역을 통치하는 절대군주이자 '뇌전의 여제'라 불리는 괴물 말이다.

"대지의 소서러께서는 이번 테러의 배후에 코로니 군벌이 도사리고 있다고 생각하시나요?"

빅토리아의 질문은 직설적이었다.

이탄이 현 상황을 밝혔다.

"아직까지는 밝혀진 바가 없습니다. 다만 테러범들이 사용한 폭탄이 우리 간씨 세가의 폭탄탐지기에 걸리지 않았다는 점을 눈여겨 보고 있습니다. 코로니 군벌의 마법공학기술이 발전하여 탐지기에 걸리지 않는 고성능 마법폭탄을 만들어낸 것인지, 아니면 또 다른 자들의 소행인지 분석 중입니다."

빅토리아가 관심을 드러내었다.

"오호라! 그러고 보니 유럽에서 벌어진 테러도 동일한 폭탄이 사용되었나 보네요. 우리 발렌시드의 경호기사단에서 기차 및 선로들을 미리 조사했는데 아무것도 탐지되지 않았거든요."

"아마도 여왕 폐하를 노린 불측한 무리들이 저를 노렸던 놈들과 동일 조직인 것 같습니다. 그러니 함께 조사하심이 어떻겠습니까? 아시아의 간씨 세가와 유럽의 발렌시드가 협력하여 이번 테러의 배후를 찾아낸다면, 그건 나름 의미 있는 일이 될 텐데요."

"저는 찬성이에요. 그렇지 않아도 우리 발렌시드는 간씨 세가를 형제처럼 생각하고 있으니까요."

빅토리아가 입에 발린 소리를 했다. 2년도 더 전, 천산

산맥에서 빅토리아의 후계자인 릴리트 공주와 치아타 공주가 이탄에게 크게 당한 이후로 빅토리아는 내심 간씨 세가에 대한 분노를 언젠가 꼭 갚아줄 것이라고 다짐하며 속으로 칼을 갈아왔다. 그러니 형제처럼 생각한다는 말은 거짓말이었다.

이탄도 이 사실을 익히 짐작했다. 그러면서도 이탄은 모르는 척 상대를 추켜세웠다.

"여왕 폐하의 말씀에 감사드립니다. 하면 일단 우리 측에서 수거한 폭탄의 잔해물들과 드론의 잔해물들 일부를 발렌시드에도 보내드리겠습니다. 발렌시드의 우수한 마법 기술로 증거를 찾아주시기를 기대하면서 말입니다."

"오! 그런 일이라면 당연히 도와드려야죠."

빅토리아의 반응은 상당히 우호적이었다.

이탄이 말을 보탰다.

"또한 간씨 세가에서 테러와 관련된 새로운 정보를 얻게 되면 그 즉시 발렌시드와 공유하겠습니다."

"우리도 마찬가지예요. 발렌시드가 찾아낸 정보는 곧 간씨 세가의 귀에도 들어갈 거예요."

이탄과 빅토리아 사이의 통화는 이 정도 선에서 마무리되었다. 이탄이 핸드폰을 주소연에게 던져주었다.

"큰 틀에서 빅토리아와 합의를 했으니 뒤처리는 비서실

에서 알아서 해. 유럽의 코쟁이 녀석들과 적당히 공조를 맞춰주라고."

"의장님 말씀대로 처리하겠습니다."

주소연이 이탄의 명을 받들었다.

다음날인 2월 21일 새벽.

또 다른 속보가 간씨 세가로 날아들었다. 이번엔 미주 지역을 다스리는 에디아니 군벌 심장부에서 터진 사고였다.

에디아니는 하나의 군벌이기는 하되 머리가 셋이었다.

북미 지역의 시즈너 가문.

중미 지역의 말레우스 가문.

남미 지역의 가라폴로 가문.

혈연으로 얽힌 이 3개의 가문은 에디아니의 깃발 아래 하나로 뭉쳐서 강력한 군벌을 형성했다.

이 가운데 시즈너 가문이 자리한 시카고 한복판에서 대형 테러가 발생했다. 미식축구 경기를 관람하던 지미 시즈너가 테러에 노출된 것이다.

지미는 시즈너 가문의 소가주였다.

말이 소가주지 사실은 지미가 시즈너 가문의 실질적인 주인이나 마찬가지였다. 당대 가주가 연로하여 외부활동을 거의 못하는 탓이었다. 덕분에 시즈너 가문에서 지미가 차지하는 위상은 간씨 세가의 간철호에 못지않았다.

그런 지미가 테러의 목표물이 되었다. 그것도 그냥 폭탄으로 공격받은 것이 아니었다. 미식축구 경기장이 통째로 날아갈 만큼 초대형 폭발이 있은 직후, 정체불명의 괴한들이 나타나서 지미를 집중 공격했다고 한다.

다행히 지미는 무력이 뛰어났다. 그의 경호부대도 상당히 훈련이 잘되어 있었다. 덕분에 수십 명의 괴한들을 모두 물리치고 지미도 목숨을 건졌다. 그러나 전투의 와중에 지미가 입은 부상은 결코 녹록지 않았다.

이번 사건으로 인하여 에디아니 군벌 전체가 발칵 뒤집혔다.

이어서 하루 뒤.

연이은 테러로 전 세계가 뒤숭숭한 가운데 아프리카에서 네 번째 급보가 날아왔다. '카르발 군벌의 심장', 혹은 '아프리카의 갈색 사자'라 불리는 고골이 타격을 받은 것이다. 고골은 장차 카르발을 이어받을 후계자였다.

아프리카 지역에서 송출된 긴급속보에 따르면, 고골을 태운 헬기가 영문 모를 폭발로 밀림에 추락한 뒤, 추락 지점에서 매복 중이던 괴한들이 일제히 달려들어 고골을 쳤다는 소식이었다.

고골은 갈색 사자라는 칭호답게 수십 명의 괴한들을 모

두 물리쳤단다. 하지만 그 와중에 고골의 왼팔도 거의 훼손 수준의 타격을 입었다.

Chapter 5

전 세계의 방송국들이 잇달아 발생한 사고들을 날짜 순서로 정리하여 발표했다.

2월 15일, 이스트대 입학식장 테러로 대지의 소서러 간철호(이탄) 피습.

2월 20일, 기차 전복 테러로 뇌전의 여제 빅토리아 피습.

2월 21일, 시카고 미식축구장 대폭발에 이은 괴한들의 기습공격으로 지미 시즈너 중상.

2월 22일, 헬기 추락에 이은 괴한들의 매복공격으로 아프리카의 갈색 사자 고골 타격.

이 표에 따르면, 불과 일주일 사이에 오대군벌의 가주, 혹은 소가주급 인물들이 차례로 테러범들의 표적이 되었다.

대대적인 테러 공세에 전 세계가 숨을 죽였다.

"이제 다음 차례는 코로니 아니야?"

"그렇지. 간씨 세가에서 시작해서 유럽의 발렌시드, 미주의 에디아니, 아프리카의 카르발까지 공격을 받았으니 이제 시베리아의 코로니 군벌 차례겠지."

사람들은 다음 테러에 대해서 신경을 곤두세웠다.

그러는 사이 물밑에서는 각 군벌의 정보조직들이 나서서 이번 테러의 배후를 철저하게 조사해 들어갔다.

하지만 딱히 쓸 만한 단서는 잡히지 않았다. 테러 현장에서 체포한 테러범들은 갖은 고문에도 불구하고 입을 꾹 다물었다. 심지어 정신계 마법까지 동원해도 테러범들의 입을 열 수는 없었다.

현장에서 수거한 폭탄과 드론 등에서도 유의미한 정보는 발견되지 않았다. 사건은 오리무중에 빠져들었다.

그렇게 다시 일주일이 지났다.

사람들의 추측이 빗나갔다. 2월이 지나 3월 초가 될 때까지도 코로니 군벌에 대한 테러는 발생하지 않았다.

자연스럽게 질문들이 쏟아졌다.

"전 세계에서 무려 네 번이나 연달아 테러가 발생했잖아? 그런데 왜 코로니만 테러를 받지 않았지?"

"그거야 뻔하지. 빙제 알렉세이나 염제 발로바도 느끼는 바가 있었을 것 아냐. 그래서 경계를 철저하게 하고 외부활

동도 가능하면 삼갔겠지. 그런 이유 때문에 코로니는 테러를 비껴간 것 아닐까? 나는 그렇게 생각하는데.”

코로니를 옹호하는 사람들은 이렇게 주장했다.

이에 대한 반론도 많았다.

“그게 아니고, 혹시 테러의 배후에 시베리아가 있는 것 아냐? 그러니까 나머지 네 군벌만 공격을 당하고 코로니는 멀쩡한 것 아니냐고.”

“맞아. 나도 코로니가 테러의 배후인 것 같아.”

이런 반론들이 슬금슬금 퍼져나갔다.

‘코로니 군벌이 대응을 잘 했기 때문에 테러를 비껴간 것이다.’는 주장에 비해서 ‘코로니가 사건의 배후 아니야?’라는 의심이 좀 더 설득력이 있었다.

많은 사람들이 코로니를 수상쩍게 여겼으며, 그런 사람들의 수는 시간이 갈수록 점점 더 늘었다.

오대군벌 가운데 네 곳이 피해를 입은 상황이었다. 이런 와중에 오직 코로니만 멀쩡하니 의심이 쏠리는 것도 어쩌면 당연했다.

물론 코로니의 대변인은 펄쩍 뛰었다. 그는 연일 방송에 나와 절대 그렇지 않노라고 항변했다.

그러나 한번 악화된 여론을 뒤집기는 힘들었다.

테러가 발생하기 전, 오대군벌은 크게 2 대 3의 대치를 이루고 있었다. 아시아의 간씨 세가와 유럽의 발렌시드가 손을 잡았고, 나머지 3개 군벌이 이에 대항하는 구도였다.

이렇게 세력이 2대 3으로 엇비슷한 나눠지다 보니 국지전은 종종 일어나도 오대군벌 사이에 전면전은 발생하기는 힘들었다. 자칫하다가는 오대군벌 전체가 공멸할 수도 있기 때문이었다.

그런데 최근의 테러 이후로 팽팽한 대치 구도에 금이 갔다. 2대 3에서 1대 4로 대치 구도 변한 것이다.

1은 당연히 코로니 군벌이었다.

4는 나머지 4개의 군벌을 의미했다.

2대 3의 구도에서는 전면전이 발생하기 힘들었지만, 1대 4의 불균형 구도라면 얼마든지 전면전이 가능했다.

만약 '4개 군벌이 힘을 합쳐 코로니를 해체한 다음, 시베리아의 이권을 나눠 갖자.' 라는 합의만 이루어진다면 전쟁은 곧바로 시작될 터였다.

위기감을 느꼈기 때문일까? 코로니 군벌이 바짝 긴장했다. 그들은 무력을 한 곳으로 모으고 무기와 병참을 철저하게 준비하는 한편, 나머지 4개 군벌로 외교 특사를 보내 억울함을 호소했다.

"우리 코로니는 절대로 테러의 배후가 아닙니다. 비록 우리가 그동안 간씨 세가와 그리 우호적인 관계에 놓여 있지는 않았지만, 비열하게 테러를 저지를 정도의 양아치 집단은 아니란 말입니다. 부디 이 점만큼은 믿어주십시오. 빙제 알렉세이께서는 대지의 소서러께서 현명하신 판단을 내리실 것으로 믿고 계십니다."

코로니의 특사 안톤이 이탄을 찾아와 간곡하게 설명했다.

"뭐, 특사의 말이 맞을 수도 있겠지. 혹은 틀릴 수도 있고."

이탄은 긍정도 부정도 아닌, 심드렁한 대답을 던졌다. 안톤이 기를 쓰며 이탄을 설득하려 들었으나 돌아가는 분위기는 그리 우호적이지 않았다.

'물론 코로니 군벌이 억울한 누명을 썼을지도 모르지. 그래도 모처럼 절호의 찬스가 왔잖아? 4대 1의 구도가 된 마당에 뭘 망설이겠어? 이번 기회에 코로니를 세상에서 지우고 오대군벌을 사대군벌로 만들면 좋지, 뭐.'

안톤의 눈에 비친 이탄은 이와 같은 속셈을 품고 있는 듯 보였다. 특사 안톤의 얼굴이 대춧빛으로 검붉게 물들었다.

세상에 드러나지 않은 비밀 황릉 안.

두건처럼 생긴 로브로 얼굴을 가리고 망토를 길게 늘어뜨린 여인이 화려한 대리석 의자에 앉아 있었다. 물결치는 듯한 검은 머리카락이 여인의 어깨와 등을 타고 내려와 허리에 다다랐다.

스읍, 습, 스읍, 습.

사람의 발자취라고는 찾아볼 수 없는 황릉 속 밀실 안에서 여인은 들숨과 날숨을 반복했다. 여인이 한 번 숨을 들이쉴 때마다 여인의 손바닥 위에 떠오른 붉은 알이 부피가 줄어들었다.

여인이 다시 숨을 내쉬면 붉은 알은 그 숨을 받아먹기라도 하는 것처럼 부피가 늘었다.

여인은 규칙적으로 숨을 쉬면서 온 신경을 붉은 알에 집중했다. 붉은 알과 교감을 시도하고, 또 시도하고.

이 지루한 작업을 20년 동안이나 지속한 결과, 마침내 붉은 알이 여인의 정성에 반응을 보였다.

[누가 나를 깨우느냐?]

알 속에 잠들어 있던 존재가 깨어나 여인에게 말을 걸었다.

'오오오, 드디어!'

여인이 두 눈을 번쩍 떴다.

〈다음 권에 계속〉

『제왕록』, 『무림에 가다』 시리즈의 작가 박정수
그가 거침없는 현대 판타지로 돌아왔다!
『신화의 전장』
주먹을 믿지 마라.
우리가 살아가는 이 땅에 인간을 벗어난 자들이 존재한다.
dream
books
드림북스

마법군주』 발렌 작가의 신작!

『정령의 펜던트』

"정령사는 말이지, 되고 싶다고 해서 되는 게 아니야.
그냥 그렇게 태어나는 거지.
날 때부터 정해진 운명 같은 거라고."

환생왕

요도/김남재 신무협 장편소설

ORIENTAL FANTASY STORY & ADVENTURE

정체를 알 수 없는 세력들에 의해
비참한 최후를 맞이한
천룡성(天龍城)의 후계자 천무진.
그런 그에게 찾아온 또 한 번의 삶.
그리고 그를 돕기 위해 나타난 여인 백아린.

"이번엔…… 당하지 않는다."

이젠 되돌려 줄 차례다.
새로운 용이 강호를 뒤흔든다!

dream books
드림북스

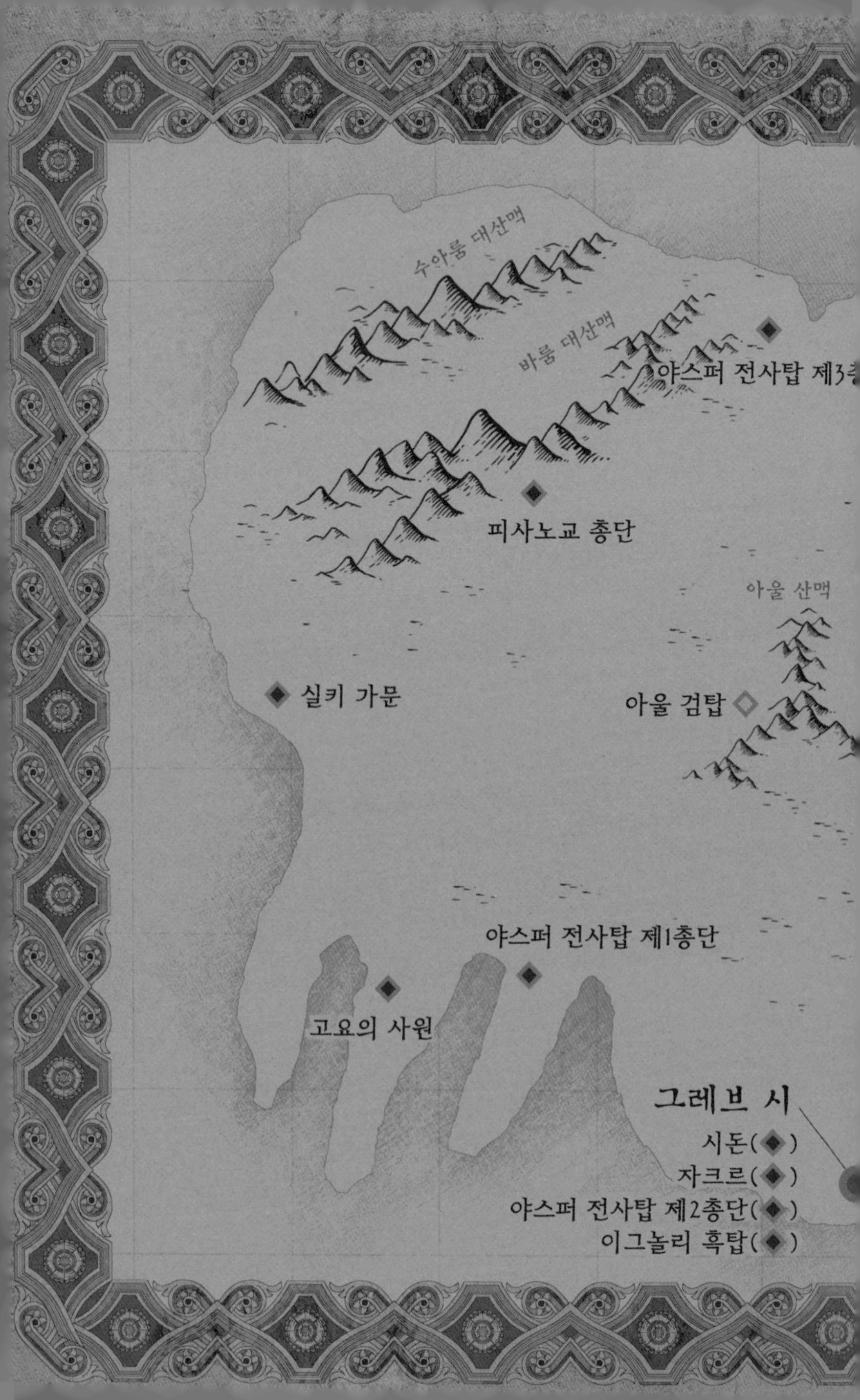

수아룸 대산맥
바룸 대산맥
야스퍼 전사탑 제3
피사노교 총단
아울 산맥
실키 가문
아울 검탑
야스퍼 전사탑 제1총단
고요의 사원
그레브 시
시돈(◆)
자크르(◆)
야스퍼 전사탑 제2총단(◆)
이그놀리 흑탑(◆)

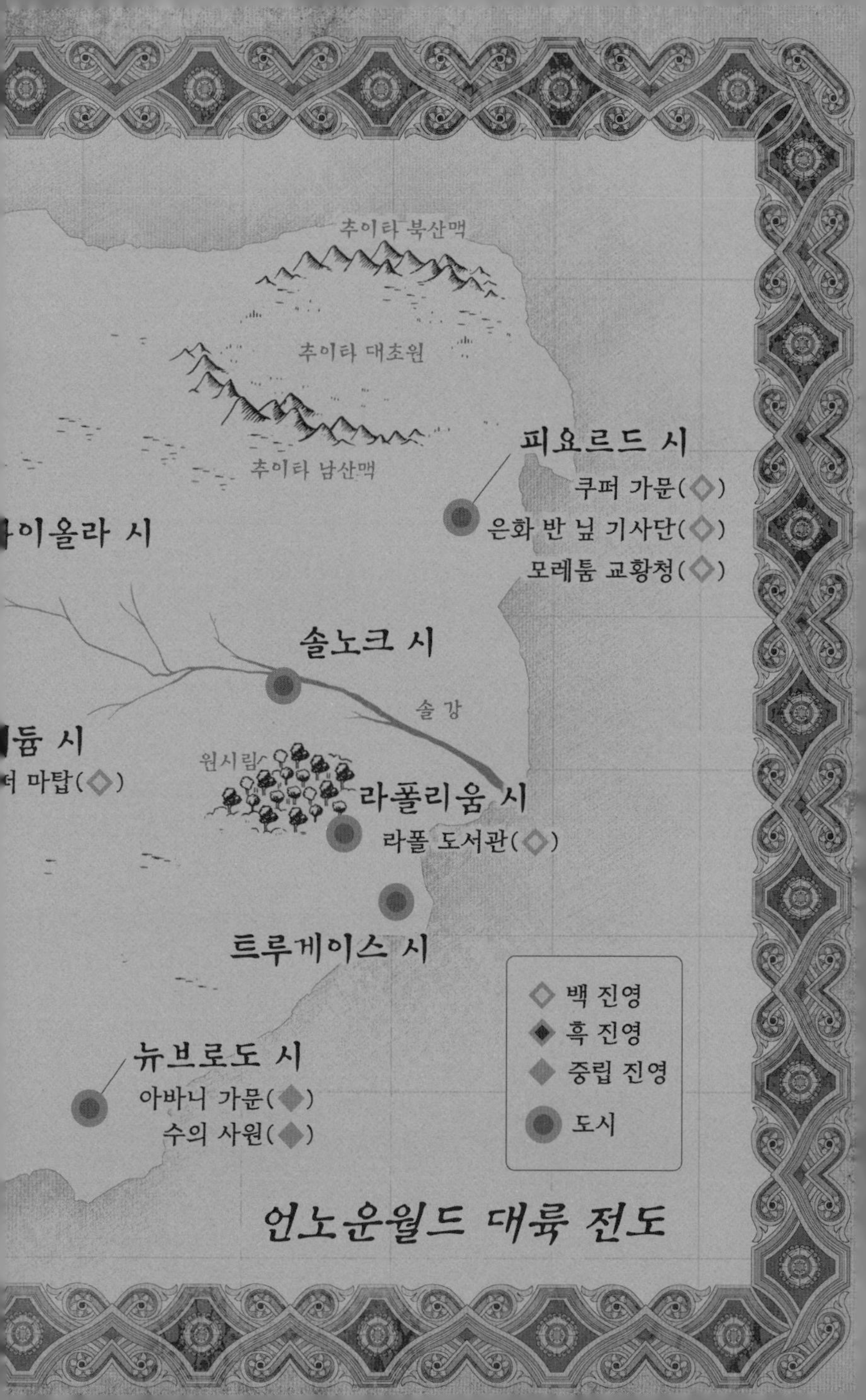

추이타 북산맥
추이타 대초원
추이타 남산맥
피요르드 시
쿠퍼 가문(◇)
은화 반 닢 기사단(◇)
모레툼 교황청(◇)
솔노크 시
솔 강
원시림
라폴리움 시
라폴 도서관(◇)
트루게이스 시
뉴브로도 시
아바니 가문(◆)
수의 사원(◆)
백 진영
흑 진영
중립 진영
도시
언노운월드 대륙 전도